Wintering

우리의 인생이
겨울을 지날 때

WINTERING

캐서린 메이
지음

이유진
옮김

우리의 인생이 겨울을 지날 때

Wintering

얼어붙은 시간 속에서 희망을 찾는 법

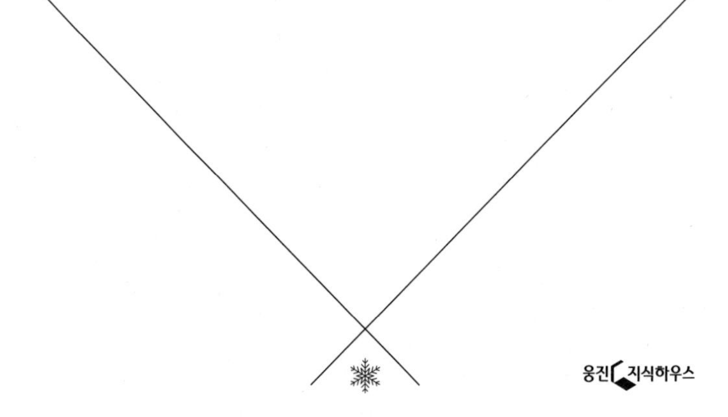

웅진지식하우스

군데군데 반쯤 녹은 눈 뒤덮인 대지 위

둥지에서 고개를 갸웃대던 떼까마귀는 까악까악 울고

느릅나무 꼭대기에서, 풀꽃처럼 은은하게

그 아래 우리는 볼 수 없었던, 겨울이 지나가는 것을 보았다.

「해빙」 - 에드워드 토머스

윈터링wintering n.

- 동물이나 식물 등이 겨울을 견디고 나는 일.
- 겨울나기, 월동.

'윈터링'이란 추운 계절을 살아내는 것이다. 겨울은 세상으로부터 단절되어 거부당하거나, 대열에서 벗어나거나, 발전하는 데 실패하거나, 아웃사이더가 된 듯한 감정을 느끼게 되는, 인생의 휴한기이다.

차례

프롤로그

인디언 서머

어떤 겨울은 햇살 속에 온다. 9월 초, 마흔 번째 생일을 일주일 앞둔 어느 무더운 날 내게도 이런 겨울이 찾아왔다.

나는 포크스턴 해변에서 점심과 음료를 즐기는 포트나잇(포크스턴은 2018년에 도시를 공정 무역 타운으로 선언하고 매년 2주간 공정 무역 증진을 도모하는 지역 시민 축제를 연다 — 옮긴이)의 시작을 친구들과 축하하고 있었다. 이것으로 생일 파티는 생략하고 그저 40대에 무난하게 진입하고 싶은 마음이었다. 그 이후 무슨 일이 벌어졌는지 아는 지금에 와서 보니 그날 내가 찍은 사진들이 참 터무니없게 느껴진다. 생일이 다가온다는 생각에 짐짓

들뜬 기분으로, 나는 인디언 서머의 열기에 잠긴 해변 마을을 여기저기 찍어댔다. 주차장에서 보도로 나오면서 지나친 빈티지한 빨래방. 해안 절벽 리어스Leas를 따라 줄지어 선, 콘크리트로 된 파스텔빛 해변 오두막들. 조약돌 위를 같이 뛰어다니고, 믿기 힘들 만큼 아름다운 청록빛을 띤 바다에서 노를 저으며 놀던 우리 아이들. 아이들이 노는 동안 내가 먹었던 집시 타르트 아이스크림 통.

남편 H의 사진은 없다. 그리 이상한 일도 아니다. 나는 내 아들 버트, 그리고 바다를 찍고 또 찍었으니까. 이상한 점은 그날 오후부터 이틀 뒤까지 사진상 기록에 공백이 있다는 점이다. 이틀 후에 찍은 사진 속에서는 H가 병원 침대에 누워 카메라를 향해 미소를 지어 보이려 애쓰고 있다.

내가 그 목가적인 해변의 사진을 찍고 있을 때, H는 이미 몸이 안 좋은 것 같다고 불평을 늘어놓고 있었다. 대수롭게 여기진 않았다. 유치원에 다니는 아이를 키우다 보면 일련의 병균들이 집 안으로 침투하기 일쑤였고, 이로 말미암아 인후통이며 발진이며 코감기며 복통이 일어나는 것이 다반사였으니 말이다. H는 그다지 법석을 떨지도 않았다. 그렇지만 점심을 제대로 먹지 못했고, 절벽 위의 놀이터까지 셋이 걸어 올라간 뒤로는 한동안 보이지 않았다. 나는 모래 구덩이에서 놀고 있는 버트를 카메라로 찍었다. 바지 뒤쪽에 붙은 해초가 꼬리처럼 늘어진 모습이 사진에 그대로 담겼다. H는 돌아와서 구토를 했다고 말했다.

그 말에 "오, 저런!" 하고 대꾸했던 기억이 난다. 안쓰럽다는 듯이 대답했지만 속으로는 골칫거리가 생겼다 싶었다. 하던 걸 멈추고 집으로 돌아가야 할 테니까. H는 아마도 한잠 푹 자려 들 것이었다. 남편은 복부를 움켜쥐고 있었지만 당시엔 그리 심각한 일이라 생각하지 않았다. 나는 별로 서두르지 않았고, 겉으로도 그렇게 보였던 것 같다. 학창 시절부터 알고 지내온, 우리의 오랜 친구 중 한 명이 내 어깨를 두드리며 "캐서린, H가 정말로 아파 보여."라고 말했을 때 갑작스레 충격을 받았던 기억이 또렷하기 때문이다.

"정말?" 하고 나는 되물었다. "그래 보여?" 나는 땀에 젖은 얼굴을 찌푸리고 있는 H를 바라보았다. 그런 뒤 차를 가져오겠노라고 말했다.

우리가 집에 도착했을 때까지도 나는 노로 바이러스보다 심한 병일 거라고는 생각하지 않았다. 남편은 침대에 몸을 뉘었고, 나는 해변에서의 즐거운 오후를 빼앗긴 버트를 위해 뭔가 할 거리를 찾으려 애썼다. 그러나 두 시간 뒤, H가 불러서 위층으로 가보니 그는 옷을 주섬주섬 꿰어 입고 있었다. "나 아무래도 병원에 가봐야겠어." 너무 놀란 나머지 웃음이 나왔다.

전에도 우리는 이런 응급 상황에 처한 적이 있었다. 만성

맹장염으로 추정되는 증상으로 응급실에 두 번이나 달려간 것이다. 두 번 다 통증은 금세 가라앉았다. 그러나 이번에는 달랐다. 몇 시간 뒤에 데리러 오겠다며 이웃집에 버트를 맡기고는 얼마 지나지 않아 버트를 재워줄 수 있겠느냐고 부탁하는 문자를 보내야 했던 것이다.

한 손에 캐뉼러 관을 꽂은 채 플라스틱으로 된 대기석에 앉아 있는 남편의 모습은 처량해 보였다. 토요일 밤이었다. 대기실에는 부러진 손가락을 훈장처럼 내보이고 있는 럭비 선수들, 얼굴에 찢긴 상처가 난 취객들, 휠체어에 등을 구부리고 앉은 노인들과 치료를 받기 전까지는 그들을 요양 시설로 도로 데려가지 않으려는 보호자들이 넘쳐났다. H를 병원에 두고 돌아섰을 때는 자정이 넘은 시간이었고, 그는 여전히 병실로 옮겨지지 못한 상태였다.

나는 집에 와서도 잠을 이루지 못했다. 다음 날 아침 병원에 가보니 상황은 더욱 나빠졌다. H는 몽롱한 상태로 고열에 시달리고 있었다. 밤새 통증이 점점 더 심해졌다고 했다. 그런데 하필 간호사들의 교대 시간에 겹쳐 통증이 최고조에 달할 때까지도 진통제를 줄 사람이 아무도 없었다는 것이다. 그러다 결국 맹장이 터졌다. 남편은 그걸 느꼈고, 고통스러워 비명을 질렀지만 무례하게 소란을 피운다며 병동 간호사에게 되레 주의를 들었다. 옆 침대의 남자가 H를 대신해 침대에서 일어나야 했다. 그는 이제 커튼 너머로 우리에게 이렇게 외치고 있었다. "사람들이 남편 분을 끔찍한 상태로 혼자 내버려뒀어요. 가엾은 양반."

여전히 수술이 진행될 기미는 보이지 않았다. H는 두려움에 휩싸였다.

그러고 나자, 나도 두려워졌다. 내가 자리를 비운 사이에 뭔가 위험하고 무시무시한 일이 벌어진 것만 같았다. 그리고 여전히 벌어지고 있었다. 의사들과 간호사들이 이리저리 돌아다녔다. 전혀 급할 것 없다는 듯이, 한 남자가 몸을 기대고 앉아 끽 소리도 못 내고 내장이 터지는 게 당연하다는 듯이. 갑자기 남편을 잃을 수도 있다는 생각이 격렬하게 엄습했다. H에게는 침대맡에서 그를 대변해줄 사람이 절실히 필요했고, 그래서 내가 그 역할을 맡았다. 나는 면회 시간과 상관없이 붙박여 자리를 지켰고, 남편이 견딜 수 없을 만큼 극심한 통증에 시달리면 도움을 받을 때까지 병동 간호사를 따라다녔다. 평소에는 부탁하기가 민망해 식당에서 남은 음식을 싸달라는 말도 못하는 성격이지만, 이번에는 달랐다. 내가 이기든 그들이 이기든, 내 남편이 고통받든 그들이 엄격한 일정을 고수하든 둘 중 하나의 문제였다. 이번만큼은 절대 질 수 없었다.

그날 밤 나는 9시에 병원을 나섰고, 남편이 안전하게 수술실에 들어갈 때까지 한 시간마다 전화로 확인했다. 이번만큼은 성가신 존재가 되더라도 개의치 않았다. H가 수술실에서 나올 때까지 밤새 깨어 있다가 마침내 그가 안정을 취하고 있다는 말을 들었다. 그러고 나서도 잠을 잘 수 없었다. 이런 순간에는 잠자는 것이 마치 나락으로 떨어지는 것처럼 느껴진다. 칠흑 같은 암흑 속으로 빠져들다가 몸을 떨며 깨어나, 어슴푸레한 밤에 뭔가를 직감하기라도 한 듯 주위를 둘러보게 되는 것이다. 그 순간 내가 맞닥뜨린 것은 오직 나의 두려움뿐이었다. 남편이 고통받고 있다는 참을 수 없는 사실과 그 없이 홀로 남아서 살아가야 할지도 모른다는 공포.

나는 특별 휴가를 받았고, 아이를 데려다주고 데려오는 시간 외에는 보초를 서듯 한 주 내내 H의 곁을 지켰다. 거기서 경외심에 가까운 감정을 느끼며 감염의 정도에 대해 설명하는 외과의의 소견을 들었고, 좀처럼 내려가지 않는 H의 체온과 정상 수준으로 떨어지지 않는 혈중 산소 수치에 조바심을 냈다. 나는 남편이 병동 안을 천천히 걸어 다닐 수 있도록 도왔고, 그러고 나서 잠에 빠지는 모습을 지켜보거나 때로는 걷는 도중에 잠드는 모습을 지켜보았다. 남편을 깨끗한 옷으로 갈아입혔고, 그에게 아주 적은 양의 음식을 가져다주었다. 또 갑자기 많은 줄과 튜브와 삐삐거리는 기계들에 연결된 아빠의 모습을 무서워하는 버트를 달래려 애썼다.

이런 재앙의 한가운데 어딘가에서, 하나의 공간이 열렸

다. 집에서 병원, 병원에서 집으로 오가는 동안, 꾸벅꾸벅 졸고 있는 H의 침대맡에 앉아 있는 동안, 병동 회진이 있을 때 매점에서 기다리는 동안 시간이 흘러갔다. 나의 날들은 긴박한 동시에 느슨했다. 나는 계속해서 어딘가에서 깨어 있으며 경계를 늦추지 말아야 했다. 그런 한편 불필요한 침입자가 된 듯한 기분이 들기도 했다. 나는 무엇을 해야 할지 고민하고 주변을 멍하니 응시하면서 많은 시간을 보냈다. 마음속은 이 새로운 경험들을 분류하고 그 맥락을 찾아내느라 분주했다.

불현듯 이 공간에서 일어난 모든 일들은 피할 수 없었다는 생각이 들었다. 낯설고도 돌이킬 수 없는 허리케인이 이미 내 삶을 뒤흔들고 있었고, 이건 그 일부분일 뿐이었다. 겨우 일주일 전, 나는 끊임없이 이어지는 스트레스와 안 좋은 소문들에서 벗어나 좀 더 나은 삶을 찾고자 지금 강의하는 대학에 사직서를 제출했다. 그리고 6년간 써온 나의 첫 번째 책을 출간했고, 또 다른 책의 마감을 앞두고 있었다. 또 여느 평범한 엄마처럼 긴 여름방학이 끝나고 얼마 전 개학해 학교에 간 아들이 1학년 교과과정을 잘 따라가고 있는지 걱정하느라 여념이 없었다. 변화는 이미 일어나는 중이었다. 그 와중에 이웃사촌 격인 죽음의 공포가 내 운명을 찾아와 문을 두드렸다. 아니 유독 인정사정없이 불법을 자행하는 폭군처럼 그 문을 걷어차고 있었다.

나는 내 서른 번째 생일날 어쩌다 초대받지 않은 경야 행사에 갔다가 생긴 일에 관해 자주 이야기하곤 한다. 당시 나는 펍에서 친구를 만나기로 했었고, 안으로 비집고 들어갔다가 아일랜드식 장례 행사인 경야를 위해 펍 전체가 예약되었다는 사실을 알게 되었다. 실내는 온통 검은 옷을 차려입은 사람들로 가득했고, 한쪽 구석에서는 젊은 여자 두 명이 바이올린을 켜며 밴드 연주에 포크송을 부르고 있었다. 당연히 몸을 돌려 밖으로 걸어나가야 했지만, 혹시나 친구가 나를 못 찾을까 걱정이 되었고 밖에는 비도 내리고 있었다. 그래서 최대한 남들 눈에 띄지 않으려고 애쓰며 문간에 서 있었다. 사실, 무슨 생각으로 그랬는지는 나도 잘 모르겠다. 분별 있는 사람이었다면 거기서 나가 친구에게 문자를 보냈을 텐데. 하지만 나는 거기 머물렀다. 그것도 어쩌면 20대 젊음의 마지막을 죽음의 전조로 장식할 내 운이려니 생각했다.

친구가 도착하자 상황은 더욱 나빠졌는데, 바로 그 친구가 아까 연주하던 밴드의 두 여자 중 한 명과 놀랍도록 닮은 것이 화근이었다. 내 눈에만 그렇게 보이는 게 아니었다. 고인의 가족이 내 친구를 이제는 어딘가로 자취를 감춘 그 연주자로 오인했으니 말이다. 그들은 내 친구와 포옹하고, 악수를 나누고, 등을 두드려주었으며, 술을 마시며 좀 더 즐기고 가라고 권했다. 무슨 일이 벌어지고 있는지 어리둥절하던 나는 나중에서야 그저 아일랜드 사람들의 따뜻한 친절이었다는 것을 알았다. 친구는 그 권유에 응했고, 그녀의 음악적 재능에 대한 질문에 대답까지 했다. 얼핏 겸손해 보였지만 실은 가감 없는 부인을 담아서. 마침내 우리는 그 자리를 나서야 할 명백한 이유인 영화표를 빌미로 거기서 겨우 빠져나왔다.

그 모든 일은 나만을 위해 공연된 셰익스피어의 소극 같았다. 그러나 돌이켜보니 그 소동은 가벼운 기분전환에 불과했다. 나의 마흔 번째 생일은 병원에서 갓 퇴원한 남편과 함께 마무리되었고 모든 일정은 취소되었다. 그날 밤 10시, 버트가 다급하게 부르는 소리에 위층으로 올라갔는데 내가 들어서자마자 아이가 내 온몸에 대고 구토를 했다. 다행히 아이는 무사히 잠이 들었다. 하지만 아이의 상태와 관계없이, 나는 이미 잠들기를 포기한 상태였다. 이미 뭔가 변화가 찾아왔던 것이다.

매일의 세계의 톱니바퀴 사이에는 틈이 있고, 때로 그 톱니바퀴가 열리면 우리는 어딘가 다른 세계로 떨어진다. 그 어딘가 다른 세계는, 모든 사람들이 살아가는 지금 여기와는 다른 속도로 흘러간다. 어딘가 다른 세계에는 보이지 않는 곳에 숨어서 현실 세계의 사람들에게는 언뜻 보일까 말까 한 유령들이 산다. 어딘가 다른 세계는 지연된 시간 위에 존재하기에 현실 세계와 보조를 맞출 수 없다. 아마도 나는 이미 어딘가 다른 세계의 언저리에 위태롭게 서 있다가 마침내 마룻장 사이로 떨어지는 먼지처럼 가뿐하고 조용하게 그곳으로 떨어진 것이리라. 그곳이 내심 집처럼 편안한 기분이 들어 나는 놀랐다.

겨울이 시작되었다.

누구나 한번쯤 겨울을 겪는다. 어떤 이들은 겨울을 겪고 또 겪기를 반복한다.

윈터링(이 책의 원제이기도 하다 — 옮긴이)이란 추운 계절을 살아내는 것이다. 겨울은 세상으로부터 단절되어 거부당하거나, 대열에서 벗어나거나, 발전하는 데 실패하거나, 아웃사이더가 된 듯한 감정을 느끼게 되는, 인생의 휴한기이다. 이 시기는 질병으로 인해 찾아올 수도 있고, 사별이나 아이의 출생과 같은 큰 사건으로 인해 찾아올 수도 있고, 또는 치욕이나 실패로 인해 찾아올 수도 있다. 겨울나기를 하는 사람은 과도기에 있는 것일 수도 있고, 일시적으로 현실 세계와 어딘가 다른 세계 사이에 떨어진 것일 수도 있다. 어떤 겨울은 우리에게 아주 천천히 살금살금 다가오는데, 질질 끌어온 인간관계의 종결, 부모님이 나이 듦에 따라 점진적으로 늘어난 돌봄의 부담, 가랑비에 옷 젖듯 서서히 줄어드는 확신 따위와 함께 온다. 어떤 겨울은 몸서리쳐지도록 갑작스럽게 온다. 하루아침에 당신의 기술이 시대에 뒤떨어진 것 취급을 받는 걸 깨닫게 되거나, 근무해 온 회사가 파산하거나, 당신의 파트너가 새로운 누군가와 사랑에 빠지게 된 경우처럼. 어떤 식으로 찾아오든, 윈터링은 보통 비자발적이고, 외롭고, 극도로 고통스럽다.

그러나 윈터링은 불가피한 것이기도 하다. 언제나 여름만 계속되는 인생도 있는데 우리만 그런 인생을 성취하지 못했다고 생각하기 쉽다. 우리는 영원히 태양 가까이 있는 적도의 보금자리와 끝없이 계속되는 불변의 전성기를 꿈꾼다. 그러나 삶이란 그렇지 않다. 우리는 찌는 듯이 더운 여름날, 침울하고 어두운 겨울날, 급격한 기온의 저하, 그리고 명암의 교차에 취약하다.

엄청난 자기 절제에다 행운까지 따른 덕분에 평생토록 건강과 행복을 유지할 수 있다고 해도 겨울을 피해갈 수는 없다. 부모님은 나이 들어 세상을 떠나게 될 것이고, 친구들은 사소하게나마 우리를 배신하기 마련이며, 권모술수가 판치는 세상 역시 우리 마음대로 움직여주지 않는다. 살아가다 보면 우리는 어디쯤에선가 넘어지게 되고, 겨울은 그렇게 조용히 삶 속으로 들어온다.

나는 어린 나이에 겨울을 나는 법을 배웠다. 내가 소녀였을 땐 자폐 증세가 있어도 제대로 진단을 받지 못한 채 모르고 살아가는 아이들이 많았다. 그런 아이 중 한 명으로서 나는 영원히 계속될 것만 같은 시린 한겨울 속에서 유년기를 보냈다. 열일곱 살 때 극심한 우울증이 나를 덮쳤고 나는 몇 달간을 꼼짝도 하지 않고 지냈다. 결국엔 살아남지 못하리라 확신하면서, 살아남고 싶은 마음도 없다고 굳게 믿었다. 그러나 어딘가에서 살고 싶다는 작은 의지의 씨앗을 찾아냈고, 스스로 그 집요함에 놀랐다. 아니, 그 이상이었다. 그로 인해 나는 이상하리만치 낙천적으로 변했다. 겨울이 나를 백지화시켰고 완전히 열어젖혔다. 그 텅 빈 공백 속에서, 나는 완전히 새로운 나로 거듭날 기회를 발견했다. 나는 반신반의하면서 이전과는 다른 인격을 구축하기 시작했다. 때로는 무례하기도 하고 늘 옳은 일만 하지는 않는 사람, 대담하고 어리석은 마음 때문에 끊임없이 상처받는 것 같지만 이젠 그 마음을 누군가와 나눌 수 있기에 여기 존재할 가치가 있는 사람으로.

수년간, 나는 누구라도 들어주는 사람이 있을 때면 이렇게 말하곤 했다. "저는 열일곱 살 때 심한 우울증을 앓았었어요." 사람들은 대개 이런 말을 들으면 당황했지만, 몇몇은 그들의 사연과 나의 이야기 사이에서 공통점을 발견하고 고마워하기도 했다. 어떤 반응이든 나는 이런 일에 관해 이야기하는 것이 옳다는, 즉 그 경험을 통해 내가 배운 것들을 사람들과 나누어야 한다는 확신을 얻었다. 한 번의 경험이 또 다른 나락에 빠졌을 때 나를 구원해주지는 않았지만, 그런 일이 거듭될 때마다 위험은 점차 줄어들었다. 나는 내가 겪고 있는 윈터링에 대한 감 같은 것이 생겼다. 얼마나 오래 갈지, 얼마나 깊을지, 그리고 얼마나 심각할지. 나는 겨울이 영원히 계속되지는 않는다는 것을 알았고, 봄이 올 때까지 겨울을 살아낼 가장 편안한 방법을 찾아야 한다는 것을 알았다.

나는 내가 늘 의례적인 관행에 정면으로 도전하고 있음을 인식해왔다. 그리고 일상의 삶에서 낙오된 시간에 대해 말하는 게 금기로 여겨진다는 것 또한 알고 있었다. 우리는 겨울나기를 인지하는 법이나 그 불가피성을 인정하는 법을 배우지 못했다. 오히려 수치스럽게 생각하면서 세상이 동요하지 않도록 우리의 겨울나기를 숨기기에 급급하다. 겉으로는 대범한 표정을 지으며 속으로 고통을 삭이고, 남의 고통을 못 본 체한다. 우리는 윈터링이 찾아올 때마다 곤혹스러워하며 이를 숨기거나 무시해야 하는 비정상 상태로 치부한다. 완전히 정상적인 과정을 비밀에 부침으로써, 겨울을 견뎌내는 사람들을 결국 발붙일 곳 없는 신세로 떠밀고 실패를 감춘답시고 일상으로부터 떨어져 나가도록 내몰아온 것이다. 하지만 이로 인해 우리는 값비싼 비용을 치르고 있다. 윈터링은 인간의 경험 중 가장 심오하고도 영감에 찬 순간을 경험하게 하고 겨울을 난 이들 안에 깃든 지혜를 가르쳐주니 말이다.

무자비할 정도로 분주히 돌아가는 오늘날의 세상에서, 우리는 겨울의 도래를 영원히 뒤로 미뤄두려고 한다. 겨울을 온전히 느끼려고도 하지 않고, 그것이 우리를 어떻게 헤집어놓는지 알려고도 하지 않는다. 혹독한 겨울은 때로는 우리에게 이롭게 작용한다. 따라서 무턱대고 겨울을 무의미하고 신경이 마비되는, 의지박약의 나날로 치부해서는 안 된다. 이 시기를 무시하거나 없애버리려는 시도도 멈춰야 한다. 겨울은 실재하며 우리에게 물음을 던지기 때문이다. 우리는 겨울을 삶 안으로 받아들이는 법을 배워야 한다.

그것이 바로 이 책의 주제다. 겨울나기의 과정을 인식하고, 그것을 진심으로 받아들이고, 소중하게 간직하는 법을 배우는 것. 우리는 겨울은 선택할 수 없지만, 어떻게 살아낼지는 선택할 수 있다.

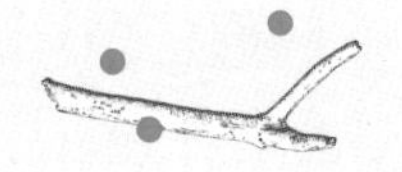

겨울에 대한 우리의 지식은 타고난 것이나 다름없이 각인된 어린 시절의 한 장면에서 비롯된다. 우리는 눈을 배경으로 펼쳐지는 놀라운 소설이나 동화에서 겨울에 대해 배운다. 먹을 것이 없는 수개월의 시간과 추위를 견디기 위한 동물들의 세심한 대비책인 겨울잠과 대이동, 잎을 떨구어내는 나무들. 여기에 우연은 없다. 겨울에 일어나는 변화는 일종의 연금술이자 평범한 생명체들이 생존을 위해 만들어내는 마법이다. 겨울잠을 자기 위해 지방을 축적하는 겨울잠쥐들, 남아프리카를 향해 하늘길을 날아가는 제비들, 가을의 마지막 몇 주를 불붙은 듯 화려하게 장식하는 나무들. 모든 것이 풍성한 봄과 여름의 나날을 살아내는 것이야 어렵지 않지만, 겨울이 오면 우리는 결핍의 시기에도 융성하는 자연이 온전히 승리하는 것을 목격한다.

식물과 동물은 겨울과 싸우지 않는다. 겨울이 오지 않을 것처럼 행동하며 여름에 살아온 방식 그대로 삶을 영위하려 들지 않는다. 그들은 준비하고 순응한다. 그들은 겨울을 보내기 위해 놀라운 탈바꿈을 감행한다. 겨울은 세상으로부터 침잠하여 빈약한 자원을 최대한 활용하고, 냉혹한 효율의 법칙을 따르면서 시야에서 사라지는 시기이다. 그러나 바로 그렇기에 변신의 출발점이 되는 시기이기도 하다. 겨울은 생명 주기에서 죽음에 해당하지는 않지만, 호된 시련의 장인 것은 분명하다.

하지만 우리가 여름을 바라며 한탄하기를 멈추는 순간, 겨울은 보기 드문 아름다움으로 채색된, 거리마저도 반짝반짝 빛나는 영광의 계절이 될 수 있다. 겨울은 느긋한 충전과 집 안 정돈을 위한 숙고와 회복의 시간이다.

이 책에서 나는 겨울을 이해하는 출발점으로서 온몸으로 겨울을 체득한 사람들과 대화를 나눈다. 이를테면, 8월부터 월

동 준비를 시작하는 핀란드 사람들이나 11월부터 1월 사이에 햇빛을 보지 못하고 사는 노르웨이 트롬쇠 지역 사람들과 같은 이들이다. 나는 병과 실패, 고립과 절망을 겪으며 스스로를 쇄신한 사람들과 자연계의 무자비한 섭리에 가장 긴밀히 맞닿아 일하는 사람들을 만날 것이다. 또 어떻게 겨울을 준비해야 하는지, 어떻게 그 암울한 나날들을 견뎌내야 하는지, 그리고 궁극적으로 어떻게 봄을 향해 다시 도약해야 하는지 알아볼 것이다.

속도를 늦추고, 자연스럽게 여가 시간을 늘리고, 충분한 잠을 자고, 휴식을 취하는 것은 요즘 유행과는 거리가 멀어 보일지 몰라도 꼭 필요하다. 겨울은 우리 모두가 아는 선택의 기로이자, 허물을 벗어야 하는 순간이다. 이런 일들을 하는 동안, 온갖 고통스러운 신경 말단이 드러나고 너무나 원초적인 상태로 돌아간 듯한 기분이 들어 한동안 자기 자신을 돌보아야 할지 모른다. 반대로 그런 일들을 하지 않으면, 해묵은 껍데기가 더욱 견고하게 자신을 뒤덮게 될 것이다.

어느 쪽이든, 그것은 우리가 결정해야 할 가장 중요한 선택 가운데 하나다.

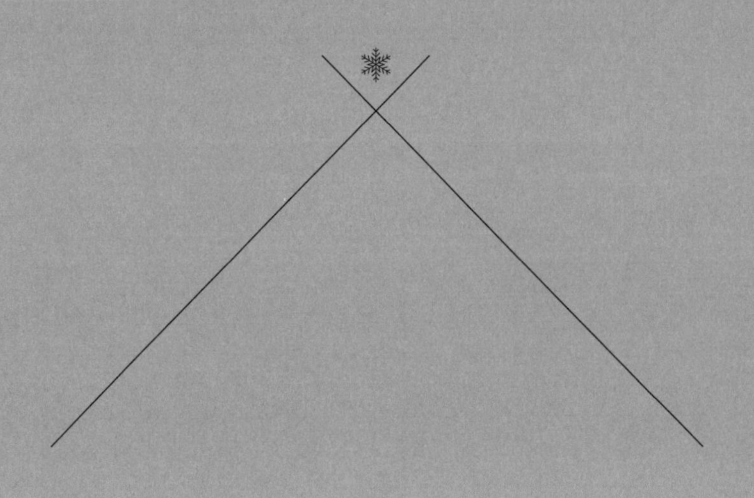

October

10월

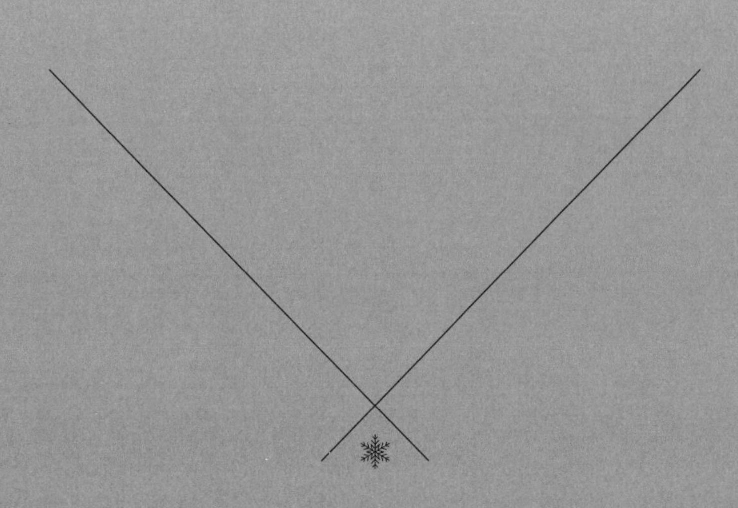

비록 겨울이 다가오는 것을 알지 못했을지라도,

최소한 초기 단계에

그것을 포착한 것이리라.

나는 그저 조금 헤매고 있을 뿐이다.

겨울 준비

나는 베이글을 굽고 있다. 아니, 사실은 베이글 굽기를 망치는 장면을 연출하고 있다. 레시피에 단단한 반죽이라 적혀 있었고, 거기까지는 잘 되고 있었다. 그런데 뭔가 딸깍하는 소리가 나더니 믹서가 갑자기 한 대 얻어맞기라도 한 듯 광란의 비명을 지르기 시작했다. 요리를 중도에 그치고 싶지 않았던 나는 반죽을 꺼내 주방 작업대에 놓고 10분간 손으로 치댄 후, 오일을 두른 그릇에 넣고는 거실 바닥의 따뜻한 곳(중앙난방 배관이 바로 아래로 지나는, 고양이가 애용하는 장소)에 반죽이 부풀어 오를 때까지 놔두었다.

한 시간 후에 확인해보니 아무 변화도 없길래 한 시간 더 놓아두었는데, 그래도 반죽은 아무 반응이 없었다. 인내심이 바닥난 나는 그 상태 그대로 작은 고리 모양을 만들기 시작했다. 고리 모양 반죽을 끓는 물에 데친 뒤(희한한 크루아상 모양으로 흐트러지는 모습을 속수무책으로 바라보며) 예열된 오븐 안에 집어넣고 나서야, 이스트 깡통에 적힌 유통기한을 확인해봐야겠다는 생각이 들었다. 5년 전 만료. 아들이 태어나기도 전에 구입한 건가 보다. 내가 뭔가 발효 음식을 요리해볼 생각을 했던 가장 최근의 시기다.

놀랄 것도 없이 베이글은 먹을 수 있는 상태가 아니었다. 상관없다. 어차피 배가 고파서 구운 건 아니니까. 그저 손을 계속해서 움직이려던 것뿐이다. 물론 베이글을 그렇게 난해하게(질감과 난이도 두 가지 면에서 모두) 구울 작정은 아니었지만, 그래도 베이글 굽기는 노동이 필요했던 내 하루의 빈 구멍을 메워주었고, 베이글을 만드는 동안만큼은 잠시나마 공허함을 느끼지 않을 수 있었다.

H는 이제 집에 있고, 안전하며, 업무에도 복귀했다. 반면 나는 그와는 반대 방향으로 가고 있다. 지금까지 몇 년간 정신없이 달려오면서, 나의 스트레스 수치는 한마디로 최고조에 달했다. 출근이라도 할라치면 집 안과 연결된 고무줄이 도로 잡아당기기라도 하는 것 같았다. 단지 기분 탓이 아니라, 몸이 필

사적으로 거부하는 것이다. 이런 상태에서도 일상을 강행해왔지만 이제는 마침내 뭔가 덜컥 고장이 났다. 문자 그대로 '고장이 났다'. H가 병원에 있는 동안 나는 복부 오른쪽을 따라 만성적인 통증을 느끼기 시작했다. 처음엔 남편의 맹장 증상에 대한 동조 반응일 거라 여겼다. 그런데 통증이 계속되었고, H가 호전될수록 내 증상은 오히려 더 나빠지는 것 같았다. 이제 남편은 약간 아픈 것만 제외하면 거의 정상으로 돌아왔고 즐거이 업무를 하고 있다. 반면, 나는 조금만 힘이 들어가도 통증에 몸을 움찔거리는 상태가 되었다. 일주일 전에는 근무 중에 갑자기 책상 위에 엎드렸다. 느닷없이 엄습한 통증 때문에 아무 생각도 할 수가 없었다. 버스를 타고 집으로 왔고, 그 이후로 집에 머무르는 시간이 더 많아졌다.

나는 지역 보건의와 상담을 하면서 1년 가까이 대장암의 주요한 징후들을 애써 외면해왔다는 것을 인정했다. 긴급 검사를 받았으며, 아프다는 사실을 확인했다. 스트레스가 걷잡을 수 없이 불어나도록 무방비로 놓아둔 탓에 마침내 그것이 나를 갉아먹기 시작했음을, 좀 더 빨리 도움을 요청했어야 했음을 이제야 절실히 깨닫는다. 그러나 스트레스는 부끄럽게도 주어진 상황에 잘 대처하지 못하는 나의 무능함을 방증하기도 한다. 나는 혼자서 감당할 수 없을 만큼 스트레스에 압도당했다는 무력감에 사로잡히느니, 차라리 맞서 싸워야 할 통증이 있다는 사실에 속으로 기뻐하고 있다. 어쨌거나 훨씬 구체적이니까. 나는 그 통증 뒤에 숨어서 이렇게 말할 수 있다, 봐, 나는 내 **업무량을 감당 못 하는 게 아니야. 나는 말 그대로 진짜 아프다고.**

내게는 이제 이 모든 것에 대해 궁리할 시간이 차고 넘치게 많고, 내 머리는 그 외의 것에 집중하기엔 너무 흐리멍덩하다. 아픈 사람이 된 이후로, 나는 요리를 정말 많이 했다. 요리는 바로 이 순간 내가 처리하기에 적당한 소일거리였다. 사실 요리가 내게 새로운 취미는 아니다. 나는 늘 요리를 즐겨 했다. 그러나 지난 몇 년간 장을 보는 즐거움과 함께 요리는 내 삶에서 밀려나 있었다. 삶이 분주하게 돌아갔기에, 바쁜 일상 속에서 나의 정체성의 일부였던 요리라는 요소는 구석에 찌그러져 있었다. 그런 소소한 일거리가 그리웠지만, 금세 체념 섞인 감정에 휩싸였다. 이미 온갖 것을 하고 있는데 뭐 어쩌겠어?

이 '온갖 것'이란 게 결국엔 지독히도 아무것도 아닌 것으로 보일 뿐이라는 게 문제다. 미친 듯이 이리 뛰고 저리 뛰었어도 그 모든 의미가 산산이 흩어져버리는 희뿌연 연기 같은 것. 아이를 키우고, 책을 쓰고, 상근직으로 일하다 보면 시간이 쏜살같이 흘러 어느새 주말이 여러 번 지나가도 나는 그 시간을 어떻게 보냈는지 설명할 수조차 없다. 지난 몇 년이 공백이 아닌 것은 분명한데, 흐릿한 형체로만 존재할 뿐 생존의 흔적을 제외하고는 이상하리만치 아무런 의미도 남아 있지 않다. 나는 손안에 든 이스트 깡통을 뒤집으면서 과거의 나로부터 지금 이 자리에 와 있는 나 자신을 설명해보려고 애쓴다. 마치 끝도 없이 깊은 엘리베이터 통로로 낙하하다가 좀 전에 쿵 하고 바닥에 닿은 것만 같다. 널찍하고 소리가 웅웅 울리는 이곳에서 어떻게 나가야 할지 잘 모르겠다. 나는 익숙한 어딘가로 다시 빠져나가는 길을 찾으려 애를 써본다.

토베 얀손의 『무민의 겨울』에서, 무민은 우연히 겨울잠에서 일찍 깨어난다. 겨우내 잠들어 있는 것이 익숙한 무민은 온통 눈으로 뒤덮인 세상을 보고 놀란다. 집 앞마당도 낯설기만 하다. '내가 잠자는 동안 온 세상이 죽었구나.' 하고 무민은 생각한다. '세상은 무민들을 위해서 만들어진 게 아니네.' 몹시 외로운 마음에 무민은 침실로 가서 엄마의 이불을 잡아당긴다. "일어나세요! 일어나세요!" 무민은 외친다. "온 세상이 사라져 버렸어요!" 엄마는 침대에 몸을 웅크린 채 계속 잠을 잔다. 나의 겨울을 비추는 거울 속 모습, 혹은 내가 느끼는 겨울의 모습이다. 모두 곤히 잠든 세상에 나 혼자 덩그러니 깨어나 날카로운 두려움에 시달리는 것이다.

살면서 이런 순간이 닥치면, 어떻게든 계속 움직여야 한다. 날마다 나는 느릿느릿 고통스러운 걸음으로 몇 가지 식재료를 사러 동네 식료품점에 간다. 얼마 전까지만 해도 온라인으로 주문해놓고 먹지도 않은 음식들로 가득 차 있던 냉장고는 요즘 비어 있다. 이제는 그때그때 필요한 것만 산다. 최근까지도 어쩔 수 없다면서 음식물을 버렸던 게 부끄럽다. 하지만 이런 변화는 시간이 가져온 것이다. 시내에 나가 오늘 새로 들어온 물건이 뭐가 있는지 보러 식료품점에 들를 수 있는 여유가 생겼기 때문이다. 빵이 떨어지면, 그만큼 살 수 있다. 정육점에서는 딱 그날 사용할 만큼의 고기를 사 올 수 있다. 닭고기 한 팩을 사서 냉동하고, 일주일 후에 해동한 다음, 먹을 시간이 없어서 결국 버리는 일을 더는 되풀이할 필요가 없다. 나는 가을을 요리해서 내 집 안으로 들이는 기분으로 음식을 만든다.

이번 주에는 전기냄비에 양고기, 당근, 백리향을 넣어 찜을 만들고 그 위에 원반 모양을 낸 감자를 얹었다. 선홍색 종이에 싸인, 피어난 듯 섬세하게 벌어진 무화과 한 상자를 사서는 잘게 썰어 넣고 사흘 연속으로 죽을 끓여 먹었다. 연초록빛 호박으로 벨벳처럼 부드러운 수프를 만들었고, 발그스레한 윤기가 흐르도록 연어 한 토막을 소금, 설탕, 딜, 비트 뿌리를 넣어 숙성시켰다. 나중에 생각이 나서 함께 곁들일 오이 피클도 만들었다. 내겐 시간이 있었다. 그래서 모두 가능했고, 모두 그만한 가치가 있었다.

버트를 위해 샀던 색연필 세트도 애용하고 있다. 필립 풀먼의 『황금나침반』 3부작 속 부랑아 여주인공과 이름이 같은 '라이라'라는 독일 회사 제품이다. 우리가 무심코 선택하는 싸

구려와는 차원이 다르게 밀도 높은 색상과 왁스 같은 질감을 갖고 있어 버트가 그림을 그리는 방식 자체가 바뀌는 것을 보고 나도 사용해보게 되었다. 다른 제품들에 비해 품질이 월등하게 뛰어나다 보니 눈물이 찔끔 날 정도로 비싼 가격도 생각나지 않을 정도였다.

정신없이 바쁘게 지내는 동안에는 이런 조용한 즐거움이 내 삶에서 얼마나 밀려나 있었는지 알지 못했지만, 이제 다시 그런 것들을 되찾는 중이다. 손으로 하는 정적이면서도 율동적인 작업, 몽상을 가능하게 하는 가벼운 몰입, 그리고 그 과정에서 느껴지는 정겨운 감정. 나는 버트와 사람 모양 생강 쿠키를 만들면서 그 쿠키들이 저주 인형이라도 되는 양 과도하게 신경을 기울이고 있는 나 자신을 발견한다. 나는 그 쿠키 하나하나가 내가 살아온 삶에 대한 작은 반항이라고 상상해본다. 별 의미 없는 무언가를 그런 경건한 태도로 다루는 것은 일종의 공감 주술(공감 작용에 의해 어떤 사물이나 사건이 떨어진 곳의 사물이나 사건에 영향을 미칠 수 있다는 믿음을 바탕으로 한 주술 — 옮긴이)이다. 이제는 무용하게 느껴지는 가치관을 슬그머니 내려놓으며, 나는 죽은 영혼들을 생각한다.

겨울에 우리는 여기저기에 웅크리고 있는 어둠을 몰아내기 위해 집 안으로 빛을 끌어들인다. 나는 찬장을 뒤져 양초들을 찾아냈고 어두운 구석마다 꼬마전구를 달았다. 그러면서 나 자신의 이야기를, 스스로에게만이라도 다시 하기 시작한다. 그게 우리 인간의 본성이다. 우리는 우리의 이야기를 만들고, 그 이야기를 다시 새롭게 만들기도 한다. 몸에 맞지 않게 된 옷은 버리고 맞을 법한 새로운 옷을 입어보듯이. 지금 나는 아들을 낳은 뒤에 설 자리를 잃게 될까 두려워 잘못 빠져들게 된 업무 패턴에 관해 스스로에게 이야기하고 있다. 임신 기간 동안 힘들었고, 아이를 낳고 나서도 잘 해내지 못했고, 그런 와중에 내가 아는 땅으로 다시 헤엄쳐 돌아가겠다는 심정으로 업무에 복귀했었다. 그런다고 해결되는 것은 아무것도 없었지만, 적어도 내가 효율성을 발휘할 수 있는 영역을 되찾고 싶었다.

나는 하루 종일 일했다. 새벽 5시에 시작해 밤 9시나 10시까지 일하고 퇴근해서 잠자리에 누우면 베개에 머리를 대기가 무섭게 잠이 들었다. 주말에는 남편과 아들이 둘이서 시간을 보낼 수 있기만 하면 답안지를 채점하고 강의 계획서를 작성하면서 하루를 보냈다. 사람들은 어떻게 그럴 수 있냐며 경탄했다. 나는 그런 칭찬을 받으면서도 속으로는 그저 다른 사람들과 보조를 맞추려고 몸부림치고 있다는 생각뿐이었고, 남들은 나보다 훨씬 더 잘 해나가는 것만 같았다. 실제로 내가 한참 잠에 빠져든 한밤중에도 정규적으로 이메일에 답을 보내는 동료들이 있었다. 나는 사실 부끄러웠다. 스스로 충분히 현명해서 절대로 일 중독에 빠질 일은 없을 거라 믿었는데, 그렇게 오랜 기간 죽도록 일만 하다가 스스로를 병들게 하고 만 것이다. 설상가상으로, 어떻게 쉬어야 하는지조차 거의 잊어버렸다.

내가 탈진한 것은 당연하다. 하지만 그게 다가 아니다. 나는 완전히 속이 비어버린 상태다. 맹수에게 쫓기는 사냥감처럼 늘 촉각을 곤두세우고 초조해하면서, 모든 일이 긴급하고 아무리 해도 충분하지 않다고 느꼈다. 그러는 동안 나의 집, 내가 사랑하는 집은 모든 것이 서서히 부서지고 망가지고 낡아가는 일종의 엔트로피를 겪었다. 온갖 선반과 구석에 잡동사니가 쌓여만 갔고, 그걸 볼 때면 그저 속수무책이었다.

직장에 병가를 낸 이후, 나는 소파에 푹 파묻혀 앉아 몇 시간이고 그 처참한 현장을 물끄러미 쳐다보며 어쩌다 이렇게 엉망진창이 되었을까 생각하게 되었다. 뭔가 고치거나 치울 거리를 떠올리지 않고 잠깐이라도 편히 쉴 수 있는 공간이라곤 한 군데도 없었다. 창문은 폭우가 수차례 지나간 흔적과 함께 먼지로 뒤덮여 있다. 마룻장은 칠이 벗겨지고 있다. 벽에는 그림이 걸려 있지 않은 빈 못들, 메우거나 칠해야 할 구멍들이 보인다. 텔레비전조차 비뚤어진 각도로 걸려 있다. 의자를 딛고 서서 옷장 맨 위 선반을 비우면서, 나는 지난 몇 년간 최소 세 번은 침실 커튼을 교체했어야 했음을, 사놓은 커튼 천들이 모두 정갈하게 접혀 보관된 채로 완전히 잊혔음을 깨닫는다.

육체적으로 이런 것들을 처리할 수 없게 되고 나서야 비로소 상황을 인식하게 된 건 마치 앙심을 품은 그리스 신들이 고안해낸 절묘한 고문을 당하는 기분이다. 그러나 지금 여기에 나의 겨울이 왔다. 겨울은 내 삶을 보다 지속가능한 것으로 변화할 수 있도록 해주고 내가 초래한 혼돈을 통제할 수 있게 해주는 열린 초대다. 고독과 사색 속으로 걸어 들어가야 하는 순간이다. 필요하다면 잠시라도 오랜 인간관계로부터 한 발 물러나 우정의 끈을 느슨하게 풀어놓아야 하는 순간이기도 하다. 어쩌면 내가 살면서 계속해서 통과해온 여정인지도 모른다. 나는 겨울을 나는 법을 혹독하게 배워왔다. 겨울나기는 일종의 기술이다.

비록 겨울이 다가오는 것을 알지 못했을지라도, 최소한 초기 단계에 그것을 포착한 것이리라. 나는 그저 조금 헤매고 있을 뿐이다. 내 집 창문처럼, 그저 앞이 조금 흐릿해진 것뿐이다. 나는 의식적으로 겨울 안으로 들어가보기로 한다. 그래서 나 자신을 더 잘 이해하도록 연습하는 기회 중 하나로 삼을 작정이다. 똑같은 실수를 되풀이하는 것은 피하고 싶다. 준비만 잘 되어 있다면, 그 안 어딘가에서도 즐거움을 찾을 수 있지 않을까 궁금해지기까지 한다. 사실 나는 침체기가 다가오고 있음을 감지하고 있다. 빵 굽기와 수프 만들기가 나를 영원히 지탱해줄 수는 없는 법이니까. 상황은 지금보다 더 나빠질 것이다. 더 암울하고, 더 메마르고, 더 외롭게. 나는 강한 타격이 왔을 때 완충제가 되어줄 지푸라기 더미를 내 밑에 깔아두고 싶다. 모든 것에 대비하고 싶다.

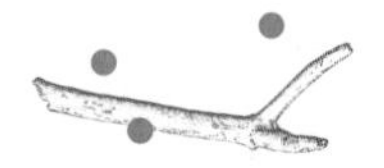

퀸스(quince. 마르멜로의 열매로 '황금사과'라는 별명을 가지고 있으며, 사과와 배 사이의 모양과 맛을 지녔다 — 옮긴이)가 한가득 담긴 캐리어 가방이 도착했다. 올해 그 어느 때보다도 나무에 열매가 많이 열렸다며 한 친구가 보내온 것이다. 이번 봄이 특별히 비옥했던 건지, 여름에 우기와 건기가 딱 알맞게 조화를 이루었던 건지, 언제 이런 일이 가능하게 되었는지는 잘 알 수 없지만 그 덕에 나의 녹색자두greengage나무에도 심은 지 9년 만에 처음으로 열매가 풍성하게 맺혔다. 해안지구를 따라 난 길 위로는 블랙베리가 잔뜩 열렸고, 생울타리에는 중국 풍등을 닮은 새빨간 로즈힙rose hip이 점점이 박혀 있다. 여름은 최후의 비명이라도 지르듯 선물들을 흩뿌려놓는다.

나의 어머니는 무엇이든 저장해두곤 했는데, 나도 그런 습성을 조금 물려받았다. 우리는 1년에 한 번씩 고모네 정원으로 내려가 댐선 자두damson plum, 브램리 사과, 자두, 뽕나무 열매를 털어왔다. 열매즙으로 손가락을 온통 물들인 채, 여자들끼리 함께 재잘대며 웃곤 했다. 그렇게 얻은 전리품들은 내가 아직도 간직하고 있는 할머니의 주둥이 넓은 냄비 속에서 잼과 사과 처트니로 변신했다. 할아버지는 집에서 기른 미니 양파인 샬롯으로 피클을 만드셨고, 엄마는 샛노란 피칼릴리piccalilli와 선홍빛 적양배추 병절임을 만들었다. 모두 크리스마스 때까지 저장해두었다가 박싱데이 점심에 개봉할 예정이었다.

우리의 저장 식품 만들기에는 무언의 규칙이 있다. 바로 주재료는 돈을 주고 사지 않는다는 것. 수확량이 너무 많아 남은 것, 쓸 데가 없거나 다른 데 사용할 수 없는 것이어야 한다. 아니면 그대로 두면 썩어버리고 말, 야생에서 채취한 것이어야 한다. 이런 저장 식품이 겨울철에 부족한 신선 식품의 보충식으로 얼마나 요긴했는지는 굳이 몇 세대 전까지 살펴보지 않아도 쉽게 알 수 있다. 비록 오늘날에는 허례허식에 가까워 보일 수 있지만, 쉽사리 내려놓고 싶지 않은 나만의 문화의 한 부분이기도 하다. 나는 이따금 처트니를 만든다. 재료를 썰고 뒤섞고 병들을 소독하는 그 모든 작업을 할 시간이 별로 나지 않는 데다, 며칠이 지나도록 집 안에서 식초와 생양파가 남긴 지독한 향이 가시지 않는 것을 좋아하지 않는데도 말이다.

사실 이러한 욕구는 실용적인 목적과는 거리가 멀다. 우선 나는 호기심이 생기는 것들을, 그저 어떻게 되나 보려고 저장하는 경향이 있다. 올해 나는 일본무로 피클을 만들었다. 수퍼마켓에서 가격이 10파운드로 내려간 것을 보고 그냥 지나칠 수가 없었다. 집 뒤쪽 중정에 둔 화분 속에서 물도 주지 않았는데 악착같이 자라난 쿠카멜론cucamelon을 조금 절였으며, 어쩔 수 없는 수집벽으로 산책길에 채취한 퉁퉁마디marsh samphire 몇 움큼도 절였다. 사실 별로 먹을 일이 없는 것들이어서, 모두 병 속에서 서서히 회색빛으로 변하는 걸 지켜보다가 버리게 될 것 같다. 나는 주로 맛없는 것을 절이는 듯하다. 최근에는 우리집 마당으로 뻗어 나온 물푸레나무의 열매 절임 레시피를 탐독하고 있는 내 모습을 발견하기도 했으니까.

심지어 내가 가장 좋아하는 저장 매체는 알코올이다. 나는 댐선 자두, 엘더베리, 혹은 야생 자두 낙과들을 재워둘 대용량 진을 사는 데 습관적으로 만만찮은 돈을 쓴다. 과일에 돈이 들지 않더라도, 내가 단것을 그다지 좋아하지 않는다는 걸 생각하면 결과적으로 낭비다. 층계와 와인 선반에 야생 자두로 만든 진을 몇 년치나 쌓아둔 저장고가 생겼을 정도니까. 집에 손님이라도 오면 잊지 말고 손에 들려 보내야지 하고 굳게 결심한다.

나는 퀸스 주를 담글까 궁리하다가 이런 상황을 감안해 돼지고기와 만체고 치즈에 곁들이기 좋은 쫀득한 스페인 젤리인 멤브리요를 만들기로 한다. 울퉁불퉁한 노란 껍질을 깎고, 핑크빛 도는 과육을 깍둑썰기 해서 짙은 진홍색 페이스트가 될 때까지 끓인다. 부글부글 끓으면 팔을 델까 겁이 날 정도로 엄청난 김이 뿜어져 나온다. 마침내 완성한 다음, 나는 얇게 썰어 한 꾸러미를 싸 내 친구 한네 멜리넨스콧에게 소포로 보낸다. 한네가 기뻐하길 바라면서. 한네는 핀란드인으로, 피클을 만드는 데 타고난 사람이다. 그녀는 겨울과 밀접하다. 그녀의 핏속에 겨울이 흐른다. 그녀는 북유럽 사람들의 강인함과 영국인들의 가련한 허약함을 비교할 기회가 오면 절대 놓치지 않는다.

나는 한네에게 윈터링을 준비하고 싶은 내 마음에 대해 이야기한다. "내 어머니는 네가 하려는 것을 이렇게 부르시지." 한네는 '탈비텔라트talvitelat'라고 말한다. 영어에는 여기에 대응하는 단어가 없는데, 살금살금 겨울을 준비한다는 뜻 정도로 번역된다. "우리는 여름옷을 치우고 겨울옷을 꺼내놓을 때 이 말을 쓰곤 했어. 그 옷들을 다시 보는 건 항상 좋았지. 1년에 두 번 새 옷을 장만하는 기분이 들거든."

"그런데 핀란드에서는 정말 그렇게 해?" 하고 내가 묻는다. "그러니까 내 말은, 평소 입던 옷 위에 점퍼를 덧입는 게 아니라 따로 겨울옷을 준비한다는 거야?"

"그럼." 한네가 대답한다. "핀란드에서는 그게 불가능해. 겨울이 아주 갑자기 들이닥치니까, 만만하게 생각해선 안 돼. 겨울에는 완전히 다른 옷들이 필요해. 적당히 넘어갈 수가 없지. 영국에선 겨울이라곤 오지 않을 것처럼 행동하는 사람들이 종종 눈에 띄지만 말이야. 남들에게 주목받으려고 12월 내내 반바지를 입는 남자들처럼."

"아니면 다리를 훤히 드러낸 채로 코트도 안 입고 나이트 클럽에 가는 여자애들처럼." 하고 내가 덧붙인다.

"맞아. 그 사람들 모두가 영국의 겨울이 그리 춥지 않다는 걸 몸소 증명하고 있어. 핀란드에서도 그런 짓을 할 수 있는지 보고 싶네."

한네는 평균 기온이 2도인 리민카 지역 출신이다. 7월이면 기온이 30도까지 치솟지만, 1년의 반 가까이가 영하의 날씨이고 1월에는 영하 10도 정도까지 내려간다. 그런 겨울은 미리 대비해야만 한다.

"핀란드에서는 언제부터 겨울 준비를 시작해?"

"8월." 한네는 눈도 깜빡이지 않고 대답한다.

"8월이라고?"

"사실 거의 7월부터지. 추위가 시작되기 전부터 모든 걸 준비해두어야 하거든. 추워진 다음에는 아무 데나 마음대로 갈 수 없을지도 모르니까."

"어떻게 그렇게 일찍부터 준비를 해?"

"음." 하고 그녀가 말문을 연다. "집 안에 고칠 데가 있으면 전부 손을 봐두어야 해. 눈이 오면 상황이 더 나빠질 일밖에 없거든. 지붕이 샌다거나, 뭐 그런 것들."

"배관을 단열재로 싸기도 하고 말이지."

"우리나라는 배관이 지하에 있어. 그러니까 그건 핀란드에서는 쓸모없는 일이야."

"오, 그렇구나. 나라면 2월까지 견디기는커녕 9월도 못 버틸 거란 생각이 들기 시작하는데."

"장작을 패두고 차곡차곡 쌓아놓아야 해. 겨울용 타이어도 사야 하고. 케이크를 구워서 냉장고에 채워두기도 해야 하지. 누가 집에 찾아오기라도 하면 커피와 함께 내가야 하니까. 언제나 손님을 환대할 준비를 해두는 건 중요한 일이야. 물론 겨우내 먹을거리도 모아두어야 하고."

여기까지 생각이 미치자, 한네의 눈이 반짝거린다. 많은 북유럽 사람들이 그렇듯, 핀란드인들도 피클과 저장 식품 만들기의 달인이다. 핀란드의 요리는 저장할 수 있는 음식이 주를 이룬다. 한네는 여러 가지 열매와 버섯을 따러 여름 여행 다니던 때를 한 해 중 최고의 날들로 기억한다. 온 가족이 다 함께 샌드위치를 싸서 야외로 나가 찾을 수 있는 건 무엇이든 따면서 하루를 보내는 것이다. 모든 가족 구성원이 함께 작업을 하며 결속을 다지는 시간이다. 증조할머니까지 그 자리에 오셨다고 한다.

"내가 제일 좋아했던 건 맛젖버섯이었어." 그녀는 말한다. "독을 제거하려면 소금물을 세 번 갈아가면서 끓여야 했지."

"돌아다니다가 그걸 처음 보고서 먹을 수 있는 음식일 거라고 생각한 사람은 도대체 누굴까?"

"맛젖버섯은 맛이 정말 기가 막혀. 아마 우리 조상들은 먹어도 죽지 않게 독이 빠질 때까지 저장해놓지 않았을까?"

"그런데 핀란드는 겨울에 많이 어두워?" 내가 묻는다.

"응. 물론 우리가 북극권에 있는 건 아니니까 매일 햇빛을 보기는 해. 하지만 일조량이 별로 많지 않고 밖은 엄청 추우니까 거기에 적응할 수밖에 없어. 우선 잠을 더 많이 자게 돼. 어쩔 수가 없어. 체내 시계가 변하니까. 몸은 1년 내내 계절에 따라 균형을 맞추려고 하지. 여름에는 한밤중에 세차를 한다고들 하는 말이 맞아. 겨울이면 온기를 유지하고 집 안을 활기차게 만들 수 있는 방법을 찾아야 해. 그러지 않으면……" 그녀는 잠시 말을 멈췄다. "사람들은 타고난 습성상 변화에 늘 대비하지는 못하는 것 같아."

"핀란드는 세계에서 자살률이 가장 높지 않아?" 나는 그렇게 물으면서 이 말은 하지 말걸 하고 곧바로 후회했다. 그녀에게 매우 민감한 통계일 테니까.

"아니야." 그녀가 대꾸한다. "하지만 근접해 있지. 12월과 1월에 가장 높아. 내 아버지가 스스로 목숨을 끊은 것도 그때였지."

그 모든 능숙한 준비가 망각하게 한 사실이 있었다. 겨울을 맞을 준비를 하는 건 쓸모 있는 일이지만, 딱 거기까지 나아가게 할 뿐이라는 것. 겨울에는 몇 발짝 더 멀리 가봤자 어둠에서 벗어날 수 없다.

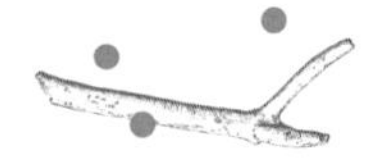

일을 쉬고 나서 몇 주가 지났을 무렵, 나는 내 상태가 여전히 좋지 않은 것인지 의문을 가지기 시작했다. 나는 집 안에 편안히 머물면서 스스로 안정된 상태를 유지하기 위해 규칙적인 생활을 했다. 새벽 5시에 일어나 책을 읽고, 7시에 뜨거운 물로 목욕을 하고, 8시 반에 학교 문 앞까지 조용히 산책을 한다. 낮에는 읽고 쓰는 일을 하고, 커피를 삼가고, 나로 인해 동료들의 업무에 빚어진 혼돈을 생각하며 속을 끓이지 않으려 애쓴다. 2주일에 한 번씩 주치의의 비서와 통화를 하고 치료를 받으러 더 가야 하는지 묻는다. 아무것도 달라진 것은 없다. 나는 시간이 더 필요하다.

지금으로서는 술도 끊었다. 앞으로 영원히 입에 대지 않을 것 같지는 않지만, 지금 이 순간에는 술을 마시고 싶은 욕구가 없다. 아마도 술이 내 복부에 있는 무언가를 변이시킬까 봐 염려하나 보다. 그러다 불현듯 온몸을 두들겨 맞은 것처럼 노곤한 하루를 마무리하는 방편으로 술을 마셨던 지난 몇 년간의 수많은 시간을 편치 않은 마음으로 의식한다. 불안은 지하수처럼 내 몸 안에 잠복해 있다가, 이따금 비처럼 쏟아졌고, 목구멍까지 차올라서는, 비강으로 밀려들고 눈가에 쌓이곤 했다. 와인 한 병, 혹은 그보다 좋은 더티 마티니 세 잔은 잠시나마 그런 감정을 가라앉힌다는 점에서 최고였다. 나는 술을 마시는 것이 나의 하루를 완전히 갈무리해준다고 느꼈다. 그 시점 이후로 나는 자발적으로 통제불능이 되었다. 더는 합리적인 결정을 내리지 못했고, 세심함이 요구되는 이메일에 제대로 응답하지도 못했다. 나는 스스로를 망치고 있었다.

이제 나는 저녁마다 신선한 민트로 만든 에메랄드빛 차 한 잔으로 위로를 받는다. 그리 나쁘지 않은 하루지만 시간이 길어진 것 같아서 저녁 9시에, 별일이 없으면 그보다 더 일찍 잠자리에 눕는다. 지극히 비사교적인 생활 방식이지만, 이러한 삶은 내게 칠흑 같은 어둠 속에서 더욱 명징한 이른 아침을 선사해준다. 집 안 곳곳에 양초를 켜두고서 그 누구에게도 방해받지 않는 두 시간을 내리 누릴 수 있는 아침을. 이제 시간이 생긴 덕분에 명상이 다시 나의 정해진 일과가 되었다. 잠시라도 공기 내음을 맡기 위해서 자리를 잡고 앉기 전에 뒷문을 열어두는 습관이 생겼다. 지난 몇 주간, 엄습하는 추위가 모든 것을 깨끗하게 정화한 것처럼 아침 공기가 신선하고 산뜻했다. 요 얼마 전부터는 며칠 전 저녁에 있었던 화재의 잔재로 공기에 나무 연기 냄새가 묻어난다. 나는 계절의 변화를 냄새로 감지할 수 있다.

이 모든 시간은 헤아릴 수 없는 사치이고, 나는 이 시간을 지나치게 즐기고 있다는 불편한 감정에 사로잡힌다. 내가 잘못된 것은 아닐 테지. 아마도 이건 그저 떠나고 싶은 간절함이 빚어낸 환상일 수 있다. 나는 그냥 고지한 휴가 기간을 보내고 있을 뿐이니 더는 신경 쓰지 않아도 된다. 만약 정신적으로 이미 일터를 떠나지 않았다면, 영웅이라도 되는 양 내가 등지고 나온 자리에 대해서 걱정하는 태도를 취했을 것이 분명하다.

2016년, 옥스퍼드 영어사전은 올해의 단어로 '휘게hygge'를 선정했다. 이 덴마크어 어휘의 의미는 이제 널리 알려져 있다. 휘게는 마음 상태의 일종으로서의 아늑함, 혹은 냉혹한 바깥세상으로부터 우리를 위로하는 소박한 위안으로의 선회를 뜻한다. 나는 지금 양초와 차, 적당한 양의 케이크, 따뜻한 점퍼, 올 굵은 양말, 난롯가에 오롯이 파묻혀 앉아 있을 수 있는 넉넉한 시간으로 가득한 휘게 라이프 속으로 파고들어가고 있다. 그러면서 이런 삶에 지나치게 빠져든 것은 아닌지 생각해본다. 혹시 내가 아프다고 느끼는 것이 내가 선택한 삶의 방식이었던 것은 아닌지, 최근까지 내 삶에 잠복해 있던 혼란을 잠재우기 위해 아늑한 완성을 원했던 것은 아닌지.

그러나 해안선까지 잠시 걸으니 곧 다시 아픔이 찾아온다. 통증이 시작되기도 전에 발이 그다지 안정적으로 기능하고 있지 않다는 걸 느낀다. 발걸음을 내디딜 때 쏠리는 힘이 복부 안쪽에 자극을 주지 않게 하려다 보니 나도 모르게 기우뚱해진다. 평상시에는 빨리 걷는 편이라 사람들이 속도를 좀 늦춰달라고 할 정도인데, 오늘은 위트스터블의 좁은 뒷골목에서 거리로 들어서는 행인들이 쉴 새 없이 나를 추월하며 지나쳐간다.

수면 위로 낮게 구름이 드리워져 있다. 나는 방파제에 기대어 숨을 고르고, 노란 물마루를 품은 파도가 해변에 철썩거리는 것을 바라본다. 그 순간 동료에게 문자가 온다. 그녀의 이름을 보니 가슴이 철렁한다. 누군가 여기서 나를 보기라도 했나? 내 공백을 메우려고 다들 두 배로 일하고 있는데 나는 이렇게 산책이나 하고 있다는 걸 정당화할 수 있을까? 나는 내딛는 걸음걸음이 아픈 데다 원기를 회복해야만 한다는 사실을 어떻게 설명해야 할지 고심한다.

메시지를 열어본다. 단지 친절하게 안부를 물으며 파일 하나가 어디 있는지 알려줄 수 있느냐고 부탁하고 있을 뿐이다. 문득 나는 이 질병의 계절이 나의 정신을 일련의 피해망상 상태로 재편했음을 깨닫는다. 나는 의심을 받을까 봐, 남들의 눈에 띌까 봐 두려워하고 있다. 매일 얼굴을 보아온 사람들 모두가 나에 대해 어떻게 생각할지 염려하고 있다. 나에 대해 험담을 하고 있을까, 아니면 내 이름을 꺼내야 할 때마다 병적인 분별력을 발휘하고 있을까? 어느 쪽이 더 나쁜지 판단이 서지 않는다. 나는 현상 유지를 해나가지 못했다는, 이제는 너무 뒤처져서 제자리로 돌아간다는 것을 상상조차 하기 힘들다는 사실에서 밀려오는 죄책감이 온몸을 짓누르는 것을 느낀다. 슬픔, 탈진, 의욕 상실, 희망 상실이 얽힌 복합적인 감정이 끝도 없이 밀려온다. 내가 지킬 수 있는 유일한 위치는 우아한 침묵 속에 물러나 있는 것이다. 하지만 이건 내가 원하는 바가 전혀 아니다. 나는 나 자신을 변호하고 싶고, 다른 사람들에게 이해를 구하고 싶다.

무엇보다도, 나는 사라지고 싶다. 공예용 칼로 내 윤곽선을 오려내 기록에서 깔끔하게 도려내듯이. 이 상황으로부터 나를 삭제할 방법을 찾으려고 허우적대는 심정이다. 하지만 그러고 나면 사람 형상의 구멍이 남을 뿐이겠지. 나는 모든 이들이 내가 있음직한 그 공간을 들여다보는 광경을 상상한다.

머리 위에서 무슨 소리가 들리더니 갑자기 하늘에 찌르레기들이 가득하다. 모두 한꺼번에 주변의 지붕으로부터 날아오른다. 찌르레기 떼. 하얀 하늘을 배경 삼아 실루엣을 드러낸 새들은 수백 마리가 넘는다. 찌르레기들은 집들 위로 흩어진 다음, 보이지 않는 끈으로 연결되기라도 한 듯 해변 위에서 다시 합쳐진다. 내 위로 다시 지나가면서 새들은 큰 소리로 지저귄다. 이렇게나 많은 새들이 공동의 목표를 향해 날갯짓을 하고, 그 증폭된 날갯짓은 부드럽고도 결연한 소리를 만들어낸다.

이걸 보려고 나는 내 모든 에너지를 소모해버린 셈인데, 충분히 그럴 가치가 있다. 하지만 외부 세계에 어떻게 이것을 정당화할 수 있을까? 근무 현장의 시끌벅적한 요구들 대신 찌르레기들의 낮은 울음소리를 선택했다는 것을 나는 어떻게 인정할 수 있을까?

나는 집으로 간다. 그리고 나의 아침의 애처로운 분투를 잠으로 보충한다.

몸을 덥히다

블루 라군으로 들어서면서, 나는 겨울의 도래를 뼛속 깊이 느껴왔음을 깨닫는다. 나는 조끼와 점퍼, 두꺼운 코트, 그리고 어느 혹독한 북쪽 지방에서 온 목동처럼 보이는 귀마개 달린 모자로 무장을 하고서도 덜덜 떨면서 하루를 보냈다. 레이캬비크는 처음에는 아무 느낌도 없다가 점차 피부층을 통해 핏속까지 스며드는, 살을 에는 듯한 혹독한 추위를 자랑한다. 영국의 추위처럼 축축한 것이 아니라, 그저 절대적인 추위의 순수한 원형이라 할 만한 그런 추위다.

우리는 수도의 거리를 따라 걸었고 항구에서 햄버거를 먹었다. 케블라비크의 바이킹 세계 박물관에서 추위를 피하며 복제된 바이킹 선을 보고 아이슬란드의 전설에 대해 배웠다. 그런 뒤 바람이 몰아치는 대서양을 내려다보며 양고기 스튜를 먹었다.

우리는 우리를 둘러싼 검은 화산의 풍광에 감탄하지 않을 수 없었다. 수돗물에 유황 냄새가 심해서 식수로 쓰려면 몇 시간 동안 냉장고에서 냄새를 날려 보내야 한다는 것도 놀라웠다. 우리도 그 수돗물 냄새를 맡게 될까 봐 염려가 되지만 다른 사람들도 마찬가지일 것이란 생각으로 스스로를 안심시키며, 우리 중 누구도 그 냄새를 맡지 않기를 바라고 있다. 우리는 춥고 피곤하며, 만만치 않은 여행 경비도 사뭇 신경이 쓰인다.

하지만 따뜻한 물이 우리를 녹인다. 우윳빛 도는 푸른 물은 싸한 유황의 맛을 머금었고, 수면으로부터 피어오르는 증기가 차가운 공기 중으로 끊임없이 스며든다. 물속으로 들어오는 순간 사람들의 표정이 금세 편안해진다. 내 표정도 그랬겠지. 꼭 평온함 그 자체에 빠져드는 것만 같다. 불투명한 물과 그 물을 둘러싸고 있는 검은 부석들은 딴 세상에 온 듯한 기분이 들게 한다. 온통 잿빛으로 가득한 하늘 아래서 수영을 하는 기분이다. 물속에 정말로 뭔가 특별한 것이 들어 있는 걸까.

블루 라군은 천연 온천이 아니라, 지열발전소의 지표수로 인해 생긴 인공 온천이다. 1976년 스바르트셍기(검은 초원) 용암층에서 개발이 시작되었으며, 여기서 나온 증기는 전기 발전에 쓰인다. 200도가 넘는 온도의 뜨거운 물에는 각종 미네랄과 조류가 함유되어 있다. 이 물은 잔여물이 빠르게 쌓여서 곧바로 가정으로 공급할 수는 없고, 열 교환 과정을 통해 신선한 물을 가정 용수로 쓸 수 있도록 덥히는 데 사용한다. 이 지열수는 예기치 않은 부산물이었기에, 처음에는 주변의 용암으로 안전하게 흘려보내 자연적으로 형성된 틈과 구멍들 사이로 빠져나가게 할 계획이었다. 그러나 1년도 채 되기 전에 단단한 미네랄 층이 형성되어 웅덩이가 만들어졌고, 수중의 이산화탄소로 인해 특유의 청록색을 띠게 되었다. 1981년, 한 건선 환자가 허가를 받고 이 웅덩이에서 목욕을 한 후 증상이 완화되었다는 사실이 알려졌다. 그 이후로 목욕을 하러 오는 사람들이 점차 늘어, 1992년에는 이곳에 온천이 세워지기에 이르렀다. 아이슬란드의 관광 사업이 번창함에 따라 온천의 인기도 날로 높아졌다. 오늘날에는 하루 입장권이 50파운드에 달하는데도 수주일 전에 미리 예약을 해야만 방문할 수 있을 정도다.

탈의실이 있는 부속 건물의 모니터는 블루 라군의 전체 온천수 온도를 보여준다. 어떤 부분은 37도, 또 어떤 부분은 39도 정도로 대략 비슷한 온도를 유지하며, 바깥 기온과 온천수의 수온이 현격한 대조를 이루어 짜릿한 즐거움을 선사한다. 버트가 좋아하지 않을까 봐 염려했지만, 웬걸 신이 나서 물

속으로 들어오더니 이리저리 돌아다니는 내 곁에 와서 개헤엄을 치고 있다. 차가운 맥주를 손에 쥔 채 여유롭게 거니는 관광객들의 얼굴에는 이산화규소가 풍부한 진흙으로 만든 피부 관리용 마스크가 덮여 있다. 나 같은 사람들은 하는 일 없이 그저 물속에 떠 있다. 잠시라도 곁에서 떼어놓을 수 없다는 듯, 휴대전화를 물에 젖지 않도록 빈 플라스틱 잔에 담아 들고 있는 모습도 눈에 띈다. 휴식하는 법을 잊어버린 사람이 나뿐만은 아닌 듯하다.

나는 쏟아지는 인공 폭포수 아래에서 잠시 시간을 보내고, 작은 증기 동굴로 들어가 열기를 좀 더 쐰다. 한 여자가 향기를 품은 증기 사이로 내게 말을 걸어온다. 그녀는 곧 찾아올, 한 해 중 최고의 시간은 땅 위로 눈이 쌓이는 때라고 말한다. 나는 그녀의 말이 맞을 거라고 생각하는 동시에 그걸 볼 수 없다는 것에 아쉬움을 느낀다. 열기는 직관적인 반면, 온기는 상대적이다. 우리는 바깥이 몹시 춥다는 것을 알면 좀 더 따뜻하다고 느낀다.

이후 탈의실에서 나는 또 다른 유형의 온기를 경험한다. 바로 열댓 명의 여자가 다들 거리낌 없이 벌거벗고 있는 모습이다. 비키니를 입겠다고 온갖 즐거움을 참으며 다이어트를 하고 눈속임용으로 태닝을 한 뒤 해변에서 포즈를 취하는 그런 몸이 아니다. 처진 엉덩이와 움푹 들어간 피부, 거슬거슬한 음모와 자궁 절제 수술의 흔적을 드러낸 채 내가 알지 못하는 언어로 다정하게 잡담을 나누는, 북쪽 지방의 몸이다. 그 몸은 아직 오지 않은 인생을 넌지시 보여준다. 세대를 거쳐온 생존의 메시지이자, 단추를 꼭꼭 채우고 사는 나의 고국에서는 좀처럼 찾아보기 힘든 메시지다. 나는 그들 각자의 몸이 고유함을 느끼며, 내 마음 같지 않던 스스로의 육신에 대해 조용한 분노에 사로잡혔던 시간들을 떠올려본다. 그런 걸 보면 우리는 자신에 대해 속속들이 알지 못한다. 그러나 여기에는 소중한 선물을 교환하듯 자유롭게 나누는 겨울나기의 증거가 있다.

겨울에 우리는 바로 그런 것을 배운다. 과거가 있으면 현재, 그리고 미래도 있다는 것. 어떤 일을 겪은 후에는 또 다른 시간이 온다는 것.

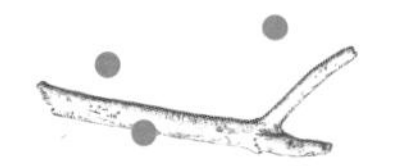

무기력해지는 순간에 나는 늘 북쪽 지방으로 여행을 떠나는 듯하다. 나에게는 북쪽 지방을 향한 일종의 방랑벽, 혹은 빙하가 침투하는 세상의 맨 꼭대기를 향한 동경이 있다. 추운 곳에서 나는 생각이 명쾌해졌음을 깨닫고, 깨끗하고 쾌청한 공기를 느낀다. 나는 북쪽 지방의 실용주의, 준비하고 견디는 능력, 계절의 마루와 골에 대한 믿음이 있다. 따뜻한 남쪽 나라의 여행지는 별반 변화가 없는 기후 탓인지 좀 비현실적으로 느껴진다. 나는 겨울이 가져오는 혁명적인 변화를 사랑한다.

오래전에, 실제로 모든 것이 아직 가능하다고 믿었던 8월에, 우리 가족은 나의 마흔 번째 생일을 기념하는 의미에서 아이슬란드로 여행을 떠날 계획을 세웠었다. 남편이 맹장염에 걸려 내 생일을 축하할 상황이 아니게 되자 우리는 안도하며 그나마 생일에 여행을 가는 걸로 예약하지 않았기에 망정이지, 그랬다면 나 혼자 훌쩍 떠났을지도 모른다는 농담을 주고받았다. 하지만 실제로 예약한 날짜가 다가오자 여행을 가서는 안 된다는 생각이 들었다. 그럴 만큼 좋은 상태가 아니었고, 그럴 만큼 안정되어 있지도 않았다. 나는 휴가를 누릴 자격이 없는 것만 같았다. 업무에서 빠져놓고는 휴가를 떠난다는 게 용납이 될까? 확신이 서지 않았다. 동료들이 안다면 도대체 뭐라고 생각할까? 회복을 위해 요양 휴가를 가는 게 합당하게 여겨지던 시절로부터 우리는 멀리 떨어져 있다. 지금은 회복이라는 것을 할 여지가 남아 있는지도 궁금하다. 우리는 'off' 아니면 'on'인 상태. 둘 중 하나가 아닌가.

주치의에게 진료를 받으러 가면서, 나는 여행비를 환불받기 위해 여행 보험사에 제출할 진단서를 요청하기로 마음먹었다. 그것이 지각 있고 책임감 있는, 즉 도덕적으로 나무랄 데 없는 일이라 여겨졌다. 주치의가 "제가 뭐 도울 일이 있을까요?"

라고 했을 때, 나는 아이슬란드 여행에 대해 말하며 가지 않는 게 당연하지 않겠느냐고 했다. "아니요, 저는 가는 게 좋다고 생각해요."라고 그녀가 말했다. "어차피 아프다는 게 사실이라면, 이 나라에 있든 다른 나라에 있든 그게 문제가 될까요? 차라리 이 상황을 즐기는 게 낫지요. 앞으로 무슨 일이 일어날지는 아무도 모르는 법이잖아요."

의사로부터 '욜로'를 권유받은 것이 생각처럼 위안이 되지는 않았다. 하지만 그건 인생이 한 번뿐이라는 사실을 진정으로 알고 있는 사람으로부터 부여받은 영광스러운 허가이기도 했다. 그녀는 매일 책상머리에 앉아 사람들이 자기 삶에 도사린 운명을 깨닫는 순간을, 자기 삶에 험난한 겨울이 내려왔음을 깨닫는 순간을 지켜보는 사람이니까. 나는 그녀의 조언을 따르기로 했다. 일주일 후, 레이캬비크행 비행기에 올랐다.

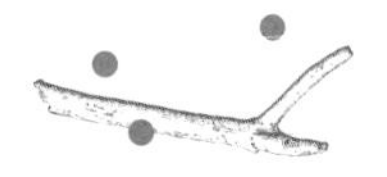

블루 라군에서 수영을 한 뒤 나는 마치 온천수가 모든 기운을 앗아간 것처럼 심한 열에 시달린다. 나는 침대에 눕는다. 이가 딱딱 맞부딪치는 오한과 비 오듯 흐르는 진땀으로 이부자리가 축축해진다. 목구멍은 깨진 유리 조각이 가득 든 것처럼 따끔하다.

의사를 불러야 할 것 같은데 어떻게 불러야 할지, 또 비용이 얼마나 나올지 모르고, 레이캬비크에서는 겁이 난다. 그래서 바깥 구경을 하고 오라며 남편과 아들을 내보내고, 그동안 에어비앤비 아파트 소파에 누워 얼음물을 마시며 넷플릭스로 영화를 본다. 나는 아세트아미노펜과 이부프로펜을 네 시간 간격으로 잊지 않고 복용하고 밀려오는 졸음에 굴복한다. 자신을 너무 몰아세운 탓에 잠자던 크라켄의 신경을 거스르고 만 듯한 기분이다. 하지만 하루이틀 지나고 보니 편도선염보다 조금 심한 정도에 불과했다. 나는 그 평범한 증상이 기쁘기까지 하다. 단순한, 흔한 증상이다. 앓고 지나가면 그만일 것이다.

이윽고 그냥 차로 짧은 여행이나 다녀올걸 그랬나 하는 생각에 이르른다. 그러나 이번 여행은 내 삶의 새로운 국면으로 넘어가는 일종의 관문이라는 사실을 다시금 떠올린다. 그동안은 스트레스로 줄을 심하게 당겨놓아 어디에 매듭이 뭉쳐 있는지 볼 수도 없었지만, 이제 어느 정도 여유가 생기니 비로소 그 상태가 내게 어떤 영향을 주었는지를 실감한다. 나는 지쳐버린 상태다. 결국 터질 게 터져서 여기 아이슬란드까지 멀리 도망치듯 건너왔고, 그 여파가 나를 덮친 것이다. 삶은 나에게 명징한 가르침을 주고 있지만 나는 아직 그것을 제대로 판독할 줄 모른다. 아마도 이제는 활동을 덜 하고, 잠시 집에 머물며 모험을 포기하라는 가르침이 아닐까 싶다. 비록 내가 얻고 싶었던 교훈은 아니지만.

한동안 나는 소파에 파묻혀 시간을 때우는 낯선 경험을 해본다. 아이슬란드에 올 때 책을 한 무더기 가져왔지만 그다지 읽고 싶지 않아서, 대신 킨들 앱으로 필립 풀먼의 『황금나침반』을 다운로드해 이불을 뒤집어쓰고 다시 읽는다. 나는 얼음으로 뒤덮인 툰드라, 갑옷 입은 북극곰 종족과 더스트(『황금나침반』에 등장하는 세상의 근원이 되는 물질 — 옮긴이), 오로라 속에 숨겨진 도시들, 그리고 집션 종족의 따뜻한 포옹에 열광한다. 때때로 아름답고도 복잡하지만 마음을 달래주는 친숙함이 있는 세계로 떠나고 싶어질 때면 이런 어린이 소설을 펼쳐보곤 했다. 하지만 이야기를 읽어나가면서, 나는 무언가를 열심히 찾고 있다. 데몬(『황금나침반』에 등장하는 동물 형태의 수호정령 — 옮긴이)과 분리된 토니 마카리오스의 심상에 홀려서, 책장 속에서 그를 찾아내려 하고 있다. 한두 시간이 지난 뒤, 불현듯 그가 나타난다. 몸서리치면서, 갈 곳을 잃고 더 살 수도 없이 라이라를 향해 창백한 낯으로 비틀거리는 그. 나는 지금 이 순간 내가 느끼는 감정을 반영하고 있는, 나를 투영하고 있는 모습을 찾아 헤매고 있었다. 두 세계 사이에 갇혀서, 견고한 미래를 믿어도 될지 확신하지 못한 채 분리된 아이. 이 모습을 찾아내는 게 위안이 되는지는 모르겠지만, 분노를 공유할 때나 슬픈 영화를 볼 때 느끼는 쾌락처럼 충족감을 주는 것은 사실이다.

휴가 막바지에 이르러, 나는 여러 가지 약의 도움으로 많이 회복된 덕분에 안드레아라는 이름의 배를 타고 고래를 보러 바다로 나갈 수 있었다. 지금 바깥은 파란 하늘에 청량하고 맑은 날씨이고, 바다는 레이캬비크 항구의 하늘이 완벽히 비칠 만큼 잔잔하다. 멜빵 바지와 패딩 파카를 입고 있던 버트는 커다란 구명 조끼까지 덧입자 간신히 팔만 움직일 수 있게 됐다. 버트는 바다로 향하는 내내 갑판 위에서 비틀거리며 꼭 술 취한 미쉐린 맨처럼 넘어지기를 반복한다. 좀처럼 배의 흔들림에 익숙해지지 않자, 곧 지루해하면서 내 휴대전화로 〈벤과 홀리의 리틀 킹덤〉을 보겠다고 조르더니 유리섬유로 된 벤치에서 낮잠을 자보겠다고 헛수고를 한다. 파도가 칠 때마다 버트는 바닥에 굴러떨어진다. 우스꽝스러운 오렌지 딱정벌레처럼 두 다리를 공중에 쳐든 자세로 꼼짝없이 널브러진다.

사방은 온통 바다가 만들어내는 장관이지만, 아이는 조금도 관심이 없다. 조그만 무럼해파리는 수면 위에 점을 그리고 바다오리는 보이지 않는 물고기를 잡으러 물속으로 뛰어든다. 고래는 드문드문 눈에 띌 뿐인데 고래가 얼마나 희귀한 동물인지 버트가 느낄 리 만무하다. 버트의 책에는 늘 고래들이 등장하고, TV를 보아도 희한한 소리를 내면서 카메라와 눈을 맞추는 고래들이 나온다. 버트에게 고래는 분명히 아주 흔한 동물이고 오늘은 비협조적인 존재일 뿐이다. 밍크고래가 배에서 불과 몇 미터 거리에서 수면 위로 튀어 오르고 새끼 고래가 뒤를 따르는 광경, 그리고 돌고래 한 무리가 뱃머리 앞에서 물결을 가르고 그중 열두 마리가 일사불란한 곡선을 그리며 물 위로 점프하는 광경. 그것을 보는 게 결코 흔한 기회가 아니라는 사실을 안다는 건 어른이 누리는 가장 큰 특권 중 하나다. 이토록 엄혹한 추위 속에서 느끼는 이 생명력, 이 생존력 그 자체란.

해안으로 돌아오는 동안 나는 갑판에 앉아서 낮게 비치는 금빛 햇살이 비스듬히 내 얼굴 위로 내려앉도록 둔다. 이것이 북쪽 지역의 일광욕이다. 신체 중 노출할 수 있는 유일한 부분을, 상상할 수 있는 한 가장 널리 발산되는 온기에 담그며 새로워진 기분을 느끼는 것. 나는 어딘지 내게 어울리지 않는 열대의 파라다이스에 있을 때보다 청회색빛 대서양 위로 휘몰아치는 바람의 행로를 바라볼 때 훨씬 더 마음이 안정되는 것을 느낀다. 나는 태생적으로 여기가 좋다. 겨울을 잠시 밀어내려고 몇 주간 따뜻한 나라로 떠나 있는 게 무슨 의미가 있을까? 그건 그저 피할 수 없는 것을 늦추는 것에 불과하다. 나는 겨울이 가져오는 변화를 받아들이고 적응하면서, 추위 속에서 겨울을 나기를 원한다.

그러나 나는 삶의 대부분을 겨울을 밀어내려고 애쓰며 보냈음을, 제대로 그 혹독함을 체감한 적이 거의 없음을 또한 안다. 눈이 거의 오지 않고, 백열전구로 늘 어둠을 몰아낼 수 있는 영국 남동부에서 자란 나는 한 번도 겨울을 준비해야 했던 적이 없었다. 몇 개월 동안 지독한 추위를 견디거나 전기가 차단되는 경험을 할 일도 없었다. 첫눈이 오면 곧 길이 폐쇄되고 강풍이 몰아치는 용암지대에서도 생명이 끈질기게 피어나는 아이슬란드에서 나는 온기를 유지하는 법을 배웠다. 여기 대서양 외곽을 누비는 안드레아의 갑판 위에서, 나의 겨울에 다가가면서, 불현듯 추위는 내가 아직 온전히 이해하지 못한 치유의 힘을 가지고 있음을 확신한다. 그러고 보니 우리는 어처구니없이 넘어지기라도 하면 관절에 얼음을 가져다 댄다. 삶에서도 그러면 안 될 이유가 있을까?

아이슬란드에서의 마지막 날, 우리는 시골 지역을 가로질러 달려 '골든 트라이앵글'을 보러 간다. 골든 트라이앵글은 인파로 붐비는 명소로, 천둥소리를 내며 굴절된 무지개를 뽐내는 굴포스 폭포, 불룩해져서 우르릉 소리를 내다가 광대한 물기둥을 분출하는 간헐천인 스트로쿠르, 북미와 유라시아의 지각판이 만나는 싱벨리어 국립공원, 이 세 곳을 일컫는다. 나무가 없는 시골길을 달리면서, 나는 저 멀리서 수평선을 보고는 우리가 섬 전체를 가로질렀다고 여긴다. 하지만 지도를 보니 그것은 빙하, 그러니까 바닷물처럼 반짝이는 거대한 영구동토다. 나는 그곳에 빙하가 있는지 몰랐다. 그런 일이 가능한지조차 몰랐다.

나는 이 신비로운 별세계와 같은 나라를, 얼음과 불로 가득한, 신화가 꿈틀대는 나라를 아직 제대로 보지 못했음을 새삼 실감한다. 우리는 언젠가 편한 시간에 이곳을 다시 찾기로 한다.

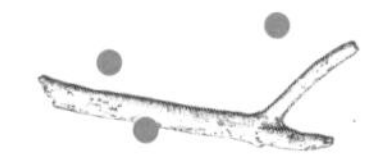

한네는 사우나에 대해 여러 번 언급하며 사우나가 추위에 대처하는 데 얼마나 도움이 되는지 은근히 강조하고는 했다. 아이슬란드에서 집으로 돌아오는 길에 나는 한네가 말한 효과를 블루 라군에서 조금이나마 체험했다는 생각을 했다. 몸을 따뜻하게 함과 동시에 마음을 편안하게 해주는 효과. 사우나는 특히 몇 개월간의 동절기에 긴장 완화와 도피의 장소로 기능하면서, 핀란드인의 정신세계에서 영적이라 할 법한 중요성을 가진다. 핀란드의 가정집에는 대부분 개인 사우나가 있고, 마을에도 몇 블록마다 공동 사우나가 있어서 매주 할당된 시간 동안 이용이 가능하다. 사우나를 이용하지 못하는 건 생각도 할 수 없는 일이다. 이곳 사람들은 사우나를 욕실이나 부엌처럼 필수적인 공간으로 여긴다.

“사우나를 하는 동안은 차분한 시간을 보낼 수 있지.” 한네가 말했다. “가족을 위한 시간이기도 하고 사우나에서는 마음이 정화되는 경험을 해." 흠잡을 데 없는 영어를 구사하는 한네는 사우나에 대해 말할 때마다 'in the sauna'라고 하지 않고 'in sauna'라는 표현을 견지했다. 한쪽 구석에 숯불을 피우는 공간이 있는 소나무 오두막이 아니라, 사우나를 하는 그 상태에 관해 이야기하는 것이기 때문이다.

"모든 결정이 거기서 이루어져. 우리 어머니는 사우나에서 태어나셨어." 한네는 나의 경악하는 표정을 눈치챘다. 그토록 숨 막히게 뜨거운 곳에서 출산하는 모습을 떠올리니 나도 모르게 메스꺼워진 것이다. "다들 그랬어! 그 당시에는 사우나가 가장 깨끗했고, 뜨거운 물도 전부 거기에 있었거든. 사람이 죽었을 때도 몸을 씻긴다고 사우나로 데려갔으니까." 최근까지도 사우나는 삶의 모든 생명 주기를 관장하는 곳이었다. 요람에서 무덤까지의 전 과정이 겨울과 맞닿아 있는 그곳에, 사우나는 여전히 상징적으로 존재한다.

"사우나를 하고 나면 뭘 해?" 내가 물었다.

"가능하다면 호수로 뛰어들지. 아니면 다 벗은 채로 눈 위를 구르든지."

나는 잠시 그녀를 빤히 쳐다보았다. "농담하는 거지?"

"아니! 그러면 기분이 진짜 좋아. 여름이라면 불을 피워놓고 둘러앉아서 소시지 꼬치를 구워 먹겠지. 하지만 겨울에는 열기가 필요하니까 사우나를 더욱 자주 하지. 우리에겐 모두가 수건을 두르고 앉아서 술을 마실 수 있는 사우나실이 따로 있었어. 겨울엔 고립된 기분이 드니까 그렇게 해야 해."

호수가 차가워지고 눈이 쌓일 때까진 아직 시간이 꽤 남아 있지만, 그래도 나는 일주일에 30분씩 투자해서 가볍게 수영을 한 뒤에 동네 체육관에 있는 사우나에 가서 앉아 있기로 다짐한다. 그것이 내게 북쪽 지방의 청명함, 그리고 인생에 닥친 추위와 대비되는 활력을 조금이나마 가져다주길 바라면서. 나는 만족스러운 표정으로 뜨끈뜨끈한 소나무 사우나에 앉아 신비주의 지혜서를 탐독하고 모공을 정돈하는 내 모습을 그려본다.

나는 "당신 사우나 싫어하잖아. 몸이 너무 뜨거워진다고."라고 말하는 남편에게 넌지시 눈치를 준다.

"맞아. 그치만 이제 몸이 뜨거워지는 것만 좀 참으면 사우나를 즐길 수 있을 것 같아. 뜨거운 걸 안 좋게만 생각하지 말아야겠어." 나는 대답한다.

2년 전쯤 친구와 사우나에 갔다가, 친구가 의욕에 불타올라 석탄에 물을 붓는 바람에 화상을 입을까 봐 황급히 빠져나왔던 적이 있다. 곧바로 뒤따라 나와서 미안하다고 할 줄 알았는데, 친구는 10분이 지난 다음에야 온통 발그레진 얼굴에 몽롱한 미소를 머금고 나타났다. 이 일을 통해 나는 뜨거워지는 걸 너무 두려워할 필요가 없음을 느꼈다. 두려워하기보다는 거기에 몸을 맡기는 법을 배워야 한다.

나는 체육관 회비를 내고, 소독한 물속을 스무 번쯤 왕복하다가 점점 지루해질 즈음 습식 한증막으로 들어간다. 여기가 편안하다. 습기를 머금은 따뜻한 증기 속에서 피부가 점점 촉촉하고 야들야들해지면서, 폐가 확장되고 깨끗해지는 것을 느낀다. 나는 언제나 이곳에 더 끌린다. 사우나는 산소가 희박하고 건조하지만, 한증막은 따뜻하고 공간이 아늑하다. 그러나 전 세계의 목욕탕 애호가들은 그 무엇보다도 사우나를 모든 형태의 뜨거운 목욕 시설 중 으뜸으로 치는 듯하다. 취향을 타서 쉽게 좋아하긴 어렵지만 한번 좋아하게 되면 열렬히 빠져들기 때문일까, 아니면 단순히 나무 오두막과 뜨거운 석탄, 거기에 물을 끼얹는 좀 더 기본적인 형태 때문일까? 한증막은 금속제 의자와 자동 온도 조절 장치로 조절되는 후끈한 공기 탓인지 시립 시설처럼 여겨지는 한편 사우나는 보다 자연스러운 분위기가 있다. 한증막을 좋아하는 건 예스러운 재래시장보다 새로 지은 쇼핑몰을 좋아하는 것과 비슷하다. 이게 바로 내가 극복해야 할 과제다.

그래서 나는 뜨거운 비닐 옷을 입은 채로 못에 걸린 타월을 꺼내어 들고 사우나로 들어간다. 고맙게도 사우나는 비어 있고 한동안 사용하지 않은 것 같다. 타는 듯이 뜨겁기보다는 오히려 쾌적하게 따뜻하고, 구석에선 히터가 째깍대고 있다.

나는 타월을 깔고 맨 아래 의자에 앉는다. 이 방에서 가장 시원한 곳이다. 이어서 건조한 공기를 들이마시고 기침을 한다. 아마도 좋은 증상이 아닐까 싶다. 내가 가래침을 뱉고 있다니! 이게 바로 사우나의 마법이다. 의자에 기대 앉았다가 등에 줄무늬가 생길까 봐 문득 후회가 된다.

안에서는 좋은 향이 난다. 나무 냄새와 희미한 송진 냄새. 따끔거리는 피부가 쭈글쭈글해진 것 같고, 모근이 얼얼하다. 분명 온도가 올라가고 있다. 나는 사우나에 걸맞은 마음 상태를 지니려고 노력한다. 넓고 평온한, 문밖의 근심과 걱정으로부터 자유로운 상태. 그나저나 갈증이 난다. 숨을 들이마신다. 조금만 있으면 뭔가 마실 수 있다. 다만 지금은 '사우나' 중이다. 나는 아이슬란드에서 했던 것을 하고 있다. 열의 근원적인 힘을 찾아내고, 인생의 굴곡을 뛰어넘는 방법을 알아내고 있다. 이것은 사치가 아니다. 엄중하고 견고한 유지 모드이자, 존재의 변화무쌍함에 대한 강건한 반응이다. 나는 실용적으로 행동하고 있다.

또한 나는 탈진한 상태다. 완전히 요리된 것처럼 탈진한 상태. 꼬챙이에 꿴다면 투명한 즙만 나올 것 같은 상태. 그래도 괜찮다. 사우나에서 보낸 시간 덕에, 나는 이제 지혜로워졌고 머리도 맑아졌다. 그래서 한없이 편안히 쉬기보다는 시간에 대한 저항력을 기르는 편이 가치 있다는 것을 안다. 나는 일어나서 어깨에 타월을 감고 슬며시 샤워실로 들어간다.

따뜻한 물이 두피를 때리고 폐가 다시 시원한 공기를 반기는 동안 현기증이 느껴지기 시작한다. 심호흡을 몇 번 해보지만 심장이 두근거리고, 시야는 완전히 정상적인 상태와 금빛 테두리와 함께 이상한 암록색으로 변하는 상태를 오락가락한다. 그래도 괜찮다. 어쨌든 상황을 분석하기에 충분할 정도의 평정심은 있으니까. 그저 물을 좀 마셔야 할 것 같다. 이제야 드는 생각인데, 입안이 바짝 말라 있다.

나는 샤워기를 끄고 탈의실의 내 칸막이로 돌아와 잠시 앉아 있다. 그러고 있는 동안 반바지를 당겨 입는다. 타월 속에 아무것도 입지 않았는데, 닫힌 칸막이 안에서 졸도할 것만 같아서 그런 상황을 막아야겠다는 생각이 앞선다. 브래지어를 겨우 채웠을 때 좀 아픈 것 같다는, 혹은 완전히 정신을 잃을지도 모른다는 생각이 든다. 이런 상황에서는 혹시 무슨 일이 생기더라도 큰 타격을 받지 않도록 바닥에 모로 눕는 것이 최선이다.

나는 한동안 얼굴을 바닥에 대고 누워 있다. 축축하고 차가운 타일에 얼굴을 맞댄 채, 여자들 한 무리가 이리저리 걸어다니고 정강이에 로션을 바르고 양말을 신는 것을 본다. 나는 아주 괜찮다. 미끄럼 방지 재질의 바닥 무늬가 내 볼에 찍혔을까 봐 조금 염려가 되는 것만 빼면. 예전에 음악 페스티벌에 갔다가 열사병 증세로 응급 의료 텐트에 실려 간 적이 있었다. 나는 텐트에서 모두에게 일란성 쌍둥이인 오빠 세 명과 함께 왔다고 말하면서도 오빠들의 이름을 제대로 대지 못했다. 나의 (사실, 한 명뿐인) 오빠는 안내 방송을 듣고는 그게 나라는 것을 알았다. 확실히 지금은 그런 상태가 아니다. 바닥에 몸을 붙이고 있기는 하지만, 정신은 놀랄 만치 또렷하다. 그리고 말도 안 되게 목이 마르다.

머리를 들어보려 하지만, 세상이 다시 빙글빙글 돌기 시작한다. 그래서 옆 칸막이에서 봉투와 병을 가지고 한참을 찰그랑대고 있는 여자에게 조용히 도움을 요청하기로 한다.

“여보세요.” 나는 나직이 부르고는, 더 큰 소리로 다시 말한다.

“여보세요?” 여자와 나 사이의 칸막이 벽을 두드린다.

“네?” 놀란 음성이 들려온다.

“방해해서 죄송한데요, 제가 좀 현기증이 나서요. 혹시 물 한 잔만 가져다주실 수 있으세요?”

침묵.

“어, 많이 급하신가요? 저기, 제가 지금 옷을 입는 중이라서요.”

“네. 바닥에서 일어설 수가 없어요.” 나는 꺽꺽거리며 대꾸한다.

여자는 말이 없다. 나와 계속 말을 주고 받느니 그냥 자기 볼일을 보는 편이 낫다고 생각한 것 같다. 잠시 후, 여자가 칸막이에서 나가고 문이 닫히는 소리가 들린다. 모두 가버렸다. 그러다 갑자기, 모두 가버린 게 아니었는지 문이 활짝 열리고 한 여자가 황급히 외친다.

"쓰러진 여성분을 찾고 있어요!"

'오 맙소사.' 하고 나는 생각한다. 여자는 칸막이를 열 수 있느냐고 묻고, 나는 열 수 있다. 나는 지금 나한테 필요한 건 물 한 잔일 뿐이라고 설명하기 시작하지만, 곧 그 여자는 선발대에 불과하다는 사실을 깨닫는다. 전 직원이 다 몰려오기라도 한 것처럼 많은 인원이 들이닥친다. 그중 절반은 남자고, 두 명은 제세동기를 들고 있다. 그들은 우르르 다가와 내 주위로 반원을 만든다. 염려하는 동시에 응급처치 실습 내용을 실제로 적용할 생각에 몹시 들떠 있는 표정이다. 순간 내 머릿속에 떠오른 생각은 오로지 바닥에 엎어지기 전에 속옷을 입으려고 애썼던 나의 행동이 가히 영웅적이었다는 것이다.

"저 사람들 좀 여기서 나가라고 하세요!" 나는 처음 왔던 여자에게 속삭인다. 40대 북유럽인으로 보이는 그녀가 여기서 유일한 내 편이기 때문이다. "난 속옷만 입고 있다고요." 나는 강조하기 위해 덧붙인다. 고맙게도, 여자가 내 말에 수긍한다. 그녀는 타월을 집어들어 내 몸 위에 덮고는, 모여든 사람들에게 내가 의식이 있으니 다들 돌아가도 좋다고 말한다.

"죄송해요. 응급처치 요원들에게 라디오로 공지를 해서 그 사람들이 전부 온 거예요." 그녀가 말한다.

"저는 그냥 물 한 잔이면 돼요. 정말로요." 내가 대답한다.

마침내, 물이 오고 있다. 일어나 앉아 물을 마시니, 상태가 나아지기 시작한다. 안정을 취하기 위해 나는 한 시간 동안 마사지실에 앉아서 달달한 차를 마신다. 마사지실에선 지금 상태로 운전하는 건 무리니 택시를 타라고 권한다. 거기엔 25파운드가 들고, 이미 세 달치 회비는 납부한 뒤다. 나는 여기 두 번 다시 발을 들이지 않을 작정이다.

어쩌면 북유럽 방식으로 해보려 한 게 실수였는지 모른다. 어쩌면 그런 사우나에 적응하는 덴 평생이 걸릴지도 모른다. 어쩌면 그냥 아직 때가 되지 않은 것인지도 모른다.

아니, 어쩌면 나는 몸을 다시 따뜻하게 덥히기 전에 먼저 진정한 추위를 맛봐야 하는지도 모르겠다.

핼러윈

핼러윈은 겨울로 들어서는 길목에 있다. 엄밀히 말해서 11월은 아직 나무에 이파리들이 매달려 있는 가을의 달이다. 하지만 심리적으로는 이맘때가 겨울의 경계를 넘어서는 시점이다. 핼러윈 다음 날 호박이 썩기 시작하면 마음은 이미 크리스마스로 향하고, 장작을 구할 생각과 본파이어 나이트(11월 5일 밤으로, 영국에서는 이날 1605년 가이 포크스의 의사당 폭파 계획이 저지된 것을 기념하여 모닥불을 밝히고 불꽃놀이를 한다. 가이 포크스 나이트라고도 한다 — 옮긴이)에 팬티스타킹을 청바지 속에 챙겨 입을 궁리를 하고 있다.

내가 어렸을 때 핼러윈은 별다른 날이 아니었지만, 지금은 마치 크리스마스처럼 그날 자체를 준비하는 분위기가 있다. 우리가 아이슬란드에서 돌아와 보니 바로 그런 분위기가 완전히 무르익었다. 동네 주택가를 따라서 집집마다 창문에 유령이며 박쥐 모양이 붙어 있고, 현관에는 고리처럼 연결된 형태의 종이 호박 장식이 달려 있다. 동네 철물점 창문에는 누군가가 검은 망토를 입은 마네킨을 드리워놓고, 녹색 피부와 툭 튀어나온 눈동자, 비명을 지르는 입 모양을 한 무시무시한 가면을 씌워놓았다. 어릴 적에 나는 사탕을 달라고 할머니 댁 현관문을 두드리던 아이들을 보고 보모의 치마 뒤로 숨었던 기억이 난다. 생전 처음 보는 무시무시한 모습이었기 때문이다. 그러나 버트는 엽기적인 분장들을 별 탈 없이 보아 넘기는 것 같다. 아니, 오히려 즐기고 있다. 이번에도 면과 모 재질로 된 거미줄과 플라스틱 비석으로 집 안을 장식하지 않았다고 불평을 늘어놓고 있으니까.

"우리는 핼러윈 장식 안 해." 나는 해골 잔해와 절단된 손가락으로 가득한 상점 진열창을 지나며 버트에게 말한다. "그건 우리 가족 전통이 아니야."

"그런데 왜?" 아이는 묻고, 나는 마땅히 대답할 말이 없다. 핼러윈은 내게 과한 행사로 여겨진다. 조잡하고, 쓸데없이 돈을 낭비하고, 누구나 좋아할 것 같지만은 않은 기운 빠지는 복장으로 넘쳐나기 때문이랄까? 전에는 없던 행사이기 때문이랄까? 핼러윈의 밤은 언제나 혼돈으로 변질되는 것 같고, 10대 무리를 지나칠 때마다 마음이 그리 편치 않기 때문이랄까? 작년에는 11월 1일 아침에 일어나보니 현관문 앞에 달걀들이 터져 있고, 깨진 달걀 껍데기가 페인트칠 사이사이에 박혀 있었다. 문을 두드리면 사탕을 나눠주려고 저녁 내내 문 앞에서 순순히 기다렸건만, 고약한 장난의 목표물이 되어버리고 만 것이다. 나는 우리 집이 희생양이 된 건 우연일 뿐이라고 스스로에게 되뇌면서도, 누군가가 내 공포의 냄새를 맡은 거라는 의심을 지울 수 없었다.

핼러윈은 기존의 질서를 전복시키는 날로, 역할을 뒤바꿈으로써 가난한 자가 지배자가 되고 부자가 낮은 자리로 내려가는 것을 허용하는 오랜 전통과 연계되어 있다. 역사적으로 괴물들과 조롱 사이에는 광적인 연관성이 존재해왔다. 폭동과 반란으로 치닫는 더욱 위험한 사태를 피할 목적으로 힘없는 이들에게 시민 의식의 테두리 안에서 놀이를 즐길 권리를 부여하는 것은 흔한 일이었다. 핼러윈에 신세대들(나름대로 꾸며놓은 나의 흠집 난 현관문을 물어줄 형편으로는 보이지 않는)은 한껏 흥분해서 말썽을 일으킬 수 있는 잠재력을 표출하고, 그럼으로써 우리에게 남은 한 해 동안 그들이 얼마나 자제력을 발휘할지 엿보게 한다. 전면적인 반란을 꾀할 나이까지는 아직 10년 남짓 남은 버트에게 핼러윈은 재미있게 꾸며 입고 어두운 밤거리를 당당하게 활보하며 모르는 집 대문을 두드릴 수 있는, 겨울밤을 누리는 축제다. 가이 포크스 나이트도 버트의 흥미를 끌지만 핼러윈만은 못하다. 버트는 어둠이 자기 놀이 시간을 심각하게 제한하기 전에, 여름의 마지막 전초기지인 핼러윈의 과장된 무언극을 원한다.

결국 나는 이렇게 말하고 만다. "내년에는 우리도 장식을 해보자. 엄마가 약속할게."

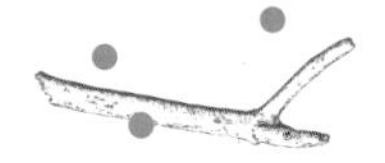

본디 핼러윈은 기독교도들이 성인들의 희생을 기념하는 날인 만성절, 즉 핼로우마스의 전야를 의미했다. 스티브 라우드의 『영국의 한 해』에 따르면 모든 성인 대축일 전야에 열리던 철야기도 모임이 19세기 무렵에 이르러 애플 보빙(양동이에서 입으로 사과를 건지는 놀이 — 옮긴이) 따위의 게임을 즐기는 파티의 성격을 띠게 되었다. 이때에는 주로 미래의 애정운을 예측하는 점을 보기도 했다. 하나의 긴 줄이 되도록 벗겨낸 사과 껍질을 어깨 위로 던져서 장래에 짝이 될 사람 이름의 머리글자를 예측해본다거나, 헤이즐넛에 좋아하는 사람과 자신의 이름을 적어 불 옆에서 구운 뒤 헤이즐넛이 불에서 먼 쪽으로 튀면 결혼하고 나서 화목하지 못할 나쁜 징조로 여긴다거나 하는 식으로. 자정에 여성이 거울 앞에서 머리를 빗으면 어깨너머로 미래의 남편을 볼 수 있다는 오싹한 점치기 방법도 있었다.

핼러윈의 원형은 고대 켈트식 이교도 축제인 삼하인(samhain. 겨울의 시작을 축하하는 의미로 11월 1일 무렵 행하던 고대 켈트족의 축제 — 옮긴이)으로, 1년 중 '어두운 반기'의 도래를 알리는 날이었다. 사람들은 화톳불과 횃불을 지피고, 재를 날리고, 해몽을 하거나 까마귀 떼가 날아가는 것을 보고 미래를 점치며 이날을 즐겼다. 무엇보다도 삼하인은 이승과 저승의 경계가 가장 옅어지는 순간으로 여겨졌다. 이날 사람들은 선물과 제물을 바쳐 고대의 신들을 달래야 했고, 요정들의 장난은 평소보다 더 큰 위험요소가 되었다. 이날은 한 해 중 문턱에 해당하는 순간이었다. 두 개의 세계 사이, 1년의 두 국면의 사이에 위치한 시점으로, 신을 숭배하는 자들이 차마 넘어가지 못했던 경계를 넘으려 하는 시기였다. 삼하인은 내가 어떤 사람이 될지, 어떤 미래가 기다리고 있을지 알지 못하는 모호한 순간을 짚고 넘어가는 방법이었다. 이도 저도 아닌 경계를 기리는 날이었다.

현대의 핼러윈은 죽은 이들을 완전히 망각하고 있고, 슬픔이나 상실과도 아무런 관련이 없다. 죽은 이들을 애도하는 사람들에게도 아무런 위안을 주지 않는다. 우리는 결국 죽음을 지우기 위해, 씁쓸한 최후까지 젊음을 추구하기 위해, 노인과 병자를 변방으로 밀어내기 위해 무슨 짓이든 하는 사회에 살고 있는 것이다. 우리 대부분은 죽은 이들을 기리는 오랜 전통을 잊은 지 한참 되었다. 우리가 죽음과 밀접한 관계에 있다는 생각은 이제 고딕식 농담의 일종이 되어버렸다. 오늘날의 핼러윈은 우리가 속으로 생각하는 개념만을 반영하고 있다. 즉, 죽음이란 우리를 괴물로 만드는 부패 작용에 대한 굴복이라는 것.

그러나 겨울은 죽음이 가장 가까워지는 시간이다. 현대의 안락함에도 불구하고 우리를 잡아챌 듯한 추위가 엄습하는 시간이다. 우리는 그 기나긴 밤의 침묵 속에서, 그리고 그 밤이 가져오는 깊은 어둠 속에서 우리가 잃어버린 이들이 여전히 실재함을 느낀다. 겨울은 유령들의 계절이다. 그들의 창백한 형태는 밝은 햇살 속에서는 보이지 않지만, 겨울에는 다시 선명해진다.

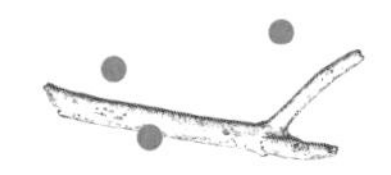

마침내 핼러윈의 밤이 다가오자, 나는 고집을 내려놓는다. 버트는 친구 한 명과 사탕을 받으러 나가고, 두 아이가 돌아왔을 때 나는 호박으로 만든 특별한 차와 데드맨 핑거(애벌레 모양으로 튀긴 양파를 넣은 핫도그), 그리고 초록색 설탕즙이 줄줄 흘러나오는 초콜릿 케이크를 준다. 버트와 친구는 뒤뜰에서 나무에 달린 사과에 누가 먼저 손이 닿는지 내기를 한다. 빰은 하얗게, 눈 주위는 검게 칠한 해골 분장을 한 채로. 버트는 마음이 들뜨고 단 음식을 먹어 다소 흥분한 상태에서, 만족스러운 얼굴로 침대에 뛰어든다. 벌써부터 내년에 무슨 복장을 할지 고민하고 있다. 나는 학교 가기 전날 밤 늦게까지 노는 걸 눈감아준 기분인데, 꽤나 흡족한 마음이 든다.

그날 밤 나는 어린 시절 즐겨 읽던 루시 M. 보스턴의 『비밀의 저택 그린 노위』를 몇 장 읽는다. 온갖 엽기적인 불협화음 속에서 진정한 유령 이야기가 그리워진 것이다. 무시무시하다기보다는 으스스하고, 조용하면서도 오싹한, 경계성의 의미를 탐구하는 이야기. 20세기 중반의 소설들이 흔히 그렇듯, 이 이야기의 발단은 크리스마스다. 어린 톨리는 기숙학교에서 출발해 할머니댁으로 가는 기차 안에 앉아 있다. 부모님이 미얀마에 살고 있어서 톨리는 증조할머니와 지낼 예정이다. 톨리의 증조할머니인 리넷 올드노는 매우 친절하고 살짝 마력이 느껴지는 사람이다. 그린 노위 저택은 처음에는 외로운 곳처럼 보이지만, 톨리는 곧 거기에 함께 놀 아이들이 있음을 알게 된다. 바로 올드노 가문의 유령들이다.

그린 노위 저택은 수많은 시간이 한데 섞이는 영원한 공간으로 존재하는 것 같다. 유령들이 쉽게 현대로 건너올 수 있는, 켈트족이 말하는 '경계가 열어지는' 곳. 톨리는 다른 아이들과 함께 고대의 악마들과 싸우는 한편, 아이들이 좋아하던 노래를 배우고 아이들의 장난감을 가지고 놀게 된다. 저택에는 작은 흑단 쥐와 중국 개 한 쌍이 있는데, 이는 수세대에 걸쳐 그린 노위 저택에 살았던 아이들의 집단적인 상상력을 상징한다. "쥐가 네 베개 밑에서 찍찍거리고 개들이 짖었니?" 톨리가 처음 저택에서 자고 일어난 아침 증조할머니는 이렇게 묻는다.

그러나 오늘 밤 『비밀의 저택 그린 노위』를 읽으면서 나는 무엇보다도 책의 막바지쯤에 나오는 한 구절에 사로잡힌다. 어린 시절에는 눈에 들어오지도 않았던 구절이다. 크리스마스 전야에 톨리와 증조할머니는 함께 나무에 크리스마스 장식을 하다가 위층에서 요람이 흔들리는 소리를 듣는다. 곧 한 여자가 노래하는 소리가 들려온다.

자장자장, 작은 아가
안녕, 자장자장
오 자매들도, 이날을 간직하려면
우리는 무엇을 해야 하나
이 가엾은 어린 것
널 위해 우리는 노래하네
안녕, 자장자장

톨리는 누가 노래를 부르고 있느냐고, 증조할머니는 왜 우느냐고 묻는다. 할머니는 너무 오래전에 살았던 사람의 목소리여서 누군지 알지 못한다고 말한다. "아름다운 목소리구나. 아주 오래전의 목소리야. 왜 이렇게 슬픈지는 모르겠지만, 종종 슬프게 느껴진단다." 할머니의 말이 무슨 뜻인지는 잘 모르지만, 톨리는 그 노래를 따라 부른다. "400년 전에, 아기가 잠이 들었네." 어떻게 우리는 상실의 무게, 비련, 시간과 연속성에 대해 이렇게 세심하게 동화책 속에 새겨두고는, 정작 우리 스스로는 그것들을 완전히 잊어버릴 수 있는 것일까?

유령들은 핼러윈에서 공포의 대상이 될 수 있지만, 우리가 유령 이야기를 사랑하는 것은 우리의 연약한 욕망, 즉, 이승에서 쉽게 지워지기 싫다는 욕망과는 다른 이유에서다. 우리는 이 세상에 크든 작든, 돈이든 명예든, 어떤 흔적을 남기는 것에 관해 이야기하는 데 많은 시간을 보낸다. 그러나 유령 이야기는 우리의 그런 욕망 뒤에 숨어 있는 상반된 마음을 반영한다. 바로 죽은 이들이 우리를 잊지 않기를 바라는 마음이다. 우리 살아 있는 이들은, 사랑하는 사람이 죽으면 그들과 함께 사라져버릴 것만 같은 소중한 의미들을 잃고 싶지 않다.

나의 할머니는 내가 열일곱 살 때 급작스럽게 세상을 떠나셨다. 병원 침대에서 여든 번째 생일까지 맞은 사람에게 급작스럽다는 표현이 터무니없게 들릴지도 모르겠다. 하지만 할머니의 죽음은 내가 처음 마주한 죽음이었고, 예기치 않은 사건이었다. 순진한 마음에 나는 할머니가 건강을 되찾아 다시 집으로 돌아오실 줄로만 알았다.

할머니와 나는 둘 다 유령 이야기에 관심이 많았다. 하지만 내가 유령 이야기에 진정한 애정을 품은 것은 할머니가 돌아가시고 나서부터인 듯하다. 이성적인 편인 나는 유령이라는 존재가 현실성이 전혀 없다고 생각했다. 그러나 할머니의 죽음 이후, 누군가가 유령의 모습으로 돌아온다면 바로 할머니일 것이라고 믿었다. 한밤중에 위안의 빛을 뿜으며 할머니가 내 침대맡에 나타나지 않아서 얼마나 쓰라린 실망에 빠졌었는지 이루 말할 수 없을 정도다. 그러나, 슬픔이란 바로 그런 것이다. 마지막으로 한 번만 만날 수 있다면 모든 것이 괜찮아질 것만 같은 간절한 그리움. 할머니가 떠나신 첫해에 그런 마음이 가장 사무쳤지만, 그 후로도 그리움은 사그라지지 않는다. 내가 열일곱 살이었을 때는 말할 생각을 못했지만, 지금은 하고 싶은 말이 있다. 그땐 알지 못했지만, 지금은 아는 것들이 있다.

핼러윈은 이제 추모의 시간이 아니지만 여전히 우리가 경계 공간으로 들어가야 한다는 것을 알려준다. 즉 두려움과 기쁨의 고랑에 서 있는 순간들, 그리고 살아 있는 이들과 죽은 이들 사이의 장막이 잠시 걷히기를 바라는 시간들로 말이다. 그러나 무엇보다도 핼러윈은 겨울이 오고 있음을 넌지시 일러주고, 어둠의 계절로 향하는 문을 열고, 우리의 미래에 도사리고 있는 어둠을 상기시켜준다. 그래서 우리 어른들은 이때를 기념하는 법을 배워야 한다. 지금의 핼러윈처럼 상업화된 무질서와는 다른 방식으로 말이다. 어쩌면 횃불을 밝히고, 고대 신들의 노여움을 달래고, 최선을 다해 미래를 점치는 삼하인의 의식을 본보기로 삼아야 할지도 모르겠다. 어디에선가, 어떻게든, 우리는 다음 세계로 가는 법을 알게 될 것이다.

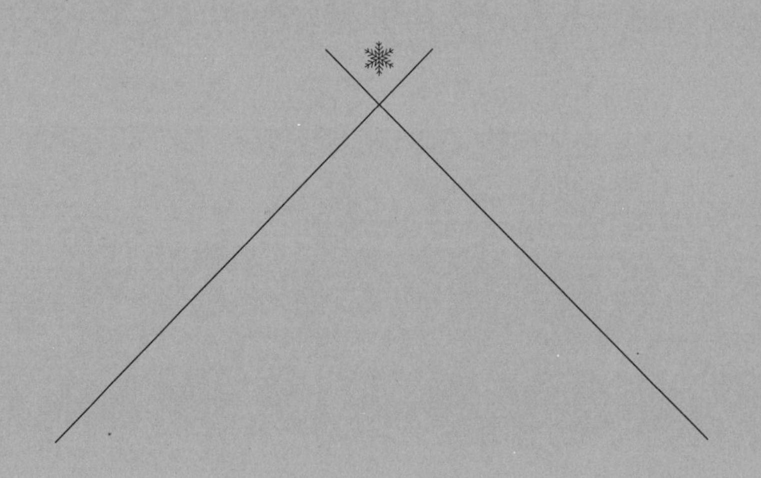

November

11월

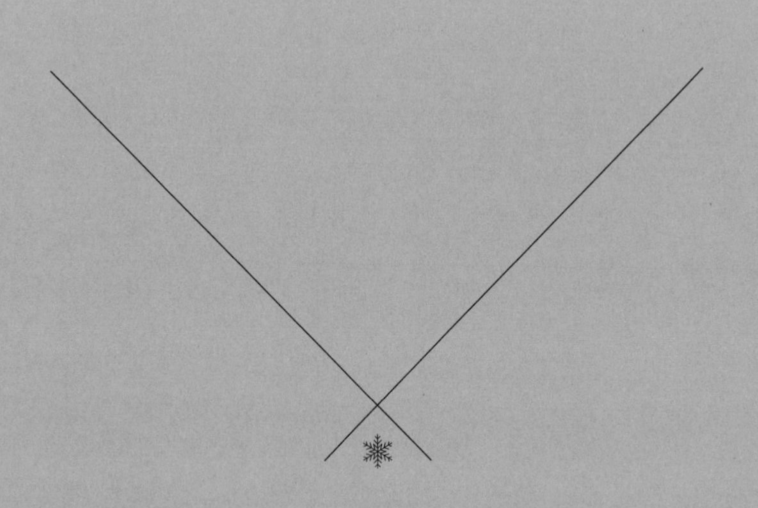

그러나 나는 여기에 있다.

조금씩 조금씩 심연으로 다가가면서.

안정적인 일자리를 떠나고

안정적인 삶의 토대를 내던지면서.

당분간, 휴식

공기가 달라졌다. 이른 아침 뒷문을 열면 바삭하고, 차갑고, 민트처럼 상쾌한 공기가 부엌으로 밀려 들어온다. 숨을 내쉬면 하얀 입김이 피어오른다. 겨울이 평범한 일상을 장식하고 있다. 어떤 날엔, 모든 것이 반짝거리는 통에 쓰레기통 덮개와 아스팔트로 포장된 보도블록마저 빛이 난다. 서리는 우리 차의 지붕에 신비로운 무늬를 새겨놓고, 홈통에 고인 물웅덩이에는 사박사박 살얼음이 맺혀 있다.

나의 고양이들은 어느새 겨울 코트를 입었다. 검고 흰 털이 고루 난 고양이 룰루는 여름에는 갈색빛이지만 추위가 찾아오면 새까맣게 변한다. 얼룩 고양이 하이디는 따뜻한 날씨에는 금빛이던 털에서 융단처럼 윤이 나며 생강같이 붉은 빛이 더욱 짙어진다. 여름 내내 밤마다 모험을 즐기느라 코빼기도 보이지 않던 녀석들이 갑자기 다들 집 안에 머무르고 있다. 우리와 마찬가지로, 이 녀석들도 안락한 쿠션을 원하고 이따금 따뜻한 난롯불 쬐기를 좋아한다.

나도 변하고 있다. 온종일 양말을 신고 있다 보니, 여름에 갈색빛으로 그을렸던 발이 하얘지고 햇빛에 짙어진 주근깨도 희미해지고 있다. 정강이와 무릎이 건조해지고, 얼굴은 매일 아침 보습제를 쏙쏙 빨아들인다. 햇빛이 없으니 머리카락 색이 어두워지고, 손톱 주변의 피부가 벗겨진다. 해변의 바람이 남긴 발그레한 뺨의 홍조가 걷히자 나의 겨울 코트나 다름없는 생기 없는 피부가 드러난다. 그러나 겨울은 치장하기 위한 시간이 아니다. 나는 겨울에서 비롯된 단절을 사랑한다. 그림자가 발끝까지 길게 드리우는, 낮게 뜬 옅은 햇빛 아래서 술을 마실 수 있는 낮 동안에도 사람들이 별로 돌아다니지 않게 되는 시간.

한 해를 보내면서, 나는 점점 더 통증에 익숙해지고 있다. 몇 주간 항생제를 먹고 나니 머리는 다시 또렷해졌다. 최악의 고통을 면하기 위해 고분고분 진통제를 복용하고 있다. 다시 잠깐씩이라도 바깥에 나가보기 시작한다. 겨울은 해변이 온통 내 것이라고 믿게 되는 계절이다. 아무도 마주치지 않고 해안을 따라 걸으며 바람에 휘몰아치는 수 킬로미터의 고독을 맛볼 수 있는 나만의 바다. 나만큼 추위나 강풍을 좋아하는 사람은 없는 것 같다. 겨울은 걷기에 최적인 계절이다. 귀가 아려오는 것과 진창만 참을 수 있다면 말이다. 몹시 추운 날에는 그런 진창조차 꽁꽁 얼어붙고, 발밑에서 뽀드득 소리를 내는 땅바닥도 단단하고 쾌적한 느낌을 준다. 풀잎마다, 잎사귀의 톱니 모양 테두리마다 서리가 내려앉아 있다. 추위는 모든 것을 아름답게 만든다.

나는 샌드위치 시의 스투어강을 따라서, 저 너머의 집들과 페그웰 만의 바다를 향해 걷는다. 갈대는 바싹 말라서 바스락거리고, 나무들은 헐벗어 가지 사이로 노니는 밝은 초록빛 딱따구리의 모습이 훤히 드러난다. 나는 붉은부리갈매기들이 이미 겨울 깃털로 갈아입은 것을 알아챈다. 첫 겨울을 맞이하는 어린 새들은 갈색 깃털이 회색으로 바뀌었다. 짝짓기하는 성체 갈매기들은 머리 위로 활공할 때 새하얀 빛에 가깝게 보이는데, 얼굴의 짙은 깃털들이 눈 뒤쪽에, 만화에 그려진 귀처럼 숯 검댕 같은 흔적을 남기고 옅어지기 때문이다. 갈매기들은 여전히 민첩하다. 그리고 배가 고프다.

파도는 평소보다 높고, 습지는 낮은 은빛 바다로 변한다. 이 때문에 마도요들은 길가 주변의 덤불로 자리를 옮긴다. 내가 걸어가자 마도요들이 성마른 소리로 지저귀며 내 발치에서 흩어진다. 꿩들도 보이고, 까마귀 떼에 둘러싸인 송골매도 한 마리 있다. 겨울의 탈바꿈, 즉 환영받지 못하는 이러한 변화 속에는 삶의 풍요로움이 있다.

"그게 말이지." 하고 셸리 골드스미스가 말한다. "엄마는 포도 껍질을 까서 내 입안에 넣고 내 턱을 움직여서 그걸 씹게 했대. 그게 내가 먹을 수 있는 유일한 방법이었거든." 나는 셸리의 사무실에 앉아 메드웨이강을 내려다보고 있다. 오늘은 강물이 회색빛으로 흐려 보인다.

"그런 얘기 해도 괜찮겠어?" 내가 말한다. "그러니까, 정말 아무렇지도 않냐고."

"물론." 셸리가 대답하고, 나도 그 말이 진심이라고 생각한다. 여기서 셸리가 만들어준 캐모마일 차를 마시고 있자니 내 부탁이 얼마나 사적인 영역을 건드리는 것인지 새삼 실감이 난다. 병은 보통 개인적인 일이다. 셸리의 병처럼 갑작스럽고 치명적이어서 예기치 않게 삶을 갈기갈기 찢어놓는다면 더더욱 그럴 것이다.

하지만 난 뭔가를 탐색 중이고, 그런 경계의 상태에 관해 생각했을 때 곧바로 떠오른 것이 바로 셸리의 사연이었다. 열일곱 살의 소녀가 한순간에 혼수상태에 빠졌고, 회복하는 데 1년이나 걸렸다는 이야기. 이런 얘기를 해도 아무렇지 않다는 셸리의 말을 믿는 이유는 이 경험을 통해 그녀가 분명 특별한 사람으로 변했으리라 믿기 때문이다. 나는 셸리가 어떻게 그곳에서 이곳으로 넘어올 수 있었는지 알고 싶다. 그 겨울의 깊이를 알고 싶고, 그곳에서 다시 돌아올 수 있었던 비결을 알고 싶다.

나는 오래전부터 셸리를 알고 지냈는데, 그녀는 따스함과 친절함, 냉철함과 총명함을 동시에 유지할 수 있는 성품을 가진 몇 안 되는 사람 중 한 명이다. 셸리는 수상 경력이 있는 재능 있는 섬유 예술가이고, 전 세계의 주요 갤러리와 박물관에서 작품을 전시하고 있다. 셸리는 옷으로 작업을 한다. 오래된 옷을 새롭게 재창조하기도 한다. 아이들의 드레스나 빈티지 파자마에 날염을 하고, 바느질을 하고, 레이저로 인쇄를 하고, 바늘땀을 풀면서 섬세하고 치열하게 작업한다. 그 작품들에는 삶의 연약함과 아이들의 취약함, 엄마와 딸 사이의 밀고 당기기, 우리의 태어남과 하나의 인격체가 되어가는 것 사이의 긴장이 담겨 있다. 그녀의 작품 속에서 나는 늘 병원 시트의 속삭임과 병원이라는 기관이 가하는 어렴풋한 위협을 감지해낸다.

"처음에는 독감에 걸린 줄 알았어." 그녀가 말한다. 당시 셸리는 대학에서 기초예술 과정을 막 시작한 참이었고 부모님은 미국에서 휴가를 보내고 있어서, 한 교수님이 그녀를 집까지 데려다주었다. 셸리의 언니는 출근을 해야 했고 동생이 집에 혼자 남아 있게 될 줄 몰랐다. 그래서 셸리는 결과적으로 이웃집 침대 신세를 지게 되었다. 의사가 와서 진찰을 했지만 그다지 심각한 상태는 아니라고 진단을 내려서 그녀는 잠을 청하려고 애썼다.

그날 밤에 관해 셸리가 마지막으로 기억하는 건 한밤중에 깨어나 너무 아프고 무서워서 "도와주세요, 저 죽을 것 같아요!" 하고 소리친 일이다. 셸리는 문고리를 잡으려고 했지만 손이 문고리에 닿는 순간 정신을 잃었다.

집주인들이 달려와 보니 셸리는 침대에서 방의 반대쪽까지 기어가 화장대 밑에 쓰러져 있었다. 그들은 구급차를 불렀고, 셸리는 심하게 경련을 일으킨 탓에 들것에 묶인 채 병원으로 실려 갔다. 그렇게 그녀는 코마 상태에 빠졌다. 미국에서 황급히 돌아온 셸리의 부모님은 의식도 없이 병원 침대에 누워 있는 딸이 생존할 가능성이 반반이라는 소리를 들었다.

하지만 셸리는 아무것도 기억하지 못한다. 그녀는 그때 경이로운 꿈을 꾸고 있었기 때문이다. 셸리는 문고리를 잡은 뒤 노랫소리를 들었다. 그녀는 자신이 암흑 속으로 떨어지고 있다는 것을 알았지만, 그 노랫소리가 그녀를 붙잡고 위로 끌어올렸고 벼랑 위를 넘어 잔디밭에 있는 이동식 주택 안으로 데리고 갔다. 거기서 셸리는 한 쌍의 눈동자가 우주 공간에 떠 있는 것을 보았다. 노랫소리가 흘러나온 곳이 바로 그 눈동자였다. 셸리는 그 눈동자가 돌아가신 고모의 것이며, 그것이 자신을 구해주었다는 것을 분명히 알 수 있었다.

셸리는 눈을 떴다. 시간이 전혀 흐른 것 같지 않았다. 그러나 그녀는 롬퍼드에 있는 러쉬 그린 병원의 격리 병동에서 부모님과 동생에게 둘러싸여 있었고, 이미 사흘이 지난 뒤였다. 독감은 세균성 수막염으로 밝혀졌다.

건강하다가 그렇게 갑자기 죽기 직전의 상태에 빠지는 건 정말이지 엄청나게 충격적인 경험일 것이다. 그 이후 모든 것이 변했을 법하다. 하지만 셸리는 무릎에 손을 포개어놓으며 말한다. "그 후로, 회복하는 데 1년이 걸렸어. 대학교도 다른 도시에서 완전히 다시 다녀야 했지."

그게 전부다. 그러고는 끝.

"잠깐만." 내가 말한다. "병원에 있을 때 어땠는지 얘기해줘. 병원에는 얼마나 있었어?"

"아. 한 달 반 정도." 그녀는 명랑하게 대답한다.

"기분이 어땠어?"

셸리는 어깨를 으쓱한다. "처음엔 움직이는 게 힘들었어. 혼자서는 아무것도 못 했지. 엄마가 하루 종일 병원에 있으면서 나를 돌봐야 했어."

"그리고?"

"온갖 약을 복용했지. 내 병이 전염성이 워낙 높아서 다들 마스크로 무장하고 병실에 들어왔고. 그 병실은 들판 한가운데 침대가 일렬로 놓여 있는 식이었어. 아니, 내가 그렇게 기억하고 있는지도 몰라. 어쩌면 완전히 잘못 기억하는 것일 수도 있고. 이미 오래전 일이니까."

"그래서 다시 걸으려고 물리치료를 받았니?"

"아니, 그냥 서서히 나아졌어."

"그럼 집에 다시 돌아갔을 땐 어땠어?"

"기억이 안 나. TV나 봤겠지, 뭐. 대학에서 수업을 하나도 못 들었으니 그대로 복귀할 순 없었어. 뭐, 나도 다시 돌아갈 생각은 없었고. 그래서 새로 시작할 수 있을 때까지 반년을 기다렸지."

나는 병을 이겨낸 승리, 신중하게 분투하며 병과 싸우는 영웅적인 이야기를 찾고 있었던 듯하다. 그녀가 걸어온 여정과 그 방법도. 하지만 그런 건 없다. 그런 건 이야기가 아니다. 셸리의 관심사도 아니다. 셸리에게 그 시간은 아무 일도 일어나지 않은 빈 시간이었다. 그녀는 그저 참아냈다. 그것만이 그녀가 할 수 있는 유일한 일이었다. 셸리는 그 일을 온전히 이해하지조차 않았다. 그저 살아냈을 뿐이다.

"나는 그 상황을 목격하지 않았잖아." 셸리가 말한다. "내 딸이 혼수상태로 누워 있는 것을 직접 본 것도 아니고." 그녀는 자신이 죽음의 문턱까지 갔었고 벼랑 끝에 처절하게 매달려 있었다는 걸 인식하기까지 수년이 걸렸다고 했다. 그렇지만 그녀는 기다림의 시간을 끝내고 완전히 새로워진 집중력과 다짐을 품고서 대학에 복귀했다. 열여덟 살의 나이에 그녀는 이미 무엇을 잃어버릴 수 있는지 알고 있었다.

나는 조금 실망했다. 놀라운 이야기임에는 분명했지만 새롭게 배울 것은 없었다. 기다린다. 그리고 상황이 나아지면, '그것'의 엄중함을 통째로 잊어버린다. 극단으로 떠밀려간 그 부분의 기억은 기꺼이 잊힌다. 삶은 다시 시작되고, 그 경험은 더욱 강렬한 다른 기억들을 만들어가는 힘이 된다. 나는 태풍의 눈을 들여다보고 싶었지만, 그 여파만이 남아 있을 뿐이다.

"그때의 나는, 솔직히 말해서 그냥 유령 같이 느껴져." 셸리가 말한다.

"봐봐, 네가 나의 혼수상태에 대해 듣고 싶어 한다는 건 알겠어. 그치만 네가 윈터링에 대해 말했을 때 내 마음속에 떠오른 건 실은 다른 일이었어. 부모님이 영국을 떠나셨을 때. 나한테는 그때가 진정한 겨울이었어."

그리고 셸리는 내게 또 하나의 이야기를 들려준다. 그녀가 스물다섯 살이었을 때, 셸리의 부모님은 몇 해 전에 이민을 떠난 언니를 따라 미국으로 이주하기로 했다. 그 결정은 느닷없이 내려진 것 같았다. 그녀가 평생 누려온 지원망이 급작스럽게 끊기는 순간이었다. 부모님이 떠나시자, 부모님과 대화하는 게 거의 불가능해졌다. 대서양 건너편까지의 국제전화 요금을 감당할 돈도 없었고, 시차 때문에 전화하기도 힘들었다. 셸리의 전화를 받으려면 부모님이 전화기 옆을 떠나지 않아야 하는데 어떻게 그렇게 해달라고 말할 수 있을까? 게다가 부모님은 새로운 삶에 적응하느라 여념이 없어 보였다. 그녀는 그들의 안중에서 사라진 존재가 된 기분이었다.

이것은 가족과 사별한 것만큼이나 고통스러웠는데, 특히나 부모님이 스스로 떠나기로 선택했다는 사실이 셸리를 더욱 아프게 했다. 하지만 주변 사람들은 셸리의 슬픔을 심각하게 생각하지 않았다. 그녀의 친구들조차 그렇게 큰일이라고 여기지 않았다. 아무도 죽지는 않은 게 사실이니까. 그들은 문자 그대로 음식을 씹도록 도와서 생명줄을 지탱해준 누군가가 한순간에 자신을 등지고 떠나가는 게 어떤 기분인지 이해하지 못했다. 하지만 셸리는 불안정하게 붕 뜬 채로 위태로운 상태였다. 그녀는 그때 남자친구와 함께 살고 있었는데 두 사람의 관계도 무너져가고 있었다. 그녀는 달려갈 집이 없었고, 다른 거처를 찾을 때까지 당분간 버틸 돈도 없었다. 마침내 두 사람이 헤어졌을 때 그녀는 살 집도 없는 처지가 되어 소파에서 쪽잠을 자며 상상도 못 했던 슬픔을 삭여야 했다.

그래, 바로 그거다. 혹독한 시련으로서의 추위와 어둠이 휘몰아치는 경험, 두 세계 사이의 틈 속에 빠져버리는 감정. 그녀의 말이 맞다. 바로 이것이 윈터링이다. 그 공허함, 이도 저도 아닌 불안정한 바로 그 상태가 그녀를 다른 곳으로 이끌었다. 그 깊은 불행을 출발점으로 삼아 그녀는 보육원에서 기증받은 버려진 아이들의 옷을 가지고 새로운 창작 작업을 시작했다. 처음에는 삶과 작품 사이에서 연관성을 찾지 않았다. 그러나 얼마쯤 지나고 나서, 그 앙증맞은 옷의 주인들과 자신의 공통점을 발견하기 시작했다. 셸리는 언젠가부터 자신이 가족들이 이 세상에 없는 것처럼 이야기하고, 스스로 고아가 된 것처럼 여기고 있다는 사실을 깨달았다. 셸리는 버림받은 아이들과 그녀가 공유하는 감정을 표현할 방법을 찾았다. 그것이 그녀에게 명성을 안겨준 작품 구상의 돌파구가 된 순간이었다. 그리고 그 순간은 죽은 이들의 세계로부터 돌아와 마침내 혼자 남겨진, 겨울의 심연 속에서 찾아왔다.

고아들은 아무도 도와주지 않으므로 스스로를 돌보아야 하고 자신의 운명을 스스로 통제해야 한다. 셸리가 세상을 바라보는 방식도 이러한 틀에 기초했고, 그녀는 스스로 자신의 생활력에 대한 믿음을 갖게 되었다. "나는 회복하는 능력이 뛰어난 것 같아. 그리고 고집도 세지." 그녀가 말한다. 하지만 힘든 시간은 그녀를 더욱 온정적이고 인간미 있는 사람으로 만들기도 했다. "우리는 누구나 겉으로 보이는 그대로가 아니란 걸 알잖아." 우리는 모두 자기 몫의 괴로움을 가지고 있다. 남들보다 그것을 더 잘 숨기는 사람이 있을 뿐.

나는 셸리가 꿈속에 갇혀서 자신을 안전하게 지켜주는 노랫소리에 빠져 있던 시간이 그녀의 남은 평생에 걸쳐 반향을 일으키고 있음을 느낀다. 셸리는 다음에 또 다른 재앙이 닥칠 수도 있다는 사실을 알기에 지금 그녀가 할 수 있는 것을 이루는 데 더 집중하게 되었고 그와 동시에 죽음에 대한 두려움도 버릴 수 있었다. 셸리는 이번 여름에 미국으로 날아가 언니가 코마상태에 빠진 남편의 생명 유지 장치 스위치를 내리도록 설득했다고 한다. 죽는다는 게 어떤 느낌인지 알기에 자신이 안내자가 될 수 있음을 깨닫게 된 순간은 하나의 통과 의례였다. "형부는 아무것도 몰랐을 거야." 그녀는 말한다. "고통도 없고, 두려움도 없고. 그저 병원에 가서 저녁 식사를 달라고 한 기억밖에 없을 거야." 그가 잠들어 있던 시간은 그녀의 꿈과 똑같지는 않더라도 그와 비슷한, 일종의 행복이었을 것이라고 셸리는 확신하고 있다.

주섬주섬 떠날 채비를 하면서 셸리에게 시간을 내주어 고맙다고 말하자, 그녀는 내년 계획에 관해 이야기하기 시작한다. 그녀는 재단사들이 그들의 작업 도구에 감사를 표하는 축제인 연례 바늘 공양에 참석하기 위해 일본으로 여행을 갈 생각이란다. 축제의 참석자들은 부러진 바늘을 사원으로 가져와 두부 사이에 묻고 경건하게 장례를 치러주는 예식을 거행한다. 셸리의 창작 생활은 수백만 개의 작은 바늘땀들로 이루어졌기에, 이 행사에 참석한다는 게 매우 뜻깊은 일이라고 했다.

"나는 이런 생각을 많이 해." 그녀가 말한다. "바늘은 옷감을 수선하기 위해 옷감에 상처를 내지. 바늘이 없으면 옷감도 없어."

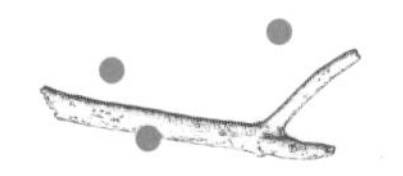

탈바꿈은 겨울의 일이다. 켈트 신화에서 '칼리아흐'로 알려진 마녀 노파는 삼하인에 인간의 모습으로 변신해 사나운 날씨와 바람을 불러들여서 겨울을 지배한다. 그녀의 한 걸음 한 걸음마다 대지가 변화한다. 그녀가 바구니에서 돌을 떨어뜨리자 스코틀랜드의 산이 생겼고, 그녀의 망치질에 계곡이 생겼다. 칼리아흐는 신들의 어머니이자 퉁명스럽고 차가운 만물의 창조자로 여겨진다. 그녀는 5월 초순의 벨테인 축제까지만 겨울을 지배하고, 브리이드 여신이 권력을 승계받고 나면 돌로 변한다. 다른 버전의 신화에서는 칼리아흐와 브리이드가 한 여신의 두 얼굴을 뜻한다. 한 얼굴은 여름의 젊음과 활기를, 또 다른 얼굴은 겨울의 늙음과 지혜를 상징한다.

고대 설화에서 종종 나타나는 바와 같이, 칼리아흐는 생의 순환에 대한 은유를 보여준다. 겨울의 깊은 침잠을 양분 삼아 봄의 에너지가 다시 돌아오고 또 돌아오는 순환을 형상화한 모습이 칼리아흐인 것이다. 그러나 지금 우리는 이런 방식으로 생각하는 데 익숙하지 않다. 우리는 습관적으로 우리의 인생을 직선적인 것으로 간주한다. 탄생에서 죽음까지를 하나의 긴 행진으로 보고, 힘을 키워나가다가 서서히 젊음의 아름다움을 잃고 그 힘을 내려놓는 과정이라 여긴다. 이것은 잔인한 거짓이다. 삶은 숲을 통과하는 여정처럼 구불구불하다. 한창 울창해지는 계절이 있는가 하면, 잎이 떨어져 나가서 앙상한 뼈를 드러내는 계절도 있다. 시간이 지나면, 잎은 다시 자라난다.

낙엽수가 잎을 떨어뜨리는 것을 '탈리'라고 한다. 탈리는 성장, 성숙, 갱신으로 연결되는 긴 순환의 한 부분으로 가을과 겨울 사이에 일어난다. 봄과 여름에는 잎의 세포들이 엽록소로 가득 차 있다. 엽록소는 햇빛을 흡수하여 이산화탄소와 물을 녹말과 당으로 바꾸어서 나무의 성장 과정을 촉진하는 녹색 물질이다. 그러나 여름의 막바지에 이르면, 낮이 짧아지고 기온이 떨어짐에 따라 낙엽수들은 양분의 생산을 멈춘다. 햇빛이 없으면 성장 체제를 유지하는 데 너무나 많은 에너지가 소모되기 때문이다. 엽록소가 붕괴되면 풍요로운 녹색 색소에 가려져 있던 다른 색깔이 드러난다. 카로틴과 엽황소로 인한 주황색과 노란색이다. 이와 동시에, 다른 화학 변화가 발생해 붉은 안토시아닌 색소가 생성된다. 이 색소들은 각각의 나무마다 다양하게 혼합되어 어떤 때에는 밝은 노란색, 주황색, 갈색으로 나타나기도 하고, 또 어떤 때에는 빨간색과 보라색으로 나타나기도 한다. 나무들은 이렇게 저마다 화려한 가을 치장을 뽐낸다.

그러나 이런 현상이 발생하는 동안, 줄기와 가지 사이의 세포층은 약해진다. 이곳을 '탈리대'라고 한다. 탈리대는 점진적으로 잎으로의 물 공급을 차단한다. 잎은 말라서 갈색으로 변하다가 그 자체의 무게에 의해, 혹은 겨울의 비와 바람의 영향으로 대부분 떨어져 나간다. 그로부터 몇 시간 이내에 나무는 잎이 남긴 상처를 치료하는 물질을 분비하여 물의 증발, 감염, 기생충의 침입으로부터 자신을 보호한다.

그러나 잎이 떨어지고 있는 와중에도 다음 해에 나올 잎눈은 이미 그 자리에 있어 다가올 봄에 싹을 틔울 때를 기다린다. 나무들은 대부분 한여름에 잎눈을 만든다. 가을 낙엽이 떨어지고 난 빈자리에 드러난 이 잎눈은 산뜻한 모양새로 봄날을 고대하며 두꺼운 비늘잎의 도움으로 추위로부터 보호받는다. 우리는 나무의 앙상한 뼈대를 보고 있다고 생각하기 때문에 이 잎눈을 잘 알아보지 못한다. 햇빛이 다시 비칠 때까지, 나무는 그저 죽은 것처럼 보인다. 하지만 가까이서 들여다보면, 너도

밤나무의 날카로운 발톱 모양 잎눈에서부터 물푸레나무의 고리 모양 검은 잎눈에 이르기까지, 모든 나무에는 잎눈이 있다. 나뭇가지 끝에 무리 지어 달리는 꽃송이인 꽃차례를 겨울에 선보이는 나무들도 많다. 개암나무의 상큼한 초록빛 꽃차례나 버드나무의 털복숭이 회색 꽃차례처럼. 이 나무들은 바람이나 곤충의 도움으로 꽃가루를 퍼뜨리며 새로운 해를 준비한다.

나무들은 기다리고 있다. 모든 것을 철저히 준비한다. 떨어진 잎들은 산림층의 뿌리덮개 역할을 하고, 뿌리는 여분의 겨울 수분을 빨아들여 겨울 폭풍에도 끄떡없는 견고한 지지대로 작용한다. 숙성된 솔방울과 견과들은 먹이가 부족한 이 계절에 들쥐와 다람쥐에게 필수 식량을 제공하고, 나무껍질은 동면하는 곤충들의 안식처이자 굶주린 사슴의 영양 공급원이 된다. 죽음과는 거리가 멀다. 사실, 이것이 숲의 생명이자 영혼이다. 숲은 조용히 부단한 활동을 계속하고 있다. 숲은 봄에 갑자기 생명력을 터뜨리는 것이 아니다. 그저 새로운 옷을 입고 세상을 다시 마주할 뿐이다.

겨울의 황량함은 우리가 무심코 지나칠 수도 있었을 색깔을 드러낸다. 언젠가 나는 서리로 뒤덮인 벌판을 가로지르는 여우의 털이 침울한 배경과 대비되어 빛나는 것을 보았다. 헐벗은 겨울의 숲을 걷다 보면 놀라리만치 현란한 붉은 빛깔에 둘러싸이기도 한다. 반지르르 윤을 내며 꼬여서 레이스 뜨개

형상을 이룬 고사리의 마른 잎들, 불타는 붉은 빛을 머금고서 지지 않은 검은딸기나무의 잎새들, 마지막까지 남은 인동덩굴의 열매들, 그리고 오렌지빛 들장미 열매 송이들. 독보적인 호랑가시나무는 가지마다 온통 크리스마스를 매달고 있다. 여기에 더해 황야지대에서 봄이 올 때까지 빛을 뿜어내는 밝은 노란색 가시금작화와 위풍당당한 상록수, 땅바닥에 눈에 띄지 않게 엉켜 있는 초록 잎들도 있다. 겨울에도 삶은 풍요롭게 계속된다. 바로 여기에서 우리를 찬란한 미래로 이끌 변화가 일어나고 있다.

병원은 특별한 유형의 겨울이다. 제니 디스키는 『스케이트 타고 남극으로Skating to Antarctica』에서 이를 절묘하게 포착한다. 때때로 질서와 위안을 동시에 제공하는 살균한 백색의 층들, 그리고 개인이 말소된 듯한 분위기. 병원은 특정한 믿음의 신전이다. 대답을 알고 있는, 그래서 우리를 구원해줄 수 있는 보다 높은 권위자가 있다는 믿음. 나는 병실에 누워 있는 셸리 골드스미스를 떠올려본다. 나도 모르게 어릴 적에 읽었던 레이디버드 아동 문고가 연상된다. 티 하나 없이 깔끔하게 풀을 먹인 간호복을 입은 간호사들과 붉은 이불 속에 안전하게 몸을 맡긴, 줄무늬 잠옷 차림의 명랑한 환자들이 가득한 병원. 수 킬로미터에 달하는 복도에 물이 흐르는 것처럼 보일 때까지 윤을 낸 바닥. 공기 중에 떠도는 소독약 냄새. 이 모든 것은 우리를 또 다른 상태로 이끈다. 순응적이고 수동적이고 무력한, 우리가 기꺼이 취하는 상태. 우리는 다른 상황에서라면 저항했을 법한 위계질서에 쉽게 순응한다. 우리는 병원이 우리에게 요구하는 어떤 변화도 감내한다. 우리는 소란을 피우지 않는다. 우리는 착해진다. 우리는 하라는 대로 한다. 지난 몇 주간 나는 견딜 수 있는 한도 내에서 할 수 있는 것은 다 했다.

내 복부 통증의 근원을 찾아낸다는 사명 아래 나는 단식, 극도로 많은 양의 완하제 복용, 고통스럽고 수치스러운 검사를 포함한 온갖 시험과 시술을 참아냈다. 최악의 상황을 각오해야 한다는 듯한 암시도 많이 받았다. 생명을 위협하는 진단을 받을 가능성과 꾀병을 부리는 재주로 창피함만 안고 떠나는 것 중에 무엇이 더 겁나는지 모르겠다.

마침내 나는 피곤한 표정의 간호사와 진료실에 앉는다. 간호사는 내 내장기관이 건강에 지극히 무관심한 70대의 내장기관 같다고 말한다. 내 안에는 경련과 염증 증상들이 이루는 미로와 흡수 불량의 별세계가 존재한다. 받아들이기 참 난감한 진단이다. 내가 걱정한 것만큼 끔찍하지는 않지만, 그래도 여전히 삶을 흔들 정도는 된다. 쉽게 나을 증상은 아니다. 터졌다가 재발했다가 하고, 세심하게 관리해야 하며 평생토록 조심해야 한다. 나는 음식을 조심해서 섭취하고, 조리법도 처음부터 다시 익혀야 하며, 수 리터의 물을 마셔야 한다는 데 반발심이 차오른다. 밤에 즐기는 마티니, 즉흥적 모임이나 집으로 돌아오는 차 안에서 황급히 먹는 점심 도시락은 말도 꺼내지 않으련다. 나는 이제 새로운 사람이다. 어떻게 해서든, 벼랑 끝에 아슬아슬하게 매달려 있기보다는 회복의 영광을 누리고 싶다.

나는 영양사에게 보내지고, 영양사가 제시하는 몇 가지 간단한 식사 규칙에 마지못해 호응한다. 일주일간 저섬유질 식단을 유지하라는 영양사의 말에 백색 탄수화물에 대해 들어본 적도 없고, 하루라도 렌틸콩과 케일을 먹지 않고는 살 수가 없다는 듯 대꾸한다. "며칠만 하는 건데요, 뭐." 영양사는 당혹스러운 기색으로 말한다. "영원히 그러라는 건 아니에요."

그렇기는 하다. 사실 이 식단은 의외로 빠르게 준비할 수 있고 사뭇 사치스럽기도 하다. 나는 사흘간 달걀 볶음밥, 버터를 곁들인 스파게티, 마마이트를 바른 흰빵 토스트, 베이컨 샌드위치를 먹는다. 내가 식사하던 방식에 완전히 반하는 식단이라 죄책감이 들지만, 지난 몇 개월과 비교할 때 몸 상태는 더 좋아진 것 같다. 효과가 거의 즉각적이어서 다시 허리를 펼 수 있고, 먹은 것을 제대로 소화해내고 기운을 되찾은 듯한 신기한 감각이 느껴진다.

기대했던 것보다도 더 빨리, 나는 내 병의 이면에 도달한다. 약간의 고통의 상흔, 그리고 허기와 함께 훨씬 더 현명해진 것이다. 나는 결점이 있다. 나는 제약을 감수한다. 나는 변해야 한다. 하지만 이제 그런 희생이 어떤 보상으로 돌아올지 알기에 변화하기가 더 쉬워 보인다. 나는 잎을 좀 떨궈야 할 때인 것 같다. 뭐든지 할 수 있고, 뭐든지 견딜 수 있고, 쓰러져도 다시 일어날 수 있었던 젊은 날의 내 강건함에 대한 마지막 몇 가닥의 믿음을 내려놓아야 할 때다. 겨울은 내게 에너지를 좀 더 신중하게 쓰고, 봄이 올 때까지 당분간 휴식을 취하라고 말하고 있다.

겨울잠이 필요해

나는 겨울에 야외에 있는 것을 좋아하지만, 해 질 녘까지만 그렇다. 11월이 되면, 어두워진 뒤에는 집 밖으로 나가고 싶은 생각이 들지 않는다. 밤에는 겨울잠을 자고 싶은 게 나의 본능인가 보다. 나는 코트 소매로 추위가 파고드는 것을 느끼며 가로등과 상점의 불빛만이 반짝이는 시내 중심가를 따라 걷는 이상한 산책을 좋아하지 않는다. 태양의 힘이 미치지 않아 축축한 공기 속에서 오후 4시에 느껴지는 황량한 분위기를 좋아하지 않기 때문이다. 그래서 요가 수업을 빼먹기도 하고, 친목도모를 하겠다고 한잔하는 따위의 별반 중요하지 않은 일로 밤거리로 나서는 것도 꺼린다. 운전을 한다는 생각 자체가 악몽 같다. 앞이 보이지 않는, 경계가 어디인지도 불분명한 도로 위로 상향등을 껐다 켰다 하며 나아가는 곡예 운전. 집에 있는 편이 훨씬 낫다.

나는 집에 머물러 있는 게 전혀 답답하지 않다. 집에만 있으면 심각하게 자유를 구속당하기라도 한 것처럼 느끼는 사람들이 많지만, 나는 그게 체질에 잘 맞는다. 겨울은 등불을 켜둔 조용한 집과 같다. 정원으로 걸어나가 청명한 밤하늘의 밝은 별을 보고, 난로의 장작 타는 소리를 음미하고, 뒤이어 그을린 나무 냄새를 느끼는 집. 겨울은 찻주전자를 데우고 쌉쌀한 코코아를 끓이는 시간이다. 겨울은 뼈를 푹 우려내고 구름처럼 경단을 띄운 마법 스튜다. 겨울은 조용히 책을 읽고, 영화를 보며 오후의 노을을 흘려보내는 무언가다. 겨울은 두툼한 양말과 올 굵은 카디건이다.

여름에 나는 보통 예닐곱 시간 정도 잠을 자는데 겨울에는 거의 아홉 시간을 잔다. 해가 지면 슬슬 잠자리에 들 생각을 한다. 일찍 잠자리에 드는 것은 외가 쪽에서 물려받은 습관이다. 가족 중에는 올빼미형인 사람이 아무도 없지만, 그렇다고 특별히 종달새형이 있는 것도 아니다. 우리에겐 모두 그냥 잠이 필요하다.

잠에 대한 나의 태도는 뚜렷한 단계를 밟으며 변화되어왔다. 어렸을 때는 잠자는 걸 아주 좋아해서 할아버지, 할머니가 주무실 때 이불 속으로 들어갔고, 청년기에는 우스울 정도로 잠에 길들여졌다고 여겼다. 나이가 더 들고서는 잠자고 싶은 욕구가 점점 더 불필요하게 느껴졌고, 다섯 시간으로 잠을 줄여 더 많은 시간을 활용하고자 했다. 그러다 부모가 되면서 그런 버릇이 고쳐졌다. 잠을 덜 잘 때 능률이 더 오르는 사람들도 있지만, 나는 그렇지 않다. 잠을 덜 자고 생긴 시간에 해낼 수 있는 것보다 아홉 시간을 자고 나서 해낼 수 있는 것이 훨씬 많다는 것을 이제는 안다. 잠자는 것은 나의 정신 건강을 지키는 방법이자, 사치이자, 중독이다. 솔직히 나는 둘째 아이를 가지지 않기로 한 나의 결정에 잠에 대한 애착이 한몫했음을 인정한다.

겨울잠은 그중에서도 최고다. 나는 이불은 두껍게, 방은 서늘하게 해서 이불 속에 파고들고 싶을 정도의 한기를 느끼는 것을 좋아한다. 방이 너무 후끈하다 못해 막판에는 망각 속에 빠지게 할 만큼 고약한, 더위와 씨름하는 여름밤과 달리, 차가운 공기는 숙면을 허락한다. 길고 마법 같은 단꿈을 꾸게 한다. 밤에 일어나면 어둠은 평소보다 더 깊고 벨벳처럼 그윽해서 무한한 것처럼 느껴진다. 겨울은 한 발 뒤로 물러나 조용히 단절되었을 때 나를 휴식과 충전으로 이끄는 계절이다.

그러나 최근 몇 주간 나의 행복한 겨울잠은 방해를 받았다. 나는 한밤중에 맹렬하게 찾아오는 그 어두운 불면의 시간을 '끔찍한 3시'라고 이름 붙였다. 불면은 늘 새벽 3시에 찾아온다. 밤에 돌입한 지 한참 지났지만 잠을 포기하고 하루를 시작하기에는 너무 이른 시간. 그 완연한 밤에 나는 암흑과 파국 속에 누워 있다. 오늘 밤, 나는 거대한 버드나무 허수아비(버드나무 가지를 엮어 만든 거대한 사람 모양 허수아비인 위커맨**wicker man**을 뜻하는 것으로, 드루이드교에서는 이 안에 사람과 짐승 등을 가두고 불태우는 인신공양 제의를 했다고 한다 — 옮긴이) 안에 갇혀 불태워지기를 기다리는 악몽에서 깨어난다. 무시무시한 환상이다. 처형된다는 생각이 실로 괴기스러워서 적막 속에 헛웃음이 나온다. 그런 뻔한 꿈을 꾸다가 깨어났는데 심장이 두근거리고 목이 잠기다니 나란 인간은 얼마나 어리석고 연약한가. 하지만 그 꿈 때문에 다시 잠이 오지 않는다. 이 상투적인 환상이 실로 생생한 육체 작용을 일으켰다. 나는 그 위협적인 상황에 신경이 곤두서 있다. 그래서 바짝 긴장한 채 베개를 누르며 돌아눕는다.

나는 옆으로 몸을 돌리고, 베개를 털썩 떨어뜨리고, 침대 맡에 놓아두었던 물병의 물을 벌컥벌컥 마신다. 나는 계속 모로 누워 있다. 밤은 계속된다. 누군가 월급만 준다면 걱정하는 것을 직업으로 삼아도 될 듯싶다. 나는 이 기나긴 밤에 무엇을 걱정하고 있나? 돈. 죽음. 실패. 태양이 침몰하면 비로소 일어날, 조용한 종말의 친숙한 기사들(요한계시록에 등장하는 세상을 멸

망시키는 네 기사를 의미한다 — 옮긴이). 나는 절벽 끝에 서 있는 내 집이 영원히 아래에 있는 바위로 떨어질까 봐 걱정한다. 나는 완전한 소멸은커녕 그저 놓쳐버린 월급봉투를 걱정한다. 나는 빚이 너무 많다. 가진 것이 아무것도 없다. 나는 이 지구상에서 40년을 살면서 내세울 만한 것도 없다. 먼지 쌓인 책더미가 있을 뿐.

그러나 나는 여기에 있다. 조금씩 조금씩 심연으로 다가가면서, 안정적인 일자리를 떠나고 안정적인 삶의 토대를 내던지면서. 낮에는 안정적인 직업을 버리게 하고 나의 가정까지 서서히 잠식한 스트레스의 무게를 가늠할 수 있다. 그러나 그런 문제를 차분하고 자유롭게 따져볼 수 있는 건 낮 시간뿐이다. 밤이 되면 나는 감당하기 힘든 보수적 관념에 사로잡힌다. 마땅히 한 해 연봉쯤은 적립된 은행 계좌를 가지고 있어야 하지 않나. 적당한 생명 보험도 있어야 하지 않나. 하지만 나는 뭔가에 돈을 다 써버렸다. 무슨 돈을 언제 썼는지도 잘 모르는 채로, 나는 무작정 스스로를 경멸한다. 내 인생의 위태로움이 나를 매섭게 할퀸다. 나는 아무것도 아니다, 나는 그 무엇도 아니다, 나는 실패했다.

새벽 4시. 나의 자아는 불을 댕긴 성냥처럼 활활 타오른다. 밝은 푸른 빛으로 덧없이. 이럴 때 혼자라서 다행이다. 아무도 모르게 타버리게 둘 수 있어서. 우리는 이따금 밤의 고독, 겨울의 고독에 감사해야 한다. 그로 인해 깨어 있는 세상에 우리의 가장 추한 모습을 내보이지 않을 수 있으니 말이다.

나는 다시 돌아눕는다. 흐트러진 이불을 제대로 덮고, 물을 더 마신다. 밤늦도록 참담한 마음으로 들이킨 위스키 두 잔이 관자놀이에서 존재감을 과시한다. 생각해보지 않고 늘 손이 먼저 나가서 상황이 더 나빠진다. 독주는 그 힘으로 잠이 들게 하기도 하지만, 결국엔 사람을 가만두지 못하는 친구라서 벌게진 눈으로 동이 틀 때까지 깨어 있게 하기도 한다.

나는 이제 잠을 자지 않을 것이다. 애쓰는 것은 바보 같은 짓이다. 이불 아래에서 심장이 뛰는 것이 느껴진다. 숨을 쉬어도 폐가 충분히 차오르지 않는다. 나는 침대 가장자리에 앉아서 차가운 발로 슬리퍼를 찾는다. 눈을 비비고, 안경을 찾아 손을 더듬는다.

그리고 수첩을 찾으러 터벅터벅 아래층으로 내려간다.

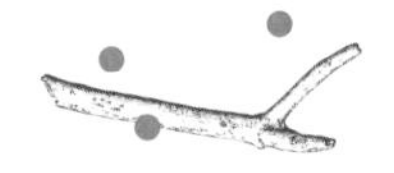

헤이즐 라이언은 나무 상자를 열고 대팻밥과 지푸라기 속을 뒤진다.

"응, 여기 있다."

헤이즐은 노란 털로 뒤덮인 호두만 한 공을 손에 담았다

편다. 동면 중인 겨울잠쥐다. 동그랗고 작다. 작은 핑크빛 발을 배에 파묻고, 두 귀를 바짝 뒤로 붙이고, 끄트머리가 검은 꼬리를 머리 위로 접고 있다. 마치 모든 것을 제자리에 꼭 맞게 정리해둔 것처럼. 헤이즐은 겨울잠쥐를 내 손바닥에 올려놓고, 겨울잠쥐는 몸을 구슬처럼 동그랗게 만다. 깃털만큼 가볍고 놀라우리만치 차가우면서도 부드럽고 말랑말랑하다. 죽은 걸로 오인할 일은 없겠다. 겨울잠쥐는 여름까지 깨지 않는, 가장 깊은 잠에 빠져 있다.

영국의 토종 포유류 중 겨울잠을 자는 동물은 박쥐, 고슴도치, 겨울잠쥐 세 종류뿐이다. 개구리와 오소리 같은 다른 종들은 추운 계절이 오면 단기간에 에너지를 보존하기 위해 체온을 떨어뜨리고 호흡과 심박동수를 늦추는 토르퍼 상태에 돌입한다. 그러나 이러한 체온 하강과 감속이 장기간에 걸쳐 발생하고 외부의 기온이나 즉각적인 식량 획득 가능성에 반응하지 않는 진정한 동면은 비교적 드물게 일어난다.

겨울잠쥐는 엄격한 주기에 따라 움직이지 않는다. 그들의 동면은 날씨에 좌우된다. 겨울잠쥐는 초가을에 만지면 물렁물렁하게 만드는 갈색 액체 지방의 비축량을 늘린다. 헤이즐이 내게 보여준 것처럼, 동면 중인 겨울잠쥐를 만지면 손가락 자국이 남는 것을 볼 때, 그 액체는 피부밑의 지방층이다. 이것은 다가오는 긴 동절기 내내 쉽게 접근 가능한 에너지 저장고가 된다. 따라서 겨울잠쥐는 9월부터 블랙베리, 헤이즐넛, 밤 등의 생울타리 열매를 실컷 먹고 15~20그램이던 체중을 40그램 안팎까지 늘린다. 그들은 하루에 대략 1그램의 속도로 신속히 체중을 늘려야 한다. 먹을 것이 풍부한 때는 몸이 충분히 비대해질 수 있다. 반면, 먹을 것이 귀한 때에는 생존을 위해 몸을 부풀릴 때까지 동면을 늦추려 한다.

그러나 첫서리가 내리면 준비를 마쳐야 한다. 겨울잠쥐는 체적 대비 표면적이 넓어 급속도로 열을 잃을 수 있다. 어쨌든 겨울잠쥐들은 여분의 지방으로 인해 무기력한 상태가 된다. 동면에 들어가기 며칠 전부터 이끼, 나무껍질, 잎으로 된 공 모양의 둥지를 짓는다. 겨울잠쥐는 나무 안에서 살지만, 그곳은 기온 변동이 매우 크므로 동면을 위한 둥지는 나무뿌리 주변 등 땅속 깊은 곳에 마련한다. 또한 비와 이슬이 모이는 환경을 조성하여 둥지가 겨우내 축축하게 유지되도록 한다. 인간의 눈에는 그리 아늑한 환경으로 보이지 않지만, 겨울잠쥐에게는 생존을 위해 필수적인 요소다. 몸집이 작아 외부의 습기가 없으면 긴 잠을 자는 동안 말라버리기 때문이다.

적당한 장소를 찾으면, 겨울잠쥐는 동그란 공처럼 둥지 안에 쏙 들어간 뒤 입구를 막는다. "문을 못 찾겠으면, 겨울잠쥐가 그 안에 있다는 소리야." 헤이즐이 말한다. 겨울잠쥐는 혼자서 동면을 하는 편이지만, 최근 한 전파 추적 연구에서 둥지를 공유하기도 한다는 증거가 발견되었다. 이는 거처를 선택할 여지가 적을 때 발생할 수 있다. 겨울잠쥐는 최적의 기후를 모색하는데, 적당한 장소가 별로 없으면 둥지를 함께 쓸 수밖에 없다. 우리에 갇혀 있다면, 둥지 공유는 더욱 흔하게 일어난다.

일단 동면을 위한 둥지에 안전히 자리 잡고 나면, 겨울잠쥐는 주변 환경의 기온에 맞추어 체온을 떨어뜨린다. 통상 5도 안팎의 온도이다. 효율적인 동면을 위해 겨울잠쥐는 얼기 직전까지 체온을 낮춰야 한다. 만약 체온이 6도 이상이 되면 대사율이 증가하고 지방이 타기 시작한다. 반면 0도 이하가 되면, 몸이 얼지 않도록 지방 저장이 촉진된다. 이렇게 해서 적정한 체온에 도달하게 되면 10월부터 5월까지 동면에 들어간다. 대사율을 낮추고, 호흡 속도를 늦추고, 바깥 기온에 체온을 맞추고서, 먹이로 삼을 곤충이 다시 풍부해지는 초여름이 올 때까지 그 상태를 유지한다. 동면에서 깨어난 후에도 먹이가 부족하면, 예를 들어 비가 오거나 좋아하는 작물이 재배되기까지 기다리는 '배고픈 기간'이 오면 겨울잠쥐는 토르퍼 상태에 빠진다. 겨울잠쥐는 깨어 있는 기간보다 동면을 하는 기간이 더 길다.

나는 늘 동면은 한 번의 길고 단조로운 수면일 것이라고 생각해왔다. 하지만 헤이즐이 말하길 겨울잠쥐는 열흘에 한 번쯤 깨어나고, 둥지 안에서 그렇게 깨어 있는 짧은 시간 동안 신진대사가 촉진된다고 한다. 이를 통해 겨울잠쥐의 콩팥은 독신을 분비하고, 겨울잠쥐도 둥지가 안전한지 확인할 수 있는 중요한 기회를 갖는다. 헤이즐은 켄트에 위치한 야생동물 공원인 와일드우드 트러스트의 보호 감독관이다. 그녀가 돌보는 겨울잠쥐들은 보통 어미를 잃었거나 계절적으로 시기를 놓친 새끼들인데, 겨울에 접어들 무렵 저체중이 되는 경우가 많다. 그런가 하면, 이러저러한 일로 둥지가 파헤쳐져 발견된 녀석들도 있다. 이런 녀석들은 동면을 무사히 끝마치기 힘들 정도로 위험한 상태이므로, 규칙적인 간격으로 둥지에서 꺼내어 체중을 확인해야 한다. 지금 내가 보고 있는 것이 바로 그 장면이다. 나는 이 작업을 돕고 있다고 주장하고 싶지만, 실상은 끼어들어서 감탄만 하는 형국이다.

객관적으로 볼 때 겨울잠쥐보다 더 귀여운 생명체를 생각해내기란 어렵다. 조그맣고, 부드럽고, 졸려 보이는 외양은 인간의 사랑을 받기 위해 태어난 듯하다. 또한 겨울잠쥐는 극도로 취약한 동물이기도 하다. 유럽겨울잠쥐는 상당 기간 개체수가 감소해왔고 이제는 멸종 위기에 처했다고 한다. 세상은 변했고, 겨울잠쥐는 뒤에 남겨졌다. 계절의 길이가 바뀌고 생울타리 식물과 산림지대 서식지가 사라지면서 겨울잠쥐의 식량원도 사라지고 있다. 어쩌면 겨울잠쥐는 산업화된 세상에서 살아남기에는 너무 연약한 존재지만, 지금은 미래를 망각한 듯

몽롱한 잠으로 겨울을 흘려보내며 나태의 상징으로 남아 있다.

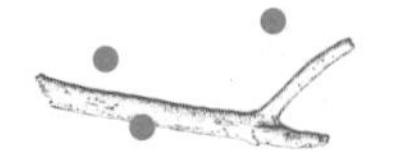

새벽 4시, 나는 아래층에서 일할 채비를 한다. 한밤중에 일어나는 건 미친 짓 같겠지만, 뜨거운 차 한 잔을 손에 든 내게는 그저 온전한 정신을 유지하려는 욕망에 가깝다. 지금 똑바로 앉아 있자니, 머릿속이 스노볼처럼 가라앉는다. 모든 것이 균형을 찾는다.

나는 책상 위를 정리하고 등불을 켠다. 성냥을 가져와 초에 불을 붙인다. 촛불 하나는 안정적으로 켜져 있고, 다른 하나는 불안정하게 흔들린다. 나는 노트북을 열고 두 개의 촛불 사이에서 일한다. 균형을 잡는 것, 내가 바라는 그 자리의 가운데에 어딘가쯤. 확고하다는 것은 더 성장할 여지가 없는 죽은 공간에 있다는 것이다. 반면 흔들리는 것은 고통스럽다. 나는 이 둘 사이를 왔다갔다 하는 것이 차라리 다행스럽다.

나는 밤의 이 부분을 사랑하게 되었다. 거의 아침에 가까운, 온전히 내 것 같은 부분. 깨어 있는 유일한 사람인 덕분에 고요히 차를 마실 수 있는 사치스러운 시간을 누린다. 24시간 중 참으로 평온한 순간이다. 문자나 이메일을 확인해주길 기다리는 사람도 없고, 소셜 미디어의 피드도 잠잠하다. 혼자 있는 기분을 느끼기 어려운 세상에서 지금이야말로 마침내, 고독이다. 고양이들조차 밥을 달라기엔 너무 이른 시간이라는 걸 안다. 고양이들은 내가 지나갈 때 귀를 쫑긋 세웠다가 이내 몸을 공처럼 둥글게 웅크린다.

지금은 몇 가지 행위만이 온당하게 여겨지는 시간이다. 이 시간에 나는 대개 책을 읽는다. 처음부터 끝까지 정독하기보다는, 내가 애용하는 의자 옆에 놓인 책들을 천천히 훑어보며 깨달음을 주는 내용이 담긴 파편들이 나오기를 기다린다. 나는 여기서 한 챕터, 저기서 한 구절, 하는 식으로 대강 읽거나 머릿속에 떠오른 문제에 관해 색인을 찾아본다. 나는 하루의 의무에서 벗어나 밤에 탐험하는 기분으로 되는대로 즐기는 독서가 좋다. 이번만큼은 도피를 위해 책을 읽는 것이 아니다. 이미 나름대로 탈출구를 만들어놓았기에 내가 찾아낸 자유로운 여분의 공간을 정처 없이 떠돌아다니는 것이다. 내키는 만큼 안달을 떨고 조바심을 내면서 나만의 몰입 놀이를 마음껏 즐긴다. 춤을 출 땐 아무도 안 보는 것처럼 추라는 말이 있다. 나는 독서에도 이 말이 적용된다고 생각한다.

어둑어둑한 시간은 글을 쓰기에도 좋다. 질 좋은 종이 위를 사각거리며 흐르는 펜, 그리고 더듬더듬 연속적으로 페이지를 채우고 또 채우는 언어들. 때때로 글쓰기는 마음과의 경주다. 밀려드는 생각의 파도를 따라잡느라 손이 바쁘게 움직이는 걸 보면 말이다. 나의 주의를 흩트리는 다른 어떤 요구도 없는 밤에 나는 그걸 가장 선명하게 느낀다. 그렇게 잠기운이 가시지 않은 멍한 상태가 내 살아 있는 뇌의 장벽을 잠식한다. 나의 꿈들은 또 다른 차원을 인식하듯이 여전히 생생하다. 하지만 결정적으로, 정신이 말짱한 낮 시간대의 당차고 고압적인 나의 자아는 여전히 잠을 자고 있다. 내 자아의 감시하는 눈초리가 없으면 나는 다양한 미래를 보고 창의적인 도약을 할 수 있다. 그 누구의 검열도 받지 않고 한 장의 종이에 나의 모든 죄를 고백할 수 있다.

밤에 나는 화면 위에도 글을 쓸 수 있다. 빛의 밝기를 낮추고서. 한껏 집중해서 의식의 방해를 받지 않고 내 손이 말하는 대로 내버려두면, 수천 가지 말들을 쏟아낼 수 있다.

밤에 깨어 있는 게 이렇게 필수적인 조건으로 느껴지는 걸 보면 이는 잊힌 지 그리 오래되지 않은, 인간의 정상적인 수면의 요소였는지도 모른다. 역사가 로저 에커치가 『잃어버린 밤에 대하여』에서 주장하는 바에 따르면, 산업혁명 이전에는 잠을 두 단계로 분할하는 것이 일반적이었다. 즉, 저녁부터 자정 이후 몇 시간 이상 지속되는 '첫 번째 잠' 또는 '죽은 잠'과, 아침이 올 때까지 안정적으로 이어지는 '두 번째 잠' 또는 '아침 잠'이 그것이다. 두 잠 사이에는 '야경'이라 부르는 한두 시간 남짓의 깨어 있는 시간이 있었는데, 이때 "가족들은 소변을 보거나, 담배를 피우거나, 가까운 이웃을 방문하기까지 했다. 많은 사람들이 사랑을 하고, 기도를 하고 (…) 꿈을 되돌아보았으며, 위안과 자기 인식의 중요한 원천이 되는 시간이었다." 어둠이 주는 친밀감 속에서, 가족들과 연인들은 분주한 낮에는 하지 못하는 깊고 풍부하고 두서없는 대화를 나눌 수 있었다.

이것은 밤이 정말 캄캄하던 시대의 기능이었다. 가난한 이들은 초를 아끼려 일찍 잠자리에 들고, 부자들도 제한된 조명 아래 일을 하려고 고군분투하거나 잠에 굴복하는 것 중 하나를 선택해야 했던 시대였다. 집 밖으로 나서면 불빛 하나 없는 캄캄한 거리여서 돌아다닐 수 있는 유일한 공간은 집이었다.

그러나 이는 매우 일상적인 일이었던 터라 (그리고 아마 그 시대에는 매우 사적인 순간이기도 했기에) 관련된 기록이 별로 없다. 에커치는 일기, 편지, 문학 등에서 찾을 수 있는 첫 번째, 두 번째 잠에 대한 자료를 긁어모으지만, 이 오래된 관습은 동시대 사람들의 눈에는 거의 보이지 않는다. 1996년 토머스 베어와 연구진은 피험자에게 매일 열네 시간 동안 인공적으로 어둠 속에서 지내게 함으로써 선사시대 겨울의 수면 조건을 조성하고 수면 패턴의 변화를 관찰했다. 몇 주 후, 실험 참가자들은 두 시간 동안 잠자리에서 깨어 있다가 대략 네 시간 정도 잠에 빠지는 수면 패턴을 보였다. 그러고는 잠에서 깨어나 두세 시간 동안 사색적이고 편안한 시간을 즐긴 뒤 다시 아침까지 네 시간 더 잠을 잤다. 흥미롭게도 베어는 이 야경이 피험자들에게 전혀 불안한 시간이 아니라는 것을 관찰할 수 있었다. 피험자들은 차분하고 관조적인 시간을 보냈고, 혈액 검사에서도 수유 중인 어머니들의 모유 생산을 촉진하는 호르몬인 프로락틴의 수치가 증가한 것으로 나타났다. 대다수 남녀에게서 프로락틴 수치는 낮은 편이지만, 야경은 '자체적인 내분비학적 기능'을 가진 것으로 보였고, 베어는 이를 명상과 유사하게 변화된 의식 상태에 비유했다.

이 깨어 있음과 잠 사이에서, 우리 조상들은 우리가 아는, 아니 인공 불빛이 침입하는 한 우리는 알 수 없는 상태를 경험했으리라 믿고 싶어진다. 나의 불면은 미래에 대한 불안감에서만 비롯된 것은 아닌지도 모른다. 21세기를 살아가는 우리는 밤마다 가정에 촘촘히 빛을 밝히는 조명과 등불뿐만 아니라 깜빡거리는 리듬과 광선으로 무언가를 하고 있음을 알리는, 점점 더 많아지는 전자 기기 군단들로부터 나오는 빛에 둘러싸여 있다. 요즈음 빛은 언제나 한 무리의 정보나 과제를 동반하고 들이닥치는 침입자처럼 느껴지기도 한다.

서랍장 위에 덩그러니 놓여 있어도, 내 휴대전화는 안절부절못하며 주기적으로 새로운 메시지와 업데이트, 또는 내가 잊으려고 애쓰고 있는 무언가를 일러주는 알림음을 울리며 기어이 삶 속으로 침투한다. 나는 몇 년 전부터 시간을 알려주면서도 방 안에 빛은 비추지 않는 알람시계를 찾으려고 애썼지만 이제는 포기한 상태다. 디지털 LED 시계는 알람이 울릴 때 늘 녹색 불빛을 빛춘다. 빛을 발하는 바늘이 달린 전통적인 시계는 읽기가 힘들다. 버튼을 누를 때 밤에만 빛이 나는 '야광' 시계는 한밤중에 보면 눈이 따가울 정도로 빛이 강해서 다시 잠을 청하려고 눈을 감아도 눈꺼풀 아래로 기묘한 유령 같은 파란 빛이 가시지 않는다. 여기에 더해서 나의 텔레비전(그렇다, 나는 퀴즈 프로그램을 틀어놓은 채 스르르 잠들기를 좋아하는 죄인들 중 한 사람이다)은 차단 불가능해 보이는 빨간 대기 불빛을 쏘아대고, 우리집 뒤에 사는 이웃들은 매일 밤 정원을 투광 조명등으로 훤히 비추는 걸 빼놓지 말아야 할 일과로 삼고 있다. 내가 사는 곳의 지방의회는 오렌지빛이 도는 오래된 나트륨 가로등을 점진적으로 더 밝은 LED 가로등으로 교체하고 있다. 어둠, 그리고 그 속에 도사리고 있는 우리의 두려움이 한층 더 물러가는데도 주민들은 잠을 잘 수 없다고 호소한다. 불빛은 온통 검게 덮인 블라인드와 이중으로 친 커튼까지 뚫고 들어온다.

우리에게는 밤이 넉넉히 남아 있지 않다. 우리는 어둠에 대해 지니고 있던 진정한 본능을 잃었고, 꿈의 언저리에서 시간을 보내라는 밤의 초대도 잃었다. 우리 각자의 겨울은 종종 불면증과 함께 오지만, 스스로 무엇을 추구하고 있는지 정확히 알지 못한 채 우리는 여전히 친밀감과 사색, 어둠과 고요함이라는 그 특유의 공간에 이끌린다. 아마도 우리는 결국 자신의 안락함을 추구하는 것이 아닐까.

잠은 죽은 공간이 아니라 다른 종류의 의식, 사색적이고 원기를 회복시키며, 연관성 없는 생각과 예기치 않은 통찰로 가득한 의식으로 인도하는 문이다. 겨울에 우리는 특별한 형태의 잠으로 초대된다. 앱으로 모니터하고 그래프로 확인하는 엄격한 여덟 시간의 수면이 아니라, 깨어 있을 때의 생각이 꿈과 융합되고 우리 일상의 파편화된 이야기를 복구해주는 캄캄한 시간 속에 공간이 펼쳐지는, 느릿느릿 순행하는 과정이다. 그러나 우리는 잠을 밀어내고 있다. 삶의 힘겨운 부분들을 소화해내기 위해 우리가 가지고 태어난 이 기술을 말이다. 불면증에 대한 인식을 야경, 즉 오로지 곰곰이 생각하는 게 전부인 신성한 시간이라는 개념으로 전환하자 한밤중에 대한 나의 두려움이 사라진다. 여기, 나는 꿈속에나 나올 법한 비밀의 문을 발견한 것처럼 중간 지대에 있다. 겨울잠쥐도 어떻게 해야 하는지 알고 있다. 한동안 깨어 있다가, 할 일을 하고, 다시 잠에 빠져들기.

거듭 말하지만, 우리는 겨울이 우리에게 쉬어갈 수 있는 경계 공간을 제공한다는 것을 감지한다. 그러나 우리는 그 공간을 거부한다. 추운 계절에 우리가 해야 할 일은 그 공간을 환영하는 법을 배우는 것이다.

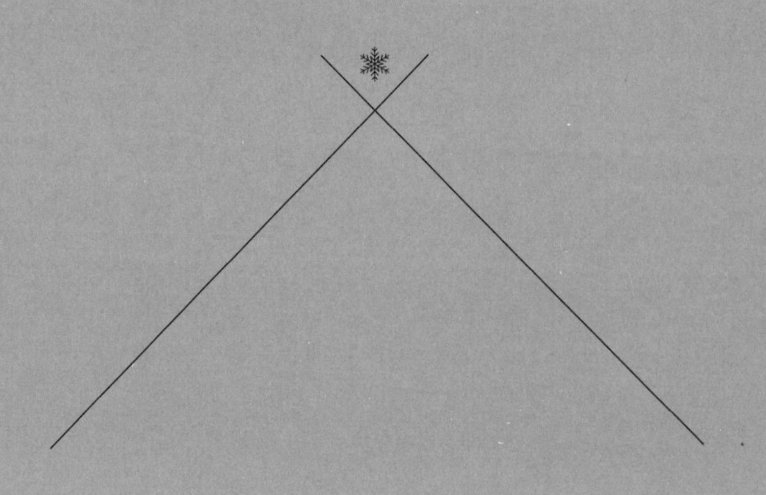

December

12월

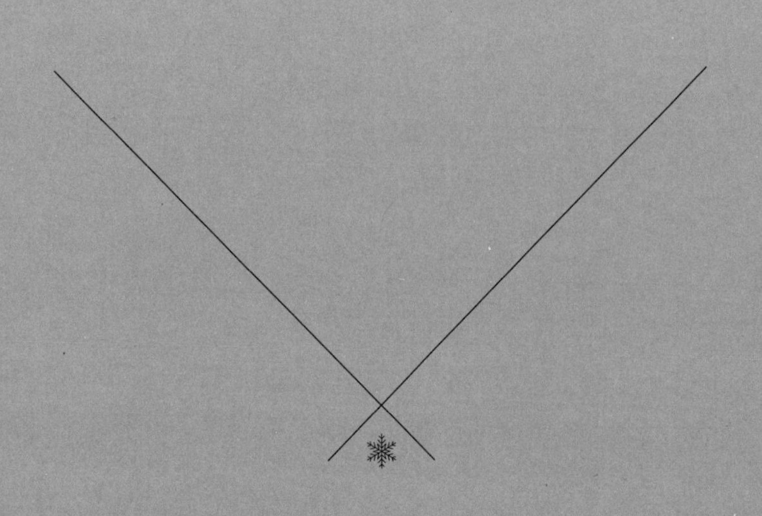

행복이 하나의 기술이라면, 슬픔 역시 그렇다.

그것이 바로 윈터링이다.

슬픔을 적극적으로 수용하는 것.

빛

"내 남편은 '종말을 준비하는 것'이라고 하더라." 그라니아 오브라이언이 말한다. "나는 그냥 하루 종일 이불 속에 들어가 부리토가 되는 거지만."

겨울에 대한 나의 남모르는 애정은 이제 비밀이 아니지만, 나는 많은 사람이 겨울을 혹독한 날씨로부터 집 안으로 피신하게 하는 난봉꾼처럼 생각한다는 것을 안다. 어떤 이들에게 겨울은 불행의 계절이다. 그라니아는 햇빛 부족으로 인한 우울증의 일종인 계절성 정서 장애(SAD)를 앓고 있다. SAD는 슬픔, 불행, 절망 따위의 감정과 무기력, 불면증, 불안, 집중력 저하를

촉발하고 면역 체계를 약하게 한다. 또한 식욕 증대와도 연관이 있는데, 특히 탄수화물에 대한 욕구를 증대시켜 겨울철 체중 증가를 유발할 수 있다. SAD를 가진 사람들은 증상을 경감시키기 위해 술이나 약물에 손을 대는 경우가 많다.

"태생적으로 나는 낙천적이고 유쾌한 사람이야." 그라니아가 말한다. "하지만 낮이 짧아지면 별것 아닌 일에도 발끈하게 돼. 기분이 들쑥날쑥하고 집중하기도 힘들어. 명확한 사고를 전혀 할 수 없게 되는 것 같아. 계획을 짜지도 못하고 그냥 마음 내키는 대로 탄수화물을 섭취하면서 겨울을 보내지. 그래서 겨울이 오기 전에 냉장고를 꽉꽉 채워놓아야 해. 건강한 음식을 쉽게 먹을 수 있으면 케이크나 튀김 같은 걸 덜 먹게 되니까."

"그럼 원인은 어둠인 거야? 추위가 아니고?"

"응, 맞아. 화창한 겨울 햇빛은 너무 좋아. 하지만 그런 날은 며칠 없고 간격도 길잖아. 빛이 좋더라도 시간이 너무 짧고. 매일 아침 6시에 알람을 맞춰놓는데, 겨울에는 그 시간에도 여전히 캄캄해. 침대에서 도저히 일어날 수가 없어. 그냥 겨울잠을 자고 싶어져." 아무런 방해를 받지 않으면, 그라니아는 오후 4시에 이불 속으로 기어들어 가 다시 잠든다고 한다. 아주 강력한 무언가가 그녀의 뇌에 겨울의 정체 상태로 후퇴하라고 지시하는 게 분명하다.

나는 그라니아에게 겨울이면 늘 이런 기분이냐고 묻는다. 그녀는 한 번도 겨울을 좋아한 적이 없는데, 어두운 계절에 스스로를 북돋워야 할 책임이 있는 어른이 되니 겨울의 영향을 훨씬 더 강력하게 느끼게 되었다고 대답한다. SAD의 원인이 무엇인지는 확실하지 않다. 24시간 주기리듬이 환절기의 영향으로 파괴되는 것이 원인이라는 이론이 있고, 일조량 감소가 세라토닌 수치를 낮춰 우울증을 유발한다는 이론도 있다. SAD를 앓고 있는 사람은 다른 사람에 비해 멜라토닌 분비량이 많아서 졸음을 더 많이 느끼곤 한다. 원인이 무엇이든 간에, SAD는 환절기에 일조량의 변화가 확연한 영국과 같은 국가들에서 많이 발생하는 것으로 보인다.

손으로 만질 수도 없는 빛 같은 것이 우리의 기분과 안녕에 그토록 막대한 영향을 끼친다니 참 희한한 일이다. 하지만 겨울잠쥐와 나무 등, 자연 세계를 구성하는 상당 부분이 그들에게 주어지는 햇빛의 양에 아주 민감하게 반응한다는 것을 기억한다면 고개를 끄덕일 법하다. 전깃불은 이제 풍족하지만, 우리의 몸을 그에 맞춰 진화하게 한 유일한 빛, 즉 햇빛은 확보하기가 어렵다. 여름에 우리는 에어컨을 틀어놓은 사무실에서 일하고 노화와 화상, 궁극적으로 피부암 예방을 위해 선크림을 겹겹이 바르며 빛을 피하려고 든다. 나도 봄에 다시 날이 따뜻해지기가 무섭게 이런 체제에 돌입한다. 2월에도 일광 화상을 입을 수 있다고 하니 말이다. 한편 겨울이면 차 안에 들어가거나 쇼핑몰에서 쇼핑을 하거나 실내 체육관에서 운동을 하면서 바깥의 포악한 날씨를 손쉽게 피한다.

그러나 햇빛은 비타민 D를 합성하는 주요한 수단이다. 지방이 풍부한 생선(점점 섭취량이 줄어들고 있는 식품이다), 달걀, 고기를 먹거나, 강화식품 및 알약으로 보충하는 방법과 함께 말이다. 10월부터 3월에 걸친 영국의 동절기에는 중간 길이 자외선 복사량이 비타민 D를 생성하기에 충분하지 않은데, 이제는 여름에도 많은 이들이 충분한 햇볕을 쬐지 않는 터라 아이들에게서 이 영향이 나타나기 시작하고 있다. 사이먼 피어스 교수와 팀 채텀 박사는 2010년 1월《영국의학저널》에 발표한 임상 논문에서 아동기 구루병이 다시 출현했다고 보고했다. 구루병은 뼈를 약하고 무르게 하고 골격 변형까지 일으키는 질병이다.

아이들이 햇빛에 노출되는 것을 염려하는 동시에 햇빛을 충분히 쬐지 못할까 봐 걱정해야 하는 것은 현대의 삶이 가져온 부조리한 현상이다. 그러나 우리에게는 이제 지식이 있고 세상은 변했으므로 그 사이에서 균형을 찾기 위해 노력해야 한다. 따라서 우리는 섭취하는 칼로리와 그 칼로리의 정확한 조성을 걱정하는 것에 더해, 충분한 운동을 하고 있는지, 식량과 함께 불가피하게 수반되는 포장 쓰레기를 어떻게 줄일지, 재활용을 충분히 하고 있는지 걱정하는 것에 더해, 어떻게 스트레스를 관리할지, 어떻게 아이들과 우리 스스로에게 이롭게 대할지를 걱정하는 것에 더해, 적정한 양의 햇빛을 받고 있는지를 점검해야 한다. 이 새롭게 부과된 걱정거리는 매일을 조금 더 겨울처럼 느끼게 한다.

비타민 D를 보충하는 것은 계절성 정서 장애가 있는 사람들에게 도움이 되는 것으로 알려져 있지만, 그 증거는 대체로 경험적인 것들이다. 캐서린 A. 로클레인과 켈리 J. 로한의 2005년 연구에 따르면, 광선 요법은 50퍼센트 이상의 사례에서 증상을 개선하는 효과가 있었고, 항우울제와 병행하면 효과는 더 높아졌다. 이것이 어떻게 작용하는지에 대해서 명확한 결론을 제시하는 연구는 별로 없지만, 인공 햇빛 공급원이 우리 몸에서 비타민 D의 생성을 촉진한다는 결과는 보고된 바 있다. 비타민 자체만으로는 충분하지 않다. 중요한 것은 일광욕을 경험하는 과정이다. 그라니아도 바로 그 점을 알려준다. 그녀는 SAD에 대응하기 위해 터득한 방법이 집 안 전체를 밝은 빛으로 가득하게 만드는 것이었다고 말한다.

맨 먼저, 그라니아는 나를 침실로 데려간다. 거기서 그녀는 매일 아침 일출 시각에 맞춘 알람 소리에 깨어난다. 해는 처음에는 부드럽게 빛을 발산하다가 점점 완연한 아침 빛의 세기에 도달해서, 그녀를 천천히 잠에서 깨어나게 하고 오전 6시의 어둠 속에서 벌이는 자아와의 암울한 싸움을 피하게 해준다.

그라니아는 집 안 전체에 밝은 전구를 달아놓고 시간과 상관없이 온종일 불을 켜둔다. 밤에는 장작불을 때고 점심 무렵에는 최대한 햇볕을 많이 쬐기 위해 억지로라도 산책을 하러 밖으로 나간다.

그러나 그라니아의 적응 수단 중 무엇보다도 나의 마음을 빼앗은 것은 그녀의 책상 위에 놓여 있는, 아이패드와 흡사하게 생긴 네모난 기기다. 그녀가 스위치를 켜자 한여름 가장 뜨거운 대낮의 햇빛을 시뮬레이션한 빛이 1만 럭스의 조도로 뿜어져 나온다. 그라니아는 내게 그 효과를 보여주려고 컴퓨터 앞에 앉는다. 사실 그건 아무것도 아닌 것처럼 보인다. 한낮에 천장의 채광창과 전구를 통해 이미 빛이 들어온 실내를 밝히는 또 하나의 빛일 뿐. 하지만 그라니아에게는 엄청난 효과가 있다. 그녀는 적절한 빈도와 적절한 강도로 영롱하게 빛나는 빛에 몸을 담근다. 그녀의 얼굴에 편안한 미소가 번진다.

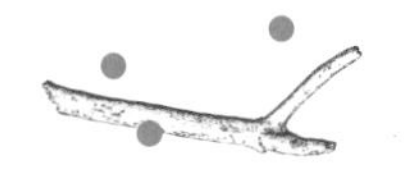

오늘은 이해의 한밤중이자, 이날의,

루시일의 한밤중이다. 그리고 그녀는 겨우 일곱 시간 모습을 드러낸다

태양은 소진되어, 이젠 그의 화약통이

폭약 불꽃을 터뜨릴 뿐, 한결같은 빛을 보내지 못한다
세상의 모든 수액은 가라앉았다
온 세상의 향유를 수종에 걸린 땅이 마셔버렸다
그쪽으로, 마치 침대의 다리로 향하듯이, 생명이 움츠러들어
죽어서 이장된다. 그러나 이 모든 것들은 웃는 듯이 보인다
그들의 비문(碑文)인 나에게 비한다면.

존 던의 시 「성 루시아의 날 야상시 **A Nocturnal upon St Lucy's Day**」는 계절성 정서 장애가 있는 이들이 읽기에 최상의 작품이 아닐까 한다. 죽은 연인에게 바치는 이 비탄에 젖은 사랑 노래는 한겨울의 멜랑콜리로 가슴을 울린다. 존 던의 시들은 쓰인 시기를 특정하기 힘든 것으로 악명이 높지만, 이 시는 1617년 열두 번째 아이를 출산한 지 며칠 만에 숨진 아내 앤의 죽음에 관한 것이라는 설이 우세하다. "나는 무(無)이다. 나의 태양도 소생치 않을 것이다."라는 구절에서 보듯 화자가 스스로 완전히 소진되고 상실에서 회복될 수 없다고 여기는 이 시는 그야말로 황폐함을 노래하고 있다.

그러나 이 시는 또한 심대한 친밀감을 표현하는 작품이기도 하다. "이날의 깊은 한밤중"은 죽은 동반자와의 교감 같은 것을 불러일으키고, 우리는 여기서 남들이라면 숨기려 할, 그리고 우리는 놓치지 않을 두 사람의 결합의 일면을 엿볼 수 있다.

때론 우리 둘은 울어서 홍수를 만들고, 그래서
온 세계, 즉 우리 둘을 익사시키기도 했다. 때로 우리는
두 개의 혼돈이 되기도 했다 우리가 다른 것에
관심을 보였을 때, 그리고 때로는 부재가
우리 혼을 회수하여, 우리를 송장으로 만들었다.

이 시의 형이상학은 사랑을 탈바꿈의 매개체로 삼는다. "무(無)에서 정수"를 만들어내지만 죽음 후에 반대로 똑같은 탈바꿈의 힘을 소유하며, 화자를 다시 태어나게 하고 부재, 어둠, 죽음, 즉 존재하지 않는 존재로 남겨둔다. 하지만 이 모든 암흑 속에서도 낙관적인 기미를 찾아볼 수 있다. 여기서 사랑은 그 종말의 고통을 상쇄할 만한 힘이 있다. 또한, 마지막 연에서 우리는 시인이 새로운 세대의 젊은 연인들에게 전하는 말을 확인할 수 있다. 그들을 위해 태양이 "새로운 정욕을 가져다주려고 염소자리로 달려갔다". 생의 주기는 계속되고, 사랑은 새로워진다. "이해와 이날의 깊은 한밤중"을 준비하면서, 시인은 "너희들의 여름을 모두 즐기라."라고 말한다.

여기서 성 루시아의 날을 선택한 것은 의미심장하다. 요즈음은 많은 북유럽 국가가 12월 13일을 성 루시아의 날로 기념하고 있지만, 존 던의 시대에는 한 해 중 가장 낮이 짧은 날인 동지가 성 루시아의 날이었다. 이날은 크리스마스 시즌의

시작을 알리는 날이기도 했다. 비통한 감정은 이 고귀한 성자의 탄생 시기에 더욱 고조될 수밖에 없었을 것이며 애도 중인 이들은 그 어느 때보다도 심한 고립감을 느꼈을 것이다.

성 루시아 자체에도 상징적인 무게가 있다. 그녀의 이름은 빛(럭스lux, 복수형은 루시스lucis)을 뜻하는 라틴어와 연관이 있다. 그녀는 로마제국의 '카톨릭 대박해' 당시인 기원전 3세기의 순교자였다. 그녀는 로마의 카타콤베에 숨어 있던 이들에게 음식을 가져다주었다. 그녀는 그 일을 위해 손을 자유롭게 하고자 어둠 속에서 길을 밝혀줄 촛불이 달린 관을 머리에 썼다. 이 이야기는 지금도 북유럽의 여러 성당에서 재현되고 있다. 해마다 성 루시아의 날이 오면 하얀 옷 위에 빨간 허리띠를 두르고 촛불 왕관을 쓴 젊은 여성이 선두에서 여성들과 여자아이들의 행렬을 이끈다.

성 루시아에 대해서는 이보다 암울한 이야기가 더 있다. 이 이야기 속의 루시아는 기원전 3세기 시칠리아의 젊은 여성이다. 그녀는 동정을 지키기 위해 이교도 귀족 남성과의 결혼을 거부하고, 주님에게 자신을 바치기로 했다. 청혼을 거절당한 남자는 그녀가 기독교도라고 고발했고, 로마 당국은 믿음을 버리지 않으면 사창굴로 보내버리겠다고 그녀를 위협했다. 루시아가 거부하자 당국은 그녀를 사창굴로 데려가려고 했으나 그녀의 몸은 꿈쩍도 하지 않았다. 황소들까지 동원해 끌어내려

했지만 실패하자, 그들은 주위에 장작을 쌓고 그녀를 불태웠다. 그러나 믿음을 외치며 불길을 뚫고 울려 나오는 루시아의 음성은 결코 꺼뜨릴 수 없었다. 한 병사가 그 목소리를 멈추려고 그녀의 목구멍을 창으로 찔렀으나 여전히 말이 흘러나왔다. 또 다른 이야기에서는 눈이 뽑혔다고도 한다. 청혼자가 그녀의 눈에 찬탄을 보내자 루시아가 스스로 자신의 두 눈을 뽑았다는 이야기도 있다.

루시아는 절대적인 믿음과 순수 그 자체를 상징하지만, 그녀가 박해받은 것은 그녀의 죄 때문이 아니다. 그녀는 남성 시선의 무게를 짊어지고 있고, 그로 인해 파괴된다. 그리하여, 루시아는 카타콤베의 어둠 속, 혹은 맹목적인 어둠 속에 깃들어 있다. 그녀는 순교자의 장작더미의 빛, 혹은 촛불 왕관의 빛을 가져온다. 존 던의 시에서 그녀는 사랑을 위한 여성의 희생을 상징하는 것으로 보이나, 빛이 거의 남아 있지 않은 가장 어두운 시점, 바로 그 순간을 상징하는 형상이기도 하다.

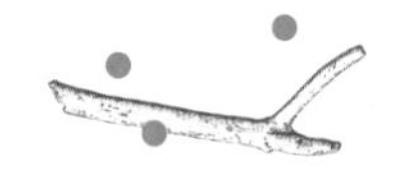

런던 메릴번에 있는 스웨덴 국교회는 가족들로 북적거린다. 아이들은 플라스틱 통에 든 사과 슬라이스와 핑거 샌드위치를 먹으며, 앞을 더 잘 보려고 신도석 위로 올라선다. 유아들은 부모의 무릎에서 계속 꼼지락대서 부모들의 진땀을 빼고, 아기들은 할아버지에서 할머니로, 아빠에서 고모로, 팔을 뻗어 번갈아 가며 이 품 저 품에 안긴다. 배터리로 켜지는 촛불 왕관을 쓴 아이들도 있다. 내 옆에 앉은 아이는 요령도 좋게 왕관에서 촛불을 빼내어 바닥에 던진다. 오늘 교회는 그들의 차지이고, 아이들도 그것을 안다. 아이들은 마법의 순간을 기대하고 있고, 너무 흥분해서 가만히 앉아 있지 못한다. 한데 모인 영국 내 스웨덴 신도들은 그들을 너그러이 보아넘기고, 좌석 사이에 기대어 잡담을 나누고, 고국에 보낼 셀카 사진을 찍기도 한다.

나는 크리스마스가 다가오는 토요일 오후에 낯선 교회에 앉아 있지만, 여기 있는 것이 감사하다. 뭔가 할 일이, 그리고 있을 곳이 생긴 것이다. 어제 나는 지난 5년간 일했던 대학에 가서 자리를 정리했다. 퇴직 고지 기간이 끝나고 마지막 학기가 끝난 것이다. 책들을 상자에 담으니 두 상자 정도가 채워졌다. 대부분 내가 언제 또 볼 일이 있을까 싶은 이론적 개념들을 다룬 학술서들이다. 분별력을 발휘했더라면 복도에 상자를 놓아두고 '가져가세요'라는 표지를 붙여두었을 텐데, 나는 그것들이 상하지 않기를 바라며 조심스럽게 꾸역꾸역 가지고 왔다. 나의 새로운 인생이 어떤 모습이어야 할지 생각하는 사이, 책들은 상자에 담긴 그대로 방 한구석에 놓여 있다.

여기서 나는 가족들의 물결 틈에서 교회 구석에 혼자 앉아 있는 뜨내기다. 나만 영국인이고 방문객인 것이 눈에 띄는 듯하다. 이렇게 여러 세대가 모이는 행사라는 것을 알았더라면, 나도 어지간히 꼼지락거리는 내 아이를 데리고 와 그나마 자연스럽게 섞였을 텐데. 매년 열리는 이 성 루시아의 날 미사는 워낙 인기가 많아서 이제는 입장권을 발권하고 12월 중순에 며칠간에 걸쳐 진행된다. 나는 성가집마다 'Psalmboken'(스웨덴어로 '성가집'이라는 뜻 — 옮긴이)이라는 표제가 적힌 것이며, 금발의 행렬과 같은 너무나 이국적으로 보이는 스웨덴적인 광경에 들뜬 티를 내지 않으려 노력한다. 교회당 밖에서 기다리면서 사람들은 오픈 샌드위치를 먹고 있다. 신도석에 앉아 있는데도 스웨덴에서 빵을 만드는 데 빠지지 않는 재료인 소두구와 계피의 향이 지하에서부터 은은히 퍼져 나오고, 커피와 번을 함께 나누는 다과 시간인 피카fika에 대한 기대감도 피어오른다.

사제가 일어서자 군중은 일제히 조용해지며 자리를 정돈하고, 일련의 엄숙한 표정이 실내에 번진다. 잠시, 우리는 침묵에 빠진다. 차분하고 자애로운 신부님은 우리 앞에 서서 스웨덴어로, 그리고 다시 영어로 묻는다. "오늘 여기에 온 어린이들이 있나요?" 소리가 다시 울린다. 아이들이 손을 든다. 그가 미소를 짓는다. "음, 그러면 오늘이 무슨 날인지 여러분이 이해할 수 있도록 최선을 다해서 설명해보겠습니다."

사제는 제단 위의 촛불을 가리키고, 손에 든 세 번째 촛불에 불을 붙인다. 그러고는 신에 대한 믿음을 지키기 위해 희생한 성녀 루시아의 삶을 세심하게 순화해서 설명한다. 그녀의 순교는 오늘 그가 말하고자 하는 바가 아니다. 그보다 사제는 세상에 불을 밝히기 위해 우리가 할 수 있는 단순한 몸짓에 대해 생각해보기를 원한다. "우리 한 사람 한 사람은 불을 밝힌 촛불입니다." 그가 말한다.

우리는 자리에 앉아서 짤막한 성가 두 곡을 부른다. 나도 함께 노래를 따라 불러보는데, 온통 엉망인 것 같다. 스웨덴어 발음에 무지하다 보니 속삭이듯 작은 소리로 부르는데도 내 목소리만 도드라지게 들린다. 그러나 다행히 노래는 짧고 속도도 적당하다. 곧 악보를 다시 접은 우리는 기대감을 높인다.

교회 종이 울리고 불빛이 어두워진다. 아이들이 속삭인다. "루시아." 쉿 하는 소리가 들리더니 노랫소리가 점점 작아지고 어둠이 내려앉는다. 고개들이 돌아가고, 장관을 포착하려는 휴대전화의 물결이 반짝거린다. 이윽고, 시작이다. 먼저 성가대 지휘자가 뒤에서 지휘를 하면서 걸어 나온다. 그리고 통로를 따라 루시아가 앞으로 나아간다. 그녀는 진짜 양초로 된 불꽃이 밝게 빛나는 관을 쓰고, 하얀 드레스 위에 그녀의 순교를 상징하는 빨간 허리띠를 두르고 있다. 그녀와 똑같이 하얀 드레스를 입었으나 머리에 월계관을 쓰고 손에 촛불을 든 여자들이 그녀의 뒤를 따르고 있다. 그들은 제단 앞에 모여 계속 노래를 부른다.

> 타오르는 빛으로 오르소서, 성녀 루시아, 성녀 루시아!
> 빛나는 촛불과 함께 걸으소서, 성녀 루시아.

노랫가락은 회전목마의 오르간 소리처럼 경쾌하게 울린다. 친숙하지만 매우 이색적이다. 스웨덴이 아닌 다른 어떤 나라의 축제를 위한 다른 어떤 노래 같다고 할까? 나는 스웨덴의 음악이 어떤지 사실 잘 모르지만('아바'의 노래 같을까?) 이렇지는 않을 것 같다. 너무 호화롭고 가극적이다. 어쩌면 이것은 전통적인 나폴리의 노래, 다시 말해 조용한 저녁 잔잔한 바다에서 보트를 타는 기쁨을 노래하는, 나폴리의 보르고 산타 루치아에 바치는 로맨틱한 노래에서 유래했기 때문인지도 모르겠다.

북유럽 국가들은 그 노래 제목을 그대로 가져와 성녀 루시아에 적용한 것으로 보인다. 이 북유럽 버전의 노래에서는 성녀 루시아가 촛불을 들고 집에서 걸어 나와 세상에 빛을 밝히는 어두운 밤으로 우리를 데려간다. 이 노래 속의 루시아는 신과의 일체를 외치다가 피 흘리며 죽어간 순교자가 아니다. 그녀는 가장 캄캄한 시간에 빛을 가지고 오는 하얀 옷을 입은 소녀다. 그녀 자체가 불 켜진 촛불이다.

성가대는 성 루시아의 노래를 잇달아 부르고, 〈고요한

밤〉으로 피날레를 장식한 다음, 통로를 따라 행렬을 지어 적막 속으로 사라진다. 사제는 마지막 설교를 하려 하지만 그는 루시아의 맞수가 되지 못한다. 이제 모두가 이야기를 나누며 외투를 입고서 커피와 번을 즐기러 아래층으로 내려갈 채비를 한다. 나로 말하자면, 이 아름다운 크리스마스 미사에 온 방문객으로서 나의 시간은 여기까지라고 느낀다. 좀 더 머물렀다간 배 속에서 꼬르륵 소리가 날 것 같다. 나는 동전 몇 개를 봉헌함에 넣고 어두침침한 12월 오후의 거리로 나선다.

베이커 스트리트 역으로 향하는 계단을 내려가면서, 나는 성녀 루시아가 나에게 큰 기운을 불어넣어주었음을 새삼 깨닫는다. 노래와 은은한 불빛뿐만이 아니라, 아무것도 하지 않고 그저 말소리를 듣고 꼼지락대는 아기들 모습에 미소 지으며 신도석에 앉아서 보낸 한 시간도 좋았다. 그 시간을 통해, 나는 그동안 내가 일종의 열패감 속에 집에 틀어박혀 사회로 나가기를 회피해왔다는 것을 깨달았다. 다가오는 새해를 어떻게 살아야 할지 모르겠고, 그래서 두렵고, 그 두려움을 감출 만한 아량도 없어서 다른 사람들을 멀리한 것이다. 남아도는 시간을 메우려고 겉으로는 뭔가 하는 것처럼 굴지만, 실상은 휴대전화나 만지작거리면서 별것 아닌 일을 하느라 분주하게 보내고 있었다.

그런데 교회에서 조용히 앉아 있는 시간은 참 좋았다. 나는 아무것도 하지 않은 채 그저 듣고 느끼고 곰곰이 생각하면 되었고, 그것이 해방감을 주었다. 어릴 적에는 교회에 있는 게 너무 지루해서 가만있지 못했던 기억이 생생한데, 오늘은 성인으로서 뭔가 새로운 것을 얻었다. 군중 속에서 기꺼이 아무것도 아닌 사람으로 존재하는 기분, 단 한 시간이더라도 뭔가를 끊임없이 해야 한다는 중압감으로부터의 탈출, 나 자신과의 순탄한 휴전.

나는 그 한 시간 내내 눈물이 나오려는 것을 참았다. 나는 그 조그만 공간을 열어젖히고 내가 얼마나 칠흑같이 어두운 곳에 있는지, 얼마나 한겨울에 가까이 와 있는지 보기만 하면 되었다. 성녀 루시아는 나를 치유해주지 않았다. 기적처럼 내가 가야 할 길을 알려주어 통로에서 기쁨의 춤을 추게 하지도 않았다. 그러나 그녀는 작은 빛을 가져다주었다. 안을 들여다볼 수 있을 딱 그만큼의 빛을.

동지를 보내다

4시 반에 휴대전화의 알람이 울린다. 나는 익숙지 않은 침대에서 내려와 옷을 껴입는다. 보온 조끼, 내복 바지, 청바지, 티셔츠, 점퍼. 워킹화 속에 스키 양말도 신는다. 자동차 트렁크 안에는 이미 따뜻한 코트, 스카프, 벙어리장갑, 모자가 대기 중이다.

아래층 부엌에서 차를 준비하고 있던 친구를 만난다. 우리는 교통 상황을 걱정하며 조용히 차를 마신다. 이 정도면 충분히 일찍 출발하는 걸까? 어서 떠나는 편이 좋겠다. 우리는 각자 아이들을 깨우고, 좀 전에 치른 의식을 되풀이한다. 양말, 내복 바지, 조끼, 청바지, 점퍼. 우리는 담요로 아이들을 감싸고 차 안에서 잘 수 있다고 속삭인다. 잠을 자지 않을 것을 아주 잘 알지만.

5시 15분에 길을 나서서, 우리는 칠흑 같은 어둠 속에서 에임즈베리를 향해 차를 달린다. 남서쪽으로 향하는 차들이 긴 행렬을 이루고 있다. 12월 22일치고는 통상적이지 않은 교통량 같기도 하고, 아닌 것 같기도 하다. 어쩌면 가족들을 보러 귀향하는 크리스마스 대이동의 시작인지도 모르니까. 아무튼 나는 더 많은 인파를 예상했었다. 스톤헨지로 가는 순례자 무리가 전국 각지에서 모여들어, 동지 아침에 모두 우리 조상들이 행하던 숭배의 상징을 보러 가는 모습을 상상했다. 그러나 이 유적지로 들어가는 차량의 숫자는 평일 오후와 별반 다르지 않아 보인다. 그렇다, 지금은 아침 6시고 밖은 칠흑같이 어둡다. 하지만 나는 여전히 좀 더 무정부적인 무언가를, 중산층의 단조로운 불가지론적 감각에 반하는 좀 더 짜릿한 무언가를 속으로 갈구하고 있었다.

어젯밤에 나는 한 크리스마스 파티에 참석했는데, 오늘 우리가 가고 있는 곳에 관한 이야기를 꺼낼 때마다 사람들은 신경질적인 웃음과 조소, 혹은 숨을 들이쉬는 반응을 보였다. 동지요? 크러스티(crusties. 지저분한 복장을 하고 도시 거리를 돌아다니는 생태주의적 배회자들을 일컫는 말 — 옮긴이)라고요? 트리 허거(tree-hugger. 극렬 환경운동가를 일컫는 말 — 옮긴이)요? 히피요? 드루이드 교도요? 내가 다소 당황스러운 뭔가를 하려는 것은 분명했다. 눈에 보이지 않는 한 해의 시점을 군중들과 함께 그들만의 별난 의식과 종교에 따라 기념하는 행사에 참여하는 것. "당신도 거기 속해 있는 건 아니죠?" 한 남자가 물었다. 나는 아니라고 말하며 그를 안심시켰다.

스톤헨지를 상징하는 이 원형의 돌기둥들은 4,000년에서 5,000년 전에 축조되었다. 이 원은 대부분 곧게 선 두 개의 돌 위에 상인방돌을 하나 얹은 거석 축조물인 삼석탑으로 이루어져 있다. 이는 수백 개의 고분 소재지인 윌트셔 전원 지역에 있는 광범위한 신석기 및 청동기 기념물들의 일부이다. 이 돌기둥들은 4미터의 거대한 높이로 위풍당당한 장관을 연출하고 있다. 비록 그 종교적 의식과 믿음의 정확한 성격은 시간 속에 묻혀버렸지만, 이 돌들이 그 의식에서 중요한 의미를 차지했던 것은 분명하다.

12세기에 『브리튼 왕들의 역사Historia Regum Britanniae』를 쓴 몬머스의 제프리는 이 돌들에 치유 능력이 있다고 생각했고, 색슨족과의 전투를 기념하고자 했던 아우렐리우스 암브로시우스 왕의 지시로 멀린과 우서 펜드래건이 이 돌들을 옮겨왔을 것으로 추측했다. 그는 이 거석 축조물이 원래는 거인족에 의해 아일랜드에서 세워졌다고 생각했고, 1만 5,000명의 기사들은 이 돌들을 옮길 수 없었지만 멀린은 특별한 간계로 그렇게 할 수 있었다고 덧붙였다.

18세기 초, 고고학자 윌리엄 스터클리는 주변의 토루를 분석하고는 스톤헨지가 켈트족의 드루이드교 예배 장소였을 것으로 보았다. 그는 몇 안 되는 역사 자료, 특히 드루이드(드루이드교의 성직자)를 이교도이자 조직적인 군대 앞에서 무력한 주술적인 야만인으로 묘사한 로마의 자료에 주로 근거하여 그곳에서 예배 의식이 치러졌을 것으로 추측했다. 스터클리는 조사를 통해 밝혀낸 만큼이나 많은 부분을 스스로 지어낸 것 같지만, 이 장소에 크게 매료되어 자신을 드루이드 성직자와 동일시하기 시작했고 드루이드에 어울린다고 생각한 '친도낙스'라는 이름도 지었다. 스톤헨지는 빅토리아 시대 사람들에게 인기 있는 관광지가 되었다. 수천 명이 한여름에 일출을 보기 위해 이곳을 방문했다. 당시 관광객들은 그들에게 부여된 끌을 가지고 이 거석에서 자기만의 기념품을 떼어갈 수 있었다.

드루이드와의 연관성에 대한 다양한 학술적 조사에도 불구하고 그 관련성이 해명되지 않았고, 20세기에 들어서 사회 전반에 스톤헨지의 유산을 보호하고 보존하자는 움직임이 확산되자 스톤헨지는 현재의 드루이드 교도와 여타 토속신앙 집단에게 점점 더 중요한 의미를 지니는 장소로 여겨지게 되었다. 이는 빈번한 충돌을 불러왔다. 방문객들의 숫자가 점점 증가하자 침식을 우려해 1978년에 처음 스톤헨지에 대한 접근이 제한되었다. 1985년에는 경찰이 한여름에 열리는 연간 행사인 스톤헨지 프리 페스티벌에 참석하려는 사람들을 막으면서 뉴에이지 방랑자들(New Age Travellers. 도시적 삶을 거부하고 이동주택에 살며 떠돌이 생활을 하는 이들을 일컫는 말로, '크러스티'라는 말과 유사하게 쓰인다 — 옮긴이)과 경찰 사이에 물리적인 충돌이 있었다. 스톤헨지 '제한 구역'은 상당 기간 지속되었으나, 인권 운동가들이 1999년 유럽 인권 재판소로부터 스톤헨지를 예배 장소로 인정하고 심령론자, 토속신앙 집단, 드루이드 등이 이곳에서 예배할 권리를 보장하는 판결을 받아내면서 해제되었다. 접근 금지가 해제되면서, 잉글리시 헤리티지(영국 내 역사적 건물과 유적들을 보호하기 위해 설립된 단체)는 하지와 동지 축제를 평화롭고 절제 있게 진행할 것을 권고했고, 그 이후로 문제가 발생한 적은 없었다. 스톤헨지는 이제 문화 간 충돌의 상징일 뿐만 아니라 그 실질적인 화합의 상징이기도 하다.

오랜 역사와는 별개로, 이 돌기둥들에 계속해서 의미가 부여되는 이유는 그 천문학적 정렬 때문이다. 매년 한여름이면, 중앙의 힐스톤 뒤에서 태양이 떠오르고, 이 태양이 원의 중심을 향해 빛날 때 1년 중 가장 긴 하루가 시작된다. 그리고 한겨울에는 원 안의 가장 높은 삼석탑 중 곧게 선 두 개의 돌 사이로 태양이 저물 때 1년 중 가장 짧은 하루가 끝나는 것으로 보았다. 그러나 지금은 이 돌들이 서 있지 않아서, 이제 동지는 하루가 길어지기 시작하며 해가 떠오르는 다음 날 아침에 기념한다. 바로 이것을 보려고 우리는 여기에 찾아온 것이다. 빛이 되돌아오는 장관, 그리고 여기에 수반되는 축하 행사.

한겨울에 이곳에서 무엇을 찾기를 기대하고 있었는지 잘 모르겠지만, 현실은 분명히 기대보다는 밋밋하다. 우리는 잉글리시 헤리티지가 운영하는 카페에서 명랑한 중년 남녀들 뒤에 줄을 서 있다. 그들은 대부분 망토를 입고 있지만, 마치 막스 앤 스펜서 매장에서 방금 나온 것처럼 보인다. 한 남자는 수목의 정령인 그린맨 가면을 쓰고 있다. 그의 몸은 나일론으로 만든 떡갈나무 잎으로 뒤덮여 있다. 의례적으로 한가한 분위기가 감돈다. 카페의 냉장고에는 쐐기풀 와인과 벌꿀 술이 가득 차 있지만, 마시고 있는 사람은 없는 듯하다. 지역 마을 축제에서 여성 단체의 텐트 앞에 줄을 서는 편이 나았을까.

나는 아이들을 위해 소시지와 핫초콜릿을 주문한다. 우리는 놀랍도록 온화한 어스름 속에 야외에 앉아, 스톤헨지로 언제쯤 갈지 궁리한다. 아이들의 참을성이 한계에 달할 즈음 우리는 '스톤헨지행'이라고 적힌 셔틀버스에 올라탄다. 함께 탄 승객들은 할아버지, 할머니가 그러듯 아이들에게 푸근한 인사말을 건넨다. 이윽고 우리는 버스에서 내려 처음으로 스톤헨지를 눈에 담는다. 일출을 앞두고 하늘은 짙은 푸른빛으로 변하고 있다.

돌기둥 주위에는 이미 군중들이 모여 있다. 확실히 잉글리시 헤리티지 기념품점에서 보는 사람들과는 다른 분위기다. 말하자면, 성격 좋은 의무경찰과 약물 부작용 환자를 돕는 응급처치 요원들이 진을 치고 있는, 록 페스티벌의 씁쓸한 막바지를 보는 느낌이다. 한 응급처치 요원에게 할 일이 많을 것 같냐고 물으니 동지에는 조용한 편이라고 한다. 밤새도록 이어지는 파티는 한여름의 일이다. 페루 스타일의 판초를 입은 사람도 있고, 드레드락 머리를 한 뉴에이지 방랑자들도 있고, 중세풍의 긴 가운을 걸친 여자도 있고, 은색 우주복 차림으로 멜로디카를 연주하는 남자도 있다. 사방에서 음악이 흘러나온다. 각종 드럼 소리와 싱잉볼 소리와 아코디언에서 나오는 가락들. 사람들은 춤을 추거나 서서 연주하는 것을 구경한다. 장난감 목마의 등장이 우리를 뒤흔든다. 어떤 사람은 가지각색의 천으로 휘장을 드리운 동심원 고리 모양 복장을 몸에 두르고 있다. 꼭 모리스 댄스(morris dance. 영국 민속 무용 중 하나인 가장무도로 영국 전설에 나오는 인물들로 분장하고 공연을 한다 — 옮긴이) 공연에서 툭 튀어나온 것만 같다.

정신이 혼미할 정도로 다양한 문화가 뒤섞여 있고, 나는 그들만큼 생동감이 없다는 것만으로도 겉도는 기분이 든다. 볼품없는 아웃도어 옷을 입고 있는 탓에 다소 당황한 모습으로 축하 행사에 어떻게 참여해야 할지 고민하는, 아니, 참여하고 싶은지 아닌지도 확신이 없는 우리와 같은 가족들이 몇몇 보인다. 우리는 본능적으로 아이들에게 돌기둥과 교감하라고 하기보다는 돌기둥에 너무 가까이 다가가지 말라고 말한다. 우리는 여기서 뜨내기지만, 나는 이 맥락에서 뜨내기의 의미가 무엇인지 잘 모르겠다. 우리가 환영받지 못하고 있다는 느낌도 없고, 워낙 다양한 사람들이 모여 있어서 우리가 그들 사이에서 두드러져 보일 일도 없다. 돌기둥들과 근접한 거리에서 동지를 보내고 싶은 마음만 있으면 우리는 여기서 전혀 뜨내기가 아니다. 그저 이런 식으로 의례를 치르는 방법을 잘 모를 뿐이다.

여기에 온 사람들의 목적은 황홀경이다. 물론 응급처치 요원들이 우려하는 그런 것과는 다른 것이다. 어떤 이들은 움직임과 소리로 황홀경을 추구하고 있고, 또 어떤 이들은 조용히 서서 두 눈을 감은 채 돌을 만져보고 있다. 나는 그런 행동을 확실히 이해할 수 있다. 삼석탑에 가까이 다가가 그것을 만지고, 그 높이와 두께를 느껴볼 수 있다는 것은 감탄을 불러일으킬 만한 특권, 이른 아침에 시간을 내야만 얻어낼 수 있는 특권이다. 예전에 관광객 통로의 안전 구역에서 스톤헨지를 봤을 때는 작고 생김새도 균일해 보였고, 그다지 웅장한 감도 없었다. 그런데 오늘 이 돌기둥들은 그때와는 딴판이다. 잿빛인 줄 알았는데 이끼가 덮여 초록색과 노란색을 띠고 있다. 갈라진 틈과 돌출된 부분들도 보인다. 인간의 손으로 커다란 돌산에서 절단되고, 모양이 잡히고, 땅 위로 옮겨지고, 지금의 형태로 배열되는 것을 상상해보라. 여기에서 그 축축한 냄새를 맡고 그 구조감을 확인하는 것은 실로 경이롭다.

나는 내부의 원을 향해 돌기둥 사이를 거닐어본다. 그러는 사이 붉은 옷을 입은 사람들이 점점 더 많이 모여들고 있다. 뭔가 볼 만한 행사가 시작되려나 보다. 기대감이 고조되는 분위기가 느껴진다. 시계를 보니 일출까지 10분이 남았다. 드럼 소리가 격해진다. 어딘가에서 연기가 퍼져 나온다. 우리는 아이들을 불러모은다. 나는 버트가 잘 볼 수 있도록 어깨에 목말을 태운다. 아이의 몸이 점점 더 무겁게 느껴진다. 우리는 돌기둥 중 가장 거대한 바깥쪽의 사르센석보다 더 가까이 갈 수는 없다. 그 한가운데에서 노래가 흘러나온다. 하모니만 들려올 뿐 노랫말은 알아들을 수 없다. 그런데도 마음을 흔든다. 고대 유적지라기보다는 어느 사원의 가장자리에 서 있는 것만 같은 기분이 든다. 그러나 다소 혼란스럽고 격앙되는 분위기다. 드럼 소리가 더욱 거세고 빨라진다. 한껏 흥분된 손이 비트를 두드리고, 노랫가락도 더욱 열띠게 들린다. 많은 것을 볼 수는 없다. 다른 사람들도 그러지 않을까 싶다. 우리가 모두 같은 생각일 거라고 기대하진 않지만, 더더군다나 여기에 같은 이유로 왔을 것이라고 기대하진 않지만, 그렇다고 해도 의식의 순서도 없고 성가의 악보도 없다. 장엄하게 뒤섞인 소리에 좀 혼란스럽긴 하지만 기분이 마냥 들뜬다.

그러다 어느 시점에서인가 동트기 전의 회색빛이 밝은 하얀 빛으로 희미해지고, 한 무리의 구름층 뒤에서 해가 떠오르지만 보이지 않는다. 사람들은 자신이 누구이고 어느 집단에 속해 있는지와 상관없이 악수를 나누고 포옹을 하며 말한다. "방금 새해를 맞았어요!" 돌기둥이 신화 속 용이며 자신들을 지켜줄 거라는 환상에 흠뻑 빠져 있는 아이들은 이해하지 못하는 눈치지만, 우리도 그렇게 인사를 나눈다. 여기에 뚜렷한 분출의 순간은 없다. 이 순간은 도달하지 못한 오르가슴을 연상시킨다. 그렇게 오래, 강렬하게, 숨이 막히도록 고조되다가 아무것도 아니게 사그라드는. 아무튼 그 의미는 크다. 사방을 잠식하는 어둠이 계속된 수개월 끝에, 빛이 다시 세상으로 돌아오고 있다.

나는 빛이 나온 이후 오래도록 원 근처에 머문다. 구름이 걷혀서 금빛 공이 곧게 서 있는 돌기둥 안으로 들어가는 것을 볼 수 있기를 바라지만 실현되지는 않는다. 우리는 주변의 고분들을 지나 관광 안내소로 다시 걸어온다. 이렇게 모든 게 끝난다.

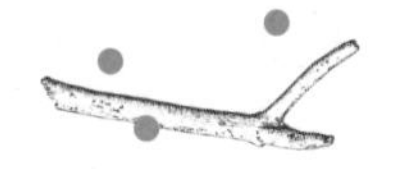

여기 이렇게 모인 사람들에 대해서는 다소 광적이고, 다소 곤혹스럽지만, 실로 무해한 영국의 괴짜들이라는 시각이 일반적이다. 영국이라는 나라는 축구와 관련된 것이 아니라면 집단적인 열광을 드러내는 것에 그리 적극적이지 않다. 우리는 예복을 차려입는 것이나 의식을 향한 욕망에 대해 사뭇 의심스러운 반응을 보인다. 우리는 양해를 구하는 태도로 우리의 신념을 누그러뜨리며 이를 겸손의 표시라 여긴다. 설교는 지루해야 마땅하다. 기도는 혼잣말로 웅얼거려야 한다. 노래는 엄숙한 의무로서, 사람들과 사적인 경계를 엄격히 유지하며 최대한 작은 목소리로 해야 한다. 여기에 황홀경이 들어설 틈은 없다.

다음 날 나는 내가 그들의 일원으로서 경험한 이 행사를 뉴스에서 어떻게 다루고 있는지 훑어본다. 몇몇 신문은 특이한 복장을 한, 그로테스크하고 괴상해 보이는 사람들이 돌기둥을 안고 있는 사진을 실었다. BBC는 내가 전혀 알지 못했던 주차 분쟁에 대해 다루고 있다. 《데일리 스타》는 우리가 마치 대규모 공습 부대를 형성하기라도 한 것처럼 모두 스톤헨지에 '내려왔다'고 보도하고 있다. 아큐웨더는 보이지 않던 일출이 '장관'이었다고 보도하고 있다. 모든 기사가 미리 작성되었고, 별 생각 없이 온라인에 게재되었다고 생각하지 않을 수 없다. 그저 이 별난 괴짜들의 바보짓에 혀를 차고 고개를 내저을 독자들을 충족시키기 위해 존재하는 기사들이다.

이미 동영상도 올라와 있다. 유튜브에는 우월감과 지옥불을 연상케 하는 복음 전도에다 인종차별적 기미까지 보이는 댓글들이 넘쳐난다. 누군가는 '이건 완전 사탄의 의식이야!'라고 외친다. 다른 이가 '이교도들'이라고 내뱉는다. '이 사람들은 히피들이다. 우리 슬라브족 선조와 비교하지 마라'라고 또 다른 이가 말한다. '가짜 이교도들', '멍청한 무리들', '나는 거기서 마리화나 냄새를 맡았다.' 등등. (참고로, 나는 그런 냄새를 맡지 못했다.)

어쨌든 내가 스톤헨지에서 본 것은 전혀 불쾌한 광경이 아니었다. 어떤 것들은 내 개인적인 취향과 맞지 않았고, 어떤 것들은 그 장소와 믿음, 행위 간에 어떤 연관성이 있는 것인지 궁금증을 품게 하기도 했다. 하지만 그런 것들은 내가 간섭할 바가 아니었고, 마찬가지로 그들 중 어느 누구도 내게 왜 거기에 왔냐고 묻지 않았다. 분명히 그것은 다양한 영성의 뒤섞임을 보여주었지만, 지극히 관용적인 모습에 나는 깊은 인상을 받았다. 여기에는 자신들이 선택한 예배의 장소를 기꺼이 다른 이들과 공유하고 서로의 축하 방식을 존중하는 집단이 있었다. 그들은 일치나 순응을 강요하는 목소리를 내지 않았고, 정도를 벗어난 길을 따른다고 해서 서로를 깎아내리지도 않았다. 그들은 그냥 자신들이 할 일을 했고, 남들도 그렇게 하도록 두었다.

나는 점점 더 이런 순간에 이끌리는 자신을 발견한다. 지지부진한 한 해를 보내는 가운데 기운을 돋워주고 다음 국면으로 넘어가는 변화를 기념하는 순간. 그렇지만 이런 욕망은 마치 남들 앞에서 인정하기 싫은 도착증이라도 되는 양 나를 오글거리게 만들기도 한다. 의식을 행하는 것은 언제나 내게 약간은 광적으로 보여서 이런 것을 필요로 한다는, 이런 것을 원한다는 것이 왠지 편안하게 느껴지지 않는다.

나는 음유시인, 점성술사, 드루이드 교단의 교주인 필립 카 검에게 연락을 한다. 내가 느낀 것과 마찬가지로 경련이 일 듯한 불편함을 드러낸 그의 《타임스》와의 인터뷰를 읽고 나서다. "저도 드루이드적인 것은 괴이한 데가 있다고 생각합니다. 하지만 세상에서 벌어지고 있는 많은 일이 괴이하지 않나요? 트럼프는 좀 괴상하죠. 저는 로브를 입고 있는 성공회 주교들을 봐도 좀 괴상해 보입니다. 예전에 존 클리즈가 말했다시피, 영국인들이 가장 두려워하는 것은 쑥스러움인지라, 저도 그런 걸 부담스러워합니다."

나 역시도 그런 게 부담스럽다. 부도덕하거나 위험하거나 어리석다기보다도, 세상에서 좀 더 심오한 의미를 찾으려고 의식을 만들어낸다는 것이 그냥 좀 민망하다. 내가 스톤헨지에서 보낸 동지를 이야기하면서 코를 찡긋거리자 필립은 친절하게 웃는다. 그는 몇 년 전부터 행사에 참여하지 않는다고 한다. 그는 나름의 조용한 방식으로 동지를 기념하지만, 규칙적인 간격으로 돌아오는 그런 날을 기념하는 축제가 삶을 계획하고 관리할 수 있다고 믿게 해주는 하나의 제도라는 관점 역시 가지고 있다.

"드루이드는 연간 8대 계절 축제 주기를 따릅니다. 6주에 한 번꼴로 행사가 있다는 뜻이죠. 이 간격은 시간상 매우 유용한 기간입니다. 언제나 다가오는 다음 순간을 기대할 수 있죠. 한 해에 걸쳐서 패턴이 생기는 겁니다."

그의 저서 『드루이드 미스터리Druid Mysteries』에서 설명하듯이, 한 해는 동지에 다시 새로이 태어난다. 드루이드는 이 시점을 알반 아르산Alban Arthan(아서의 빛)이라고 칭한다. 그들은 '빛의 등장을 방해하는 것이라면 무엇이든지 몰아내는' 의식을 치르고, 어둠 속에서 그동안 그들을 저지했던 것들을 상징하는 천 조각들을 바닥에 던진다. 그런 다음, 부싯돌로 등을 하나 켜고 동쪽을 향해 들어 올려 새로운 주기를 맞이한다. 이 주기는 하지에 정점에 이르게 된다.

다음 축제는 2월의 첫째 날인 임볼릭Imbolc이다. 이른 설강화가 보이기도 하는 시기다. 임볼릭은 전통적으로 눈이 녹고 그 잔재가 깨끗하게 사라지는 겨울의 끝을 알린다. 그러나 한편으로는 양의 첫 새끼가 태어나는 봄의 시작이기도 하다. 곧 낮과 밤의 길이가 같아지고 알반 에일레르Alban Eilir(땅의 빛)를 축하하는 춘분이 찾아온다. 봄이 절정에 이르면, 전통적으로 소들이 겨울 축사에서 야외로 나오는 5월 1일 벨테인Beltane이 돌아온다. 이렇게 여름을 보내고 나면, 마침내 삼하인이 다가온다. 삼하인은 한 해가 저무는 시점이자 동지에 모든 게 새롭게 재편되기 전까지 경계에 있는 시간이 시작되는 시점이다. 8대 주기 중 태양에 관한 네 개의 축제는 지점(至點) 및 분점(分點)과 연관되어 있고, 그 사이사이에 있는 목축에 관한 네 개의 축제는 한 해를 살아가는 경험 가운데 중요한 순간들을 기념한다.

필립은 말한다. "주류 문화에서 주요한 축제는 이제 크리스마스가 유일합니다. 그리고 여름 휴가 정도를 꼽을 수 있지요. 둘 사이는 간격이 너무 길어요. 하지만 드루이드의 방식을 따르게 되면 축제의 패턴이 한 해에 리듬을 부여하고, 가장 암울한 시기들을 보내는 방법도 제시하지요. 저는 지금 삼하인을 중심으로 겨울에 온통 집중하고 있습니다. 6주가 지나면 동지가 찾아오고, 다시 또 6주가 지나면 봄으로 향한다는 것을 알고 있으니까요. 겨울에는 세 가지 시점을 통과하는 것이죠."

고대로부터 빌려온 의식을 꿰어맞추고, 신비주의가 지배하던 상상 속의 과거를 불러오는 것은 허구의 종교일까? 아마 그럴 것이다. 하지만 나는 그런 것은 아무래도 상관없다고 생각한다. 어쨌든 그것은 우리 중 적지 않은 이들이 인식하고 있는 갈망을 투영하고 있기 때문이다. 우리는 진정 한 해의 리듬 따위는 우리와 무관하다고 여기고 밤이 다시 짧아지는 시점이 언제인지 더는 알고 싶지 않을 정도로 전기와 중앙난방의 왕국에 매몰되어버린 것일까? 현재의 사회에서 우리가 갈구하는 그런 의미를 더는 찾지 못한다면, 그런 기능을 수행했던 과거의 방식을 다시 소환하거나 새로운 방법을 창조하는 것은 그야말로 합리적이라 하지 않을 수 없다.

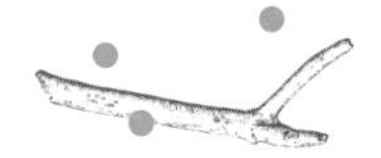

"당신은 기도를 하나요?" 제이 그리피스는 2019년《이온 매거진Aeon Magazine》에서 온라인으로 발간한 그녀의 에세이 『매일의 은총Daily Grace』에서 이렇게 묻는다. "네, 저는 기도합니다." 라고 그녀는 스스로에게 답한다. "지상에 없는 신에게가 아닌 지상의 방식으로 하죠. 그리고, 어떤 말로 기도하는지 밝힐 수는 없지만, 그 중심에는 아름다움이 있다고 말할 수 있습니다."

인정하기가 좀 쑥스럽기는 하지만, 나도 지상의 방식으로 기도를 한다. 나는 지금까지 10년 정도 명상하는 법을 익혔다. 엄마가 된 후로는 20분 동안 한 자리에 앉아 있는 것이 불가능할 때가 많지만 나름대로 명상을 압축적으로 수행하는 요령을 깨쳤다. 아무리 짧은 시간이라도 두 눈을 감고 나의 사고를 인식의 중심에 집중시키면 명상이 가져다주는 평정심을 얻을 수 있다. 비록 아무것도 청하지 않고 아무에게도 말을 건네지 않지만, 나는 그것을 일종의 기도로 여기게 되었다. 이것은 온전한 무언의 경험으로, 언어의 숲 한가운데서 순수하게 쉬어가는 숨이다. 엉킨 것을 풀어내는 순간이고, 욕망의 순전한 통증을 느끼는 순간이고, 자기 연민을 조심스레 씻어내는 순간이며, 마음을 감사함으로 채우는 순간이자, 존재를 확인하는 짧은 시간이다. 이는 또한 혼자일 때 남들과 연결되어 있음을 가장 통렬하게 느끼는 순간이기도 하다. 군중 속에서는 완전히 별개인 나를 느끼지만, 눈을 감으면 온통 인식의 강물 속으로 걸어 들어갔다 나온 것처럼 공통의 인류애가 흠뻑 마음을 적시는 것이다.

이런 식으로 기도를 하거나 세상에 관해 이야기하는 친구는 아무도 없기에, 지금 이렇게 쓰는 것조차 나를 움츠러들게 만든다. 부끄러운 기분이 든다. 하고자 하는 말을 표현하려고 기본적인 어휘를 더듬고 있는 자신을 발견한다. 나는 종교의 명확성에 대해 그다지 확신이 없다. 하지만, 우리가 축복받았고 감사해 마땅한 순간들은 인정하면서도 누구에게 축복받았고 누구에게 감사해야 하는지에 대해서는 일부러 모호성을 남겨두는 것에도 공감할 수 없다. 다양한 12단계 회복 프로그램('익명의 알코올 중독자들'이라는 모임에서 처음 개발한 영적 프로그램으로, 이후 여러 중독을 치유하기 위한 방법으로 활용되고 있다 — 옮긴이)의 원리에 있어서, 권능의 실체는 무엇인지, 그 권능이 나에게 믿도록 하는 것은 무엇인지, 그 원리에 대한 확신이 없는 한 나는 그 권능에 따를 수가 없었다. 나는 지극히 이성적인 인간이라서 질문을 던지고 따져보는 경향이 있다. 나는 모호한 것을 받아들이지 못한다. 내가 어떤 믿음을 갖는다면 그 믿음에 대한 체계적인 이해가 선행되어야 한다. 일관성 있는 근거가 뒷받침되어야 한다.

그러나 나의 기도는 지상의 방식으로 분석하거나 따져볼 수 없는 곳, 언어 저편에 있는 곳으로 나를 데려간다. 기도를 하고 있지 않을 때에는 내가 기도를 하고 싶은 대상인 신을 상상하려고 애쓰지만, 그래도 나는 기도 그 자체를 위한 기도에 이끌린다. 기도는 내 마음이 알고 있는 행위이자, 나의 개입 없이 일어나는 행위이다. "어떤 날에는, 우리가 기도할 수 없어도, 기도가 저 혼자 흘러나온다." 캐롤 앤 더피의 가장 유명한 시 「기도」는 이렇게 시작된다. 뒤로 가면서 이 시는 믿음이 없는 우리에게 피아노 음계나 해상 기상 예보 등도 기도를 통해 얻는 마음의 위안을 가져다준다는 사실을 포착한다. 기도는 내가 할 수 있는 어떤 것이기에 나는 기도를 한다. 나에게 기도는 인간 본연의 충동, 나를 둘러싼 세계에서 삶을 찾으려는 욕망, 나의 시야에 들어온 나무와 돌과 물, 새와 포유동물을 나타내는 듯하다. 나의 기도는 의식적으로 잠재우려 하지만 무의식적으로 고무되는 나만의 애니미즘이다.

그러나 최소한 기도는 남모르게 고요히 일어나는 그 무엇이다. 떠벌리거나 떠들어댈 성질의 것이 아니다. 그래서 나는 좀 의뭉스러울지 몰라도 합리주의자들과 어울리면서 속으로는 신적인 존재의 신비함을 추구하고, 기도에 대해 신중한 태도를 견지할 수 있다. 의식을 향한 이런 욕구는 나의 보이지 않는 기도를 가시화한다는 점에서 새로운 동시에 아주 위험하기도 하다. 그러나 나는 스웨덴 교회에서 성가를 들으며 앉아 있는 동안 실로 큰 위안을 얻었고, 스톤헨지의 군중들 속에 섞여서 한 해의 또 다른 국면으로 넘어가는 시점을 기념하고 새로운 국면의 시작을 축하하는 현장의 일원이 됨으로써 분명히 정신이 고양되는 경험을 했다.

스톤헨지 동지 행사에 참석한 이후 나는 평소 유심히 보지 않았던 것을 알아차리게 되었다. 매일 아침 해가 조금씩 일찍 뜬다는 것, 그래서 잠자리에서 일어나기가 좀 더 수월하다는 것. 다른 이들과 함께 그 변화를 기념한 것이 이런 변화를 가져왔다. 그리고 그것을 알아차리는 단순한 행위에 즐거움을 더해주고 인간 영혼의 뒤편에 도사리고 있는 어두운 욕구를 적극적으로 받아들이게 했다. 그런 것을 원한다는 사실에 대해 품었던 부끄러움을 없애주었다.

영적인 혹은 종교적인 모임에서 발견한 느슨한 공동체는 한때 우리에게 완전히 일상적이었지만, 이제는 그 공동체에 참여하는 것만으로도 다소 과격한 성향을 가진 것처럼 여겨지는 것 같다. 핵가족의 공고한 테두리, 긴밀한 친구 집단을 고수하려는 경향, 경외심 고취를 꺼리는 추세 등에 반하는 행동으로 비치는 것이다. 집회는 온갖 종류의 사람들을 받아들이고 예기치 않은 시각과 통찰을 이끌어내는 탄력적인 성격을 지닌다. 지금 우리에게는 그 어느 때보다도 그러한 회합이 필요하다.

"의식은 신성과 세속, 순수와 더러움, 아름다움과 추함 사이에서 영혼으로 향하는 문이고, 평범함에서 비범함으로 들어가는 통로다."라고 제이 그리피스는 서술하고 있다. 나에게 의식은 어리석거나 우스꽝스럽다고 치부해버렸을 생각을 수용할 여지를 열어준다. 시간의 흐름에 보내는 소리 없는 경외심, 모든 것이 변하는 방식, 모든 것이 그대로 머무르는 방식, 모든 것이 나보다 더 크다는 것, 그리고 내가 감당할 수 있는 정도보다 크다는 것 등의 생각을 말이다.

그 어떤 계절보다도 겨울에는 가장 어두운 박자로 똑딱거려 우리에게 봄으로 향하는 멜로디를 부여하는 일종의 메트로놈이 필요하다. 어찌 됐든 한 해는 흘러가겠지만 그 시간에 관심을 기울이고 그 박자를 느끼고 변화의 순간들을 인식함으로써, 시간을 들여 한 해 중 다음 국면에 우리가 원하는 바가 무엇인지 곰곰이 생각해봄으로써, 우리는 그 시기를 가늠할 수 있다.

그 어두운 순간들을 혼자서 견뎌내려는 본능에 굴복하지 않으면, 우리는 무거운 짐을 서로 나누고 어두움 안에 조그마한 빛이나마 들여놓을 기회를 마련할 수 있을 것이다.

버트의 겨울

겨울에 주파수를 맞추기 시작하면, 우리는 살면서 때로는 크게, 때로는 작게, 천 번 가까이 겨울을 보낸다는 것을 깨닫게 된다. H의 병과 나의 병이 막바지에 이르고 삶이 다시 제자리를 찾아가고 있다고 믿게 될 즈음에, 나는 나도 모르는 사이에 더 혹독한 겨울이 시작되었음을 알게 되었다.

내 아들이 불안 증세로 학교에 다니기 힘들 지경이 된 것이다. 여섯 살의 나이에 버트는 벌써 학교라는 곳에 압박감을 느끼고 있었다. 한 교실을 빼곡하게 메운 서른 명의 아이들, 서로 다른 지침을 내세워 버트에게 투명인간이 된 기분을 느끼게 하는 선생님, 놀이터에서 만나는 심술궂은 아이들. 활동 중심의 학교 일과는 버트에게 힘에 부쳤고, 일괄적으로 부여된 일련의 목표는 아이에게 '달성 요망'이라는 평가를 받게 할 뿐이었다.

나는 아들의 고민을 알고 있었고, 듣고 있었다. 그러나 제대로 듣고 있지 못했다. 사태의 심각성에 나는 깜짝 놀랐다. 대수롭지 않은 흔한 문제라고 여겼는데, 그렇지 않았던 것이다. 나는 문제를 해결해보려는 작은 시도로서 아이를 달래고, 훌륭한 사람들은 모두 학교를 싫어했다는 말로 위로해보려 했다. 하지만 버트에게 필요한 건 반란이었다. 아이가 필요로 한 것은 내가 분연히 일어나 이렇게 말하는 것이었다. "너도 알지? 이런 상황은 정말 별로야! 내 아들은 행복해질 자격이 있어!"

버트는 행복하지 않았으니까. 나는 아들의 내면에서 즐거움이 빠져나가고 있다는 사실을 알아채지 못했지만, 그와 동시에 겨울은 스며들고 있었다. 어떤 겨울은 서서히 온다. 어떤 겨울은 우리에게 너무 천천히 살금살금 다가와서 우리 삶의 모든 부분에 침투한 뒤에야 우리에게 그 존재를 각인시킨다. 학교에서 버트가 표출한 분노는 갑작스러워 보였지만, 실은 그렇지 않았다. 아이는 늘 내게 이야기해왔었고, 이제 내가 분명히 알아듣도록 행동하고 있었다.

마침내 나는 버트의 말을 충분히 이해하게 되었다. 나는 버트를 학교에서 나오도록 했고, 다시 학교에 돌아가게 할 방법에 대한 이런저런 충고들을 흘려버렸다. 협박과 회유, 학교를 참아내도록 달래기, 약물치료로 적응시키기. 나는 그런 것들을 하지 않을 작정이었다. 아무리 나 자신의 시간을 절박하게 원할지라도, 아들을 망가뜨리면서까지 학교로 돌려보내고 싶지는 않았다. 기본적으로 학교의 리듬과 도전을 좋아했던 나는 이제 많은 사람들이 학교를 억지로 버텨내야 하는 곳으로 생각한다는 것을 알게 되었다. 그럼에도 불구하고 우리의 아이들 역시 그곳에서 14년이라는 고통스러운 시간을 버텨내야 한다고 생각한다는 것도. 아이의 만족할 줄 아는 능력보다는 미래를 위한 자격 조건에 대해 걱정하는 것이 응당 엄마에게 기대되는 태도겠지만, 나는 그렇게 하고 싶지 않았다. 나는 잠재력을 계발하는 것과 불행해지지 않는 것 두 가지가 서로 충돌하는 개념이라고는 생각할 수 없었다. 행복은 우리가 배우는 것들 중에서 가장 위대한 기술이다. 그것은 어두운 구석으로 몰아두어야 하는 우리의 일부, 의도적으로 순진하게 구는 사람이 지닌 부끄러운 영역이 아니다.

행복은 바로 우리의 잠재력이다. 마음이 원하는 대로 생각을 펼치고, 마음이 원하는 바를 충족시키며, 괴롭힘과 모욕의 지독한 무게로부터 자유롭게 해주는 내면의 산물이다. 어린 시절에 우리는 어른이 된 뒤에는 참을 수 없다고 여겼을 조건들을 참아낸다. 적대적인 청중에게 우리의 성취도를 끊임없이 간섭당하고, 격려보다는 위협을 통해 의욕을 가지라는 강요를 받고(심하게 위협을 당하기도 한다. 이걸 안 하면, 장차 네 인생을 망치게 될거야…….), 사회생활을 하면서 비웃음거리가 되거나 놀림을 받고, 가장 숨기고 싶은 사적인 욕구가 만천하에 공개되고, 변화된 몸을 어른이라면 견딜 수 없을 정도로 구석구석 검사당한다. 어린 시절에 이런 일들은 종종 물리적인 위협과 함께 온다. 놀이터에서 떠밀리거나 밀쳐지고, 주먹에 맞거나 발길질을 당한다. 집으로 가는 길에는 이보다 더 야비한, 끊임없는 위협이 도사리고 있다. 어른이 된 지금 신체적 안전과 정신적 건강에 이렇게 계속 위협을 받는다면 어떤 느낌일지 생각해보라. 우리는 결코 참고 있지 않을 것이다. 그러나 어렸을 때는 그냥 참았다. 그게 우리에게 기대되는 바였고, 다른 방법을 알지도 못했으니까.

그러나 행복이 하나의 기술이라면, 슬픔 역시 그렇다. 아마도 학창 시절을 거치면서, 혹은 힘든 일들을 거치면서, 우리는 슬픔을 무시해야 한다고, 책가방 속에 슬픔을 쑤셔 박아놓고는 애초에 없었던 것처럼 행동해야 한다고 배운다. 하지만 어른이 된 우리는 때때로 그 또렷한 외침에 귀 기울이는 법을 익혀야 한다. 그것이 바로 윈터링이다. 슬픔을 적극적으로 수용하는 것. 그것은 슬픔을 우리에게 필요한 하나의 요소로서 받아들이는 행위이다. 우리의 경험 중 최악의 경험을 응시하고, 최선을 다해 그것을 치유하고자 애쓰는 용기다. 윈터링은 우리가 진정 필요로 하는 것을 칼날처럼 첨예하게 느끼는, 직관의 순간이다.

내 아들에게 겨울을 보내는 법을 가르쳐줄 시간이 왔다. 이는 전해주어야 할 기술이다. 그래서 우리는 함께 시간을 보내고 좋아하는 일에 몰두했다. 해변에서 놀았고, 도서관에 파묻혔다. 자연건조 점토로 해적을 만들었고, 숲길을 걷다가 솔방울과 열매를 주워서 집으로 가져왔다. 런던행 기차를 타고 자연사 박물관으로 가 군중 속에서 소외감을 느끼며 공룡들을 보았다. 유난히 추웠던 어느 아침에는 서리를 이용해서 신기하리만치 부서지지 않는 눈덩이를 만들었다. 함께 쿠키를 굽고 피자 도우를 반죽했고, 하고 싶었던 것보다 더 많이 마인크래프트를 했다.

우리는 함께 어두운 순간들을 보냈다. 마냥 재미있었다고만은 할 수 없지만 꼭 필요했던 일이었다. 우리는 함께 분노하고 비통해했다. 두려움을 극복해야 했다. 걱정하다 그냥 잠을 자버리기도 하고, 잠을 자지 않고 우리의 시간표가 거꾸로 가게 내버려두기도 했다. 우리는 세상으로부터 도피하기보다는 세상이 우리에게서 물러나 있도록 두었다. 친구들과 가족들에게 고통스럽다고 외쳤고, 너무나 많은 이들이 때로는 실용적인 지원으로, 때로는 그저 자신들의 이야기를 들려주는 것으로 우리를 도우려고 발 벗고 나서는 것에 놀랐다. 그 모든 것은 도움이 되었다. 우리는 산산이 부서진 기분이었지만 동시에 그 어느 때보다도 많은 사랑을 받았다.

우리의 겨울에, 변화가 일어났다. 우리는 책을 읽고, 여러 가지 활동을 하고, 문제를 해결하고, 새로운 해결책을 모색했다. 우리는 일상적인 삶을 밀고 나가기보다는 새로운 삶을 만드는 데 집중했다. 모든 것이 부서지고 나면, 무엇이든 붙잡을 수 있다. 그것이 저항할 수 없는 겨울의 선물이다. 겨울은 좋든 싫든 변화를 가져온다. 우리는 새로운 외투로 갈아입어야 겨울에서 빠져나올 수 있다.

최고의 지혜는 우리보다 앞서서 이 특별한 겨울을 겪어낸 사람들에게서 나온다. 나는 어느 수요일 아침 시끌벅적한 트램펄린 놀이방에 앉아 있다가 처음으로 그런 이들을 만났다. 그때 나는 학교에 있어야 할 아이를 데리고 나와 괜한 주목을 받을까 걱정했다. 사실 그곳의 매니저나 잠복 중인 무단결석 단속관(그런 사람들이 정말 존재한다면)이 내 어깨를 툭 치지 않을까 불안해하고 있었다. 그런데 내 어깨를 두드린 것은 옆 테이블에 몇몇 사람들과 함께 앉아 있던 한 여자였다. "그쪽도 홈스쿨링을 하나요?" 그녀가 물었다.

나는 내가 평생을 살아온 이야기라 해도 될 만한 사연에 대해, 아니 적어도 지난 몇 개월간 겪었던 문제들에 대해 전부 털어놓았다. 나는 그들이 엄마로서 무능력한 내 모습에 충격을 받을 것이라고 짐작했지만, 그저 내 이야기에 미소를 짓고 고개를 끄덕이며 공감을 표시할 뿐이었다. "여기 있는 사람들 모두가 똑같은 과정을 겪었답니다." 그녀가 말했다.

나는 혼자가 아니라는 사실을 알게 된 것만으로도 그 자리에 서서 울어버릴 지경이었다.

나는 그들의 테이블로 자리를 옮겼다. 내 아들이 학교에서 위축된 전국의 수많은 아이 중 하나일 뿐이며 나는 그 애를 학교로 억지로 돌려보내 결과를 받아들이도록 순응시키는 데 거부감을 가진 수많은 부모 중 하나임을 알게 되었다. 그 부모들은 나에게 시간이 걸리긴 했지만 학교에 다닐 때에는 지극히 불행해하던 아이들이 주류 교육에서 벗어나고서 다시 행복해졌다고 말했다. "내 딸은 완전히 다른 사람이 되었어요." 그중 한 사람이 말했다. "우리가 영영 잃어버린 줄만 알았던 예전의 모습을 어느 정도 되찾았답니다." 나는 그녀의 시선을 따라 트램펄린 사이로 빙글빙글 돌고 깡충깡충 뛰어다니는 어린 소녀의 자유로운 모습을 보았다. 그리고 그 아이들 중 한 소년과 행복하게 놀고 있는 내 아들을 보았다.

"저 애들 좀 봐요. 같은 콩깍지에서 나온 콩 두 알처럼 닮은 꼴이네요." 나는 몇 개월 만에 처음으로 받아들여졌다는 기분을 느꼈다.

여기에 또 하나의 윈터링의 진실이 놓여 있다. 겨울에는 지혜를 얻게 되며, 겨울이 끝나고 나면 누군가에게 그 지혜를 전해줄 책임이 있다는 것. 마찬가지로, 우리보다 먼저 윈터링을 겪은 사람들에게 귀 기울이는 것도 우리의 책임이다. 아무도 손해 보지 않는 선물 교환과도 같다. 어쩌면 세대에 걸쳐 이어져온, 평생을 지녀온 타성을 깨는 일이 필요하다. 남들의 불행을 지켜보면서 나라면 절대 취하지 않았을 어떤 방식으로 그들이 스스로 화를 초래했으리라 넘겨짚는 습성은 박정한 태도일 뿐만 아니라 우리에게도 해롭다. 재앙은 일어난다는 사실, 그리고 재앙이 일어났을 때 대처하는 방법을 배우지 못하게 되기 때문이다. 아파하는 사람들에게 손을 내밀지 못하게 되기 때문이다. 우리 자신에게 재앙이 닥치면 우리는 실수한 적도 없고 그릇된 태도를 보인 적도 없음에도 자신을 탓할 거리를 찾아내려고 애쓰며 수치스러운 도피 상태에 빠져든다. 아니면 누군가 탓할 만한 다른 대상을 찾는다. 겨울을 바라보고 그것이 주는 메시지에 진정 귀를 기울이면 우리는 원인에 비례하지 않는 결과가 나타나는 경우가 적지 않고, 작은 실수가 커다란 재앙을 불러오기도 하며, 삶은 종종 불공평하지만 우리가 수긍하든 말든 계속된다는 것을 배우게 된다. 또한 남들의 위기를 좀 더 따뜻한 눈으로 바라보게 된다. 그것이 우리 자신에게 닥칠 불행의 전조일 수도 있으니 말이다.

어느 날 밤, 버트는 늦게까지 자지 않고 해리 포터 영화 마지막 편을 보았다. 아이에게 문제가 나타나기 시작할 즈음 우리는 해리 포터 책을 읽기 시작했는데, 곧 버트가 자신을 해리 포터와 동일시하고 있다는 게 느껴졌다. 괴롭힘당하고 업신여김당하며 화풀이 대상이 되지만 용감하고 우직하게 시련을 이겨내고 행복을 누리는 아이. 좀 더 진도를 빨리 나가기 위해 우리는 책에서 영화로 옮겨갔다. 〈해리 포터와 죽음의 성물〉 1편을 보고 나서 버트가 너무나 우울해했기에, 나는 내용에 반전이 있을 수 있다는 사실을 보여주기 위해 마지막 결말이 어떻게 될지 설명해주어야 했다. 영화가 시작될 때, 나는 연필과 종이를 꺼내어 대학원 수업에서 사용하곤 했던 도표를 그렸다. 그래프 위의 곡선으로, 기우뚱한 스마일 모양이었다.

"이게 좋은 이야기의 모양이야." 내가 말했다. "여기가 시작, 그리고 끝이야. 그리고 중간에는 항상 가장 낮은 지점이 있지. 이 지점을 바닥점이라고 하는데, 바로 모든 상황이 최악으로 치달아서 출구를 찾을 수 없는 순간이야."

버트는 한동안 곡선을 들여다보았다. "그럼 우리는 지금 여기에 있는 거네." 아이는 곡선의 바닥점을 가리키며 말했다. "여기."

나는 버트가 해리의 상황을 이야기하는 것인지, 우리의 상황을 이야기하는 것인지 분간할 수 없었지만 어차피 둘 다 마찬가지라는 생각이 들었다. "맞아." 나는 그렇게 대답하고는 연필을 좀 더 오른쪽으로 움직였다. "그리고 여기서 반격이 시작되지." "그럼 결국 모든 게 나아지는 거야?" "꼭 그렇지는 않아. 오르내림이 있지. 하지만 여기서부터 이야기의 주인공은 해결책을 찾아 나아가는 거야. 중간중간 후퇴하더라도, 점점 나아가는 거야." 버트는 연필을 쥐고 내가 그린 선 위에 새로운 선을 그렸다. 원래 그어진 곡선을 따라 그리다가 깊은 굴곡을 몇 개 더 그렸다.

"그럼 이게 진짜 모양이겠네. 이게 이야기의 모양인 거지."

"그래." 내가 대답했다. "실제 삶에서는, 이런 게 계속된다는 것만 다르지. 모험은 마지막 페이지에서 끝나지 않는단다."

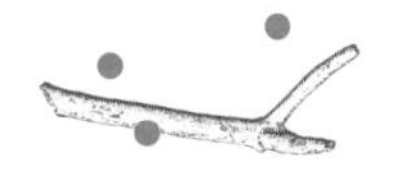

올 크리스마스 기간에 나는 새로운 의식을 만들어보기로 한다. 동지에 시작해서 설날에 끝나는 그 12일간을 의미 있게 보내

는 것은 늘 참으로 어려웠다.

동지를 보내고 온 날 해 질 녘에, 나는 화로와 장작을 장바구니 수레에 싣고 와서는 친구 몇 명과 해변에서 모닥불을 피운다. 한겨울답지 않게 날씨가 온화하기 그지없다. 다음 날 아침, 겨울이 다 끝났으니 봄을 맞을 채비를 해야 한다는 듯이 고양이가 털갈이를 하는 것을 보았을 정도로. 그렇기는 해도, 불쏘시개 밑으로 신문지에 불을 붙이려 할 때 바닷바람이 몰아친다. 불붙인 성냥이 열다섯 개나 꺼져버리자 한숨을 쉬는 내 입에서 욕이 새어 나온다. 이러다 불을 붙이기는 글렀다고 생각하는데 누군가 라이터를 가지고 온다. 순간, 나의 걸스카우트식 시도가 원시적으로 느껴진다. 곧 비스듬하게 기울며 우리의 그림자를 길게 늘이는 태양 아래서 불꽃이 창백하게 타오른다. 우리는 병째로 맥주를 마시며, 뜨거운 차와 멀드 와인이 든 보온병을 들고서 조약돌 위에 서 있다.

바다는 썰물이다. 아이들은 해변에서 놀고 있다. 딱 1년만 더 산타클로스를 믿어보자고 저희끼리 속닥거리며 다가오는 크리스마스에 무슨 장난감을 선물로 받을지 공모하고 있다. 우리는 태양을 바라본다. 태양은 흩어지는 회색 구름 아래로 금빛을 드리우며 수평선에 좀 더 가까이 내려간다. 위트스터블 해변은 일몰 명소다. 여름에는 몇 번이고 일광욕을 즐길 수 있다. 여름날이면, 태양은 셰피섬의 오른쪽으로 바다에 빠진다.

오늘, 겨울의 가장자리에서, 태양은 왼쪽 하늘에 떠 있다가 시솔터 마을의 나지막한 집들 뒤편으로 저문다. 나는 태양이 1년의 경로를 따라 하늘 위를 이동한다는 것을 오래전부터 알고 있었지만, 전에는 한 번도 그것을 인지한 적이 없었다. 겨울에 태양은 바다가 아닌 습지대 위로 완전히 다르게 물러난다.

우리는 그 원이 마지막 정점에서 사라지는 것을 지켜본다. 그러고 나니 모닥불이 더욱 밝게 타오르는 듯하다. 나는 빛의 귀환을 바라보며 부를 캐롤이나 찬가 같은 노래가 있으면 좋겠다고 생각한다. 단 몇 시간 전에 스톤헨지에서 배운 대로 나는 "우리는 한 해를 넘겼어."라고 말한다. 함께한 사람들 사이에서 이 말이 메아리처럼 반복된다. 우리는 한 해를 넘겼어.

우리는 한 해를 넘겼어.

우리는 한 해를 넘겼어.

우리가 알았든 알지 못했든 그것은 어쨌든 일어날 일이었지만, 이렇게 하니 우리가 계절이 아니라 그 계절에 대한 우리의 반응을 통제하고 있다는 기분이 든다. 하늘은 이제 옅은 파란색이다. 아직은 사방이 보일 만큼 밝지만 더 쾌청하고 추워졌다. 아이들은 바다의 가장자리를 확인하러 성큼성큼 걸어나갔다가는 다시 돌아온다. 온통 진흙을 묻히고서 어두운 바깥에 있는 것에 싫증이 났나 보다. 누군가 영화 〈엘프〉를 보러 아이들을 데리고 집으로 가고, 우리 어른들은 조용한 분위기 속에서 각자 자기만의 생각에 잠겨 있다. 우리는 모닥불에 장작을 더 집어넣는다. 보름달이 동네 위로 떠올라, 태양이 떠난 자리를 전부 차지하러 나왔다는 듯이 온 세상을 바라보고 있다. 이윽고 달은 캄캄해지는 하늘을 배경으로 맹렬히 빛을 발한다.

해변에는 덩그러니 우리만 남아 있다. 우리는 모닥불 가까이 바짝 모여앉아 남은 장작을 태우며 고즈넉한 시간을 즐긴다. 해변이 바라다보이는 집에 살 때 나는 공중으로 높이 타오르는 거대한 모닥불을 피우는 사람들을 종종 보곤 했다. 나의 조그만 금속 통은 그보다 훨씬 소박하지만 그래도 넉넉한 열기를 발산하고 있다. 우리는 내년에는 만사가 잘 풀리면 좋겠다는 바람을 중얼거린다. 그러면서 거의 경이로움에 취해 "우리는 한 해를 넘겼어."라는 말을 되풀이한다. 언제부터인지 바다는 깊은 어둠 속에서 속삭이기 시작하고, 우리는 조류가 바뀌었음을 인식한다.

다음 날 아침, 일출을 보러 다시 해변에 가자고 사람들을 꼬드기는 데 실패한 나는 혼자 해변에 가기 위해 정원에 서 있다. 수평선이 또렷이 보이지 않아서, 그저 차가 담긴 머그잔을 손에 들고서 새벽의 풍광을 바라본다. 먼저 까만 하늘에 작은 알갱이처럼 반짝거리는 별들이 시야에 들어온다. 태양이 나오기를 기대하고 있는데 그때 새들이 하늘을 휘젓기 시작한다. 재갈매기의 울음소리가 점점 가까워지고, 머리 위로 새들의 실루엣이 보인다. 어느새 별들은 사라지고 없다. 하늘이 거의 파랗게 보일 즈음 개똥지빠귀가 지저귄다. 그리고, 두 집 사이의 틈으로 금빛이 퍼져 나온다. 세상이 다시 밝아졌다.

그날은 나에게 크리스마스의 시작을 알리는 날이었다. 위기로 얼룩진 한 해의 끝에 걸맞게, 크리스마스가 차츰 다가오고 있어도 좀 심드렁한 기분이었다. 하지만 오전에 동네 식료품점에서 가서 크리스마스를 위해 이것저것을 사들인다. 스틸튼 치즈, 햄, 방울다다기양배추, 엄청나게 큰 닭고기. 엄청나게 많은 감자. 레드 와인과 화이트 와인. 마르살라 와인. 터키시 딜라이트와 체리 리큐어 초콜릿. 파란색과 금색 종이에 싸인 사추마 감귤 한 봉지. 만일의 경우를 위해, 크림 몇 병.

나는 선물 쇼핑도 한 방에 다 한다. 몇 달에 걸쳐 조금씩 조금씩 사두는 것보다 마음이 넉넉한 기분이다. 장바구니에 상자와 포장물들을 한가득 담고 계산대에서 돈을 내지르는 것은 즐거운 일이다. 버트가 아기였을 때부터 해온 대로, 나는 크리스마스 이브를 위해 버트의 새 파자마를 한 벌 산다. 올해는 자전거가 그려진 연파랑색 파자마다. 집으로 돌아오니 모든 준비가 된 기분이다. 마지막 순간까지 크리스마스가 오는 것을 받아들이지 못하던 사람은 온데간데없다. 이제는 그런 마음을 가다듬고, 때에 맞춰 크리스마스를 노동보다는 즐거움으로 받아들이고 있다.

크리스마스이브에 우리는 산타를 위해 성대한 한 상을 차려야 할 의무가 있다. 아니, 그런 것 같다. 버트는 그 위대하신 분이 좋아할 만한 간식 리스트를 구상하고 있었고(모든 간식에는 명칭도 붙여두어야 한다), 순록을 위한 간식도 따로 생각해두었다. 이것들을 차리고 우리는 버트의 양말을 문고리에 걸어둔다. 마지막 순간에, 우리는 산타가 왔을 때 깨어나 보고 싶은 마음에 버트가 벨트로 고리 모양 부비트랩을 만들어 설치해둔 것을 발견한다. 시간이 좀 지난 후, 마르살라 와인을 몇 잔 마시고 나서 그 벨트를 다시 풀며 나는 속으로 아들의 기발함에 뿌듯해한다. 그러나 무엇보다도 아래층으로 총총걸음을 하며 크리스마스 양말에 선물을 채워 넣는 것이 바로 올해의 하이라이트다. 풍요로움과 섬세한 배려의 제스처. 나는 전통적인 선물 품목(과일을 안 먹는 내 아이의 발치에 둘 황금 동전과 초콜릿 오렌지)과 작은 장식품들을 한아름 포장하는 것을 좋아한다. 그 자체로는 사소하지만 하나하나가 담고 있는 친밀감으로 특별해진 선물들, 그리고 그 유치한 작은 것들이 무엇인지 확인하고서 아이의 얼굴에 떠오르는 미소. 그 마법 같은 설렘을 더해주지 않았더라면, 나는 모든 공을 독차지하는 산타에게 화를 내고 싶었을 것이다.

크리스마스 날, 우리는 한 무더기의 레고 블록과 씨름을 하고, 먹고 마시고, 해변에서 공놀이를 한다. 다음 날은 감자와

양배추볶음을 요리하고, 남은 음식 접시들을 꺼내놓고, 친구들에게 줄 피클을 담근다. 그러고는 크리스마스와 새해 사이의 기묘한 기간에 접어든다. 시간이 뒤죽박죽된 것만 같아서 자꾸만 스스로 '오늘이 무슨 요일이지? 며칠이더라?' 하고 되묻게 되는 기간이다. 이 기간에 나는 언제나 일을 하거나 글을 쓰는 게 일상이었지만, 올해는 다른 사람들과 마찬가지로 그럴 마음을 다잡지 못하고 있다. 이렇게 보내는 것은 시간 낭비라고 생각했었는데, 지금 와서 보니 바로 이게 핵심이다. 나는 휴일에 별다른 활동을 하지 않고 있다. 거의 아무것도 하지 않고 있다. 그저 내년에 요리하고 먹을 일에 대비해 찬장을 말끔히 치워놓는다. 버트를 데리고 밖으로 나가 친구들과 놀게 한다. 귀가 아릴 만큼 추운 날 산책을 한다. 나는 게으름을 피우는 것도, 늘어져 있는 것도 아니다. 단지 남은 한 해의 직접적인 목표에서 벗어나 잠시 관심이 가는 대로 움직이고 있을 뿐이다. 엔진에 시동을 걸듯이.

새해 전날, 나는 친숙한 두려움을 느낀다. 막바지에 달한 파티의 계절이 주는 압박이다. 나는 새해맞이 파티를 제대로 한 적이 없다는 생각이 든다. 아주 오래전, 딱 한 번 정도 한 것 같기도 하다. 우리 가족은 새해 첫날에 크리스마스 만찬을 간소화한 정도의 꽤 성대한 점심을 즐기곤 했다. 지금은 그렇게 하지 않지만 새해를 보내는 나름 좋은 방법이었다. 요즘 나는 아무 계획도 없이 있다가 저녁때가 다가오면 그제야 후회를 한다. 친한 친구 몇몇을 불러 손수 준비한 조촐한 저녁 식사라도 해야 했다고 생각한다. 그러나 새해의 정치학은 내게 지나치게 복잡하게 느껴진다. 마흔하나가 되었어도, 인기 없는 사람처럼 보이는 게 싫어서 누군가에게 시간이 있느냐고 물어보기가 어렵다. 하지만 해마다 어김없이 다음 날이 되면, 내가 좋아하는 사람들이 집에 앉아서 지루하게 시간을 죽이며 나와 똑같이 우울한 생각에 골몰하고 있는 것을 발견한다. 다른 사람들은 다 밖에 나가서 재미있게 보내고 있겠지? 왜 나는 초대받지 못했을까?

물론 아이들도 새해 파티를 복잡하게 만든다. 아이들이 즐거움을 망친다고 말하는 게 가혹하게 들릴지도 모르겠지만 아이들은 분명 우리를 이러지도 저러지도 못하게 한다. 늦게까지 깨어 있게 둔다면, 뾰로통한 상태와 과도한 흥분 상태를 아우르는 온갖 심리를 오가는 그 작은 사람들과 협상을 하느라 온밤을 지새우게 될 것이다. 그렇다고 아이들을 모두 잠자리로 보내버리면, 새해 축하의 가장 중요한 순간에 아이들을 배제해 버렸다는 꺼림칙한 기분에 시달리게 될 것이다. 내 경우에는 버트에게 늦게까지 안 자도 좋다고 하고, 자정에 해변으로 가서 매년 해안을 따라 터지는 불꽃을 구경하기로 약속한다. 그러나 8시 반쯤 되자 버트는 이미 지치기 시작하고, 나는 다 같이 지금이 진짜 자정이라고 치고 당장 모닥불을 피운 다음 잠을 자자고 복잡한 타협을 시도한다.

버트는 마지못해 그러기로 한다. 우리는 저렴한 샴페인을 홀짝거리며 크리스마스트리(이미 장식을 떼고 베어낸)로 모닥불을 피운다. 내가 기대한 것보다는 좀 이른 시각이지만, 실로 시즌의 마지막을 장식하는 멋진 순간이다. 한 달간 실내에 있었던 나무는 아주 건조해서 불 속에 가지를 던질 때마다 뾰족한 잎이 타닥타닥 소리를 낸다. 우리는 나무가 구릿빛으로 빛나다가 불꽃 속으로 타들어가는 것을 바라보고, 또 바라본다. 그러는 사이 어느덧 나무 전체가 다 타서 재만 한 더미 남았다. 그런 뒤에, 버트가 억울해하며 스르륵 잠에 빠져드는 동안 함께 누워 있던 나는 살그머니 아래층으로 내려와 마지막 마티니를 마시며 〈후트내니Hootenanny〉 TV쇼를 시청한다. 그야말로 새해 첫날을 대충 보내자는 신호다. 내년에는 괜찮은 일정을 만들어 보자고 남편에게 말하자, 비웃음을 감추지 못한다.

이렇게 나는 새로운 해를 맞이한다. 이렇다 할 극적인 순간은 없었지만, 점진적으로 일어나고 있는 변화를 알리는 일련의 몸짓 속에서, 그 연속성에 주목하면서. 12일간의 크리스마스 시즌 동안, 조금 변한 것은 있다. 다이어트 계획도 없고, 채식이나 금주 맹세도 없고, 속죄하지도 않았지만, 내 인생에서 처음으로 12월과 1월 사이의 경계가 제멋대로라는 느낌을 덜 받기 시작했다. 빛의 귀환과 봄의 기약에 관해서 말이다. 말할 것도 없이 겨울은 여전히 맹렬한 기세를 휘날릴 것이다. 가장 추운 날들은 아직 오지 않았고, 작년의 추세로 보자면 최소한 두 달은 더 있어야 눈이 올 것으로 예상된다. 그러나 언제 그랬냐는 듯 곧 눈송이가 떨어질 것이고, 첫 크로커스가 피어날 것이다. 그리 오래 걸리지 않을 것이다. 새로운 해가 다시 시작되고 있다.

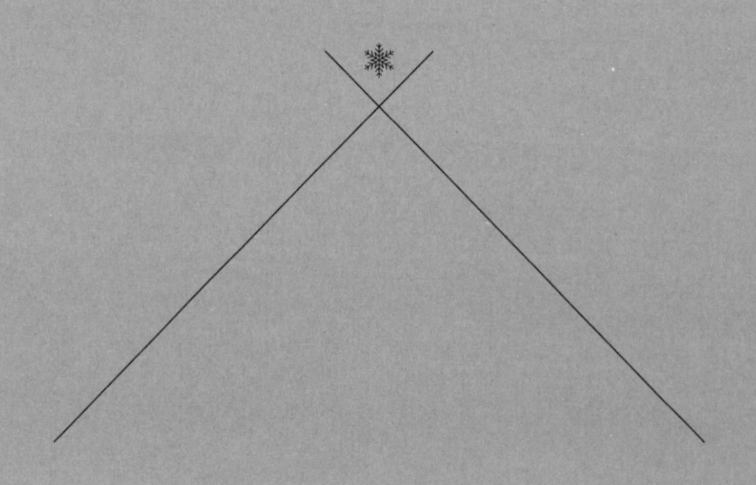

January

1월

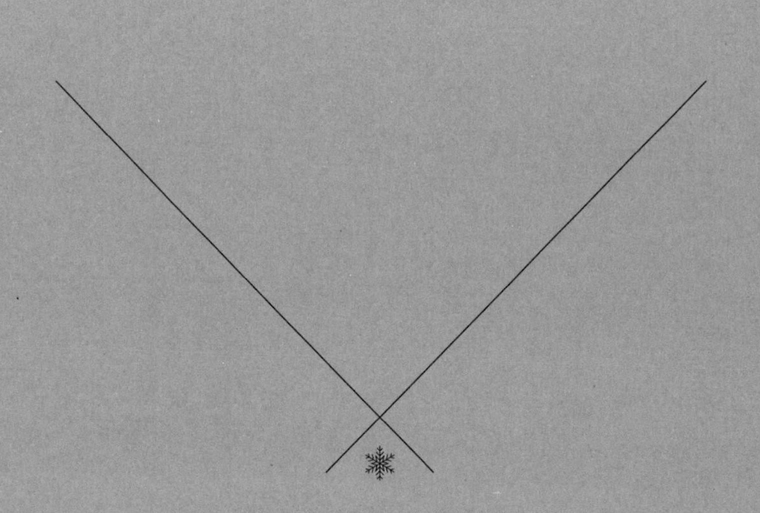

나 자신의 한계를 받아들이고 내 앞에 놓인 미래를 받아들이기.

인생의 지금 이 순간 강하지 못하지만,

이런 상태가 영원히 계속되는 것은 아님을.

트롬쇠 여행

나는 딱 한 번 북극권을 넘어가보았다. 당시 임신 5개월 차였는데, 빈혈 증세가 있었고 고혈압으로 몽롱했으며 매우 아팠다. 이런 상황에서 여행은 그리 좋은 선택이 아니었지만 임신하리라고는 생각도 못 하고 오래전에 예약해둔 여행이었다.

나는 생각했던 것보다 빨리 엄마가 되었다. 30대 중반을 향해 가면서, 수많은 잡지 기사를 통해 내 미래의 생식력이 위기에 처했을지도 모른다는 사실에 충격을 받았다. 하지만 그렇더라도 아이를 가지는 것보다는 성숙한 어른이 되는 것이 먼저라는 관념에 사로잡혀 있었다. 이제껏 살아오면서 거의 늘 그랬듯, 나는 이제 막 모든 것이 자리를 잡아가는 문턱에 서 있고 시간이 좀 더 필요하다고 느꼈다. 그래서 말 그대로 얼음장 같은 해결책을 택했다. 바로 언제 임신할 것인지 구체적인 날짜를 정할 수 있을 때까지 난자를 냉동해두기로 한 것이다.

비가 많이 내려서 목적지에 도착했을 땐 이미 속옷까지 젖어 있던 어느 날, 나는 런던 브리지 근처의 인공 수정 클리닉에서 나의 생식능력을 측정하기 위한 일련의 검사를 받았다. 나는 사용되지 않고 있는 일부 난자를 기부하는 대가로 난자를 무료로 채취하고 냉동해주는 제도에 참여하기를 원하고 있었다. 그러나 결과는 내가 기대한 것과는 달랐다. 임신이 가능한 기간이 얼마나 남았는지 알고 싶었는데, 나에게 남은 시간은 아예 없다는 결과가 나왔다. 나는 난자는 많았지만, 임신에 필요한 호르몬을 생성하지 못하고 있었다. 임신을 스스로 통제할 수 있다는 생각은 나의 착각이었다.

그날 밤 축 처져서 집으로 돌아왔고, 여기저기에 활기찬 문자메시지를 보냈다. 이 사실을 알게 되어 기쁘고, 아는 것이 최고의 무기이고, 이제 올바른 정보를 바탕으로 결정을 내릴 수 있게 되었으며, 다른 많은 여자들이 시도해본 적 없는 방식으로 이것을 알게 되어 다행이고, 마지막으로, 하하, 그 많은 세월을 피임에 신경 쓰며 보냈던 게 후회된다는 내용으로. 좀 더 일찍 알았더라면 좋았을 텐데! 정말 우습지 않은가. 생각하면

할수록. 그러고 나서는 잠자리에 들어, 이불을 머리까지 뒤집어쓰고 울었다.

그때까지 나는 내 인생이 어떻게 흘러가는지에 따라서, 아이를 가질 수도 갖지 않을 수도 있다는 양가감정의 사치를 누리고 있었다. 어느 쪽이든 좋은 인생을 그려볼 수 있었다. 그러나 이제는 확실해진 감정에 망치로 얻어맞은 듯한 타격을 받았다. 나는 아이를 원하고 있었다. 항상 아이를 원해왔다. 그 순간까지 그것을 인정할 용기가 없었을 뿐.

며칠 뒤에, 나는 다른 종류의 인공 수정 클리닉에 등록했다. 체외수정을 전문으로 하는 국민의료보험 체제의 클리닉이었다. 4개월 뒤로 첫 진료 예약을 잡은 후 우리의 삶은 완전히 바뀌었다. 구할 수 있는 책이란 책은 다 읽고, 이베이에서 거대한 가방을 꽉 채울 만큼의 배란 탐지기를 구입했다. 매일 아침 소변을 보면서 나의 경관 점액을 검사하고 스프레드시트에 체온을 기록했다. 우리는 임신을 위한 섹스를 했다. 듣기에는 흥미로울지 모르겠지만 금방 참을 수 없이 지루해지는 섹스였다. 이 모든 시도는 별로 효과가 없을 것 같았지만, 적어도 내가 뭔가 노력하고 있다는 기분을 느끼게 해주었다. 침도 맞으러 다녔다. 혹시나 도움이 될까 싶어서였다. 평생토록 품어온 대체의학에 대한 의구심도 문제가 되지 않았다. 나는 내 전부를 던져서 할 수 있는 것은 무엇이든 다 해보는 중이었다. 무엇이 효과가 있었고 또 무엇이 그렇지 않았는지 알 수는 없지만, 나는 첫 번째 체외수정 진료에서 임신한 것으로 판명되었다. 병원에서는 곧바로 초음파 스캔을 했다. 나는 꼬물거리는 조그만 세포 덩어리를 보았다. 아직 심장이라 할 수 없는 그 심장이 팔딱거리고 있었다. 예기치 못한 것 이상의 사건이었고 나의 계획보다 몇 년은 더 앞서 일어난 일이라서 너무나 겁이 났지만, 그와 동시에 나는 내 안의 이 낯선 형태의 생명에 간절히 매달리고 있었다.

임신 첫 3개월 동안 끔찍하게 아파서 트롬쇠로의 여행을 취소해야 하나 고민했지만, 차마 그렇게 할 수 없었다. 나는 모두가 천하무적이 된 것 같은 기분이 든다고 말하는 황금기인 두 번째 3개월에 접어들고 있다고 자신에게 말했다. 그러나 그런 순간은 오지 않았다. 오히려 끊이지 않는 합병증과 이상 증세가 누적되는 것만 같았다. 그런데도 나는 북쪽 나라로 여행 가고 싶은 마음을 접을 수 없었다. 실로 암울하고 제약이 많았던 몇 주와는 다른 시간이 될 테니 말이다. 나는 이 상황에서 벗어나야겠다는 생각이 너무나 절실했다. 예약된 날짜가 다가오자, 담당 조산사(영국은 임산부에게 담당 조산사를 배정하여 임신 및 출산을 돕는 제도를 시행하고 있다 — 옮긴이)는 여행을 가는 것에 대해서 우려를 표했다. 나는 허락받는 것을 달갑게 여긴 적이 한 번도 없지만, 이번에는 어쩔 수가 없었다. 보험이 무효가 되지 않게 하려면 내가 여행을 해도 안전하다는 서류에 그녀의 서명을 받아야 했기 때문이다. 항공사에서 나를 받아주지 않을까봐 걱정이 되기도 했다. 이미 고래만 한 내 몸을 보고 달수가 다 찬 요나가 들어 있다고 생각하지는 않을까. 그래서 더욱 그 서류가 공항에 억류되는 사태를 막아줄 방패처럼 여겨졌다.

나의 조산사는 이 일을 일찍 처리하지 않고 마지막 결정을 내리기까지 나를 기다리게 했다. 나는 그녀에게 가게 해달라고 졸랐다. 북쪽 나라의 빛을 보고 싶었고, 그 욕구를 단념할 마음도 없었기 때문이다. 그녀는 이런 나를 염려스러운 새로운 증상이 나타났다는 듯이 바라보았고, 나의 안녕을 위해서 시간을 끌고 있는 것이라고 말했다. 그러나 그녀도 이해하고 있었으리라 생각한다. 나는 변화가 일어나고 있음을 느낄 수 있었고, 이것은 나의 성인으로서의 독립성이 분연히 고개를 드는 마지막 순간이었다. 그녀는 마침내 재앙에 대비할 충분한 계획을 마련한다는 조건으로 떠나기 나흘 전에 여행에 동의해주었다. 나는 그녀에게 우리의 호텔과 병원 간의 거리를 보여주었고, 필요하다면 온종일 호텔에 앉아 TV를 보겠노라고 다짐했다. 최악의 경우가 발생한다면, 노르웨이 산부인과의 도움을 받겠다고도 단단히 약속했다.

그렇게 얻어낸 최후의 영광이라고 하기에는 좀 이상한 목적지였다. 1월 말경 마침내 비행기에서 내리자, 모든 것이 꽁꽁 얼어붙어 있었다. 온통 어두웠다. 나는 내 배 둘레에 맞는 따뜻한 코트를 찾느라 애를 먹었고, 얼마 지나지 않아 기온이 영하 이하로 떨어지면서 자궁에 우선적으로 혈류를 보내는 잔인한 신체작용이 일어나고 있는 것을 알아챘다. 이 때문에 나는 자주 추위에 벌벌 떨었다. 음식은 견딜 수 없을 정도로 짠맛이 강했고, 임신 중 유일하게 입맛이 당긴 음식이었던 파인애플 캔도 얼마 없었다. 노르웨이의 물가가 워낙 높았던 탓에, 우리는 비교적 구하기 쉬웠던 파스타와 신선한 야채로 먹을 거리를 만들어 숙소에서 대부분의 끼니를 해결했다. 두세 번인가 인근 버거킹에도 갔는데, 노르웨이 북쪽 끝의 버거킹 체인들을 자랑스럽게 대표하는 곳이었으나 나의 혈압을 생각하면 죄책감이 고개를 들었다. 트롬쇠는 '북쪽의 파리'라기보다는 문명의 마지막 전초기지처럼 느껴졌다. 딱 내가 기대한 그대로였다.

11월 말부터 1월 중순까지, 트롬쇠에서는 태양이 전혀 뜨지 않는 극야 현상이 일어난다. 지구의 축이 기울어져 있으므로 영속적으로 태양을 등지고 있는 기간이 40일 정도 발생하는 것이다. 그렇다고 해서 완전한 암흑에 빠지는 것은 아니다. 일몰 후의 첫 순간처럼 감청색으로 빛이 보이는 짧은 낮 시간대가 존재한다. 이 시간은 그리 큰 비중을 차지하는 것 같지 않지만, 여기서 살아가는 사람들에게는 낮과 밤을 가르는 중대한 구분점 역할을 한다. 트롬쇠에서는 극야가 지배하는 기간이 통상적인 경우보다 긴 편이다. 이 지역을 둘러싸고 있는 산맥들이 떠오르는 태양을 몇 주간 더 가리기 때문이다. 우리가 도착했을 때, 태양은 아주 잠깐 모습을 드러냈고 그것도 아주 짧은 시간이었다. 밤은 오후 3시쯤부터 다음 날 아침 9시까지 지속되는 듯했다. 그러고는 길게 새벽이 이어졌고, 중간에 잠시 낮이 왔다가는 다시 황혼이 시작되었다.

나는 그런 기후에 적응할 만큼 그곳에 오래 머물지 않았다. 대신 끝없는 한겨울의 베이지빛에 감겨서 하루 중 대부분을 자고 있는 나를 발견했다. 온통 까만 어둠 속에서는 잠들기가 쉬웠고, 늘 기진맥진하던 기분이 상쾌하게 바뀌었다. 깨어있는 동안은 보도에서 미끄러지거나, 사람들이 있는 데서 구토를 하거나, 나의 북극성이 되어버린 북부 노르웨이 대학병원으로부터 멀리 벗어나게 될까 봐 걱정하는 것이 주요 일과였다. 겨울 스포츠는 당연히 일정에서 제외되었고, 관광 안내원은 나에게 저돌적으로 어울려 놀기를 좋아하는 것으로 유명한 허스키 주변에 가까이 가지 못하게 했다. 나는 모든 면에서 지나치게 무모했다는 기분이 들었다. 마음속의 두려움을 지우려고 과도하게 욕심을 부리고 보상을 받으려다가 이것으로 나의 자유에 종지부를 찍게 되겠구나 싶었다. 그러나 가는 곳마다 마법 같은 것들이 존재했다. 길가의 근사한 얼음 경사면, 공주의 침대에 있던 완두콩처럼(안데르센의 동화 「공주와 완두콩」에서 왕자는 진정한 공주를 찾기 위해 천장까지 이불을 쌓고 그 아래에 완두콩을 넣어둔다 — 옮긴이) 이불을 겹겹이 깔아놓은 유모차 안에서 잠자는 아기들. 그리고 매일 밤, 아침 활동 주기의 정점 중 한때에 있던 그 유명한 북녘의 빛인 오로라를 발견할 때 나의 후회는 눈 녹듯 사라졌다.

첫째 날 저녁, 우리는 트롬쇠 항구로부터 바다로 나가는 고기잡이배에 올랐고, 허스키 썰매를 타다 입은 상처에 관해 이야기를 나누는 다른 관광객들과 함께 아늑한 선실에서 갓 잡은 대구를 먹었다. 식사를 마칠 무렵 선장은 뭔가를 보았는지 우리를 갑판으로 불렀다. 주위를 둘러보니 푸른빛이 도는 연기 한 줄기가 만질 수 있을 만큼 가깝게 머리 위로 나타났다. 아무 말도 듣지 못했다면 주변의 어선에서 배출한 가스가 떠도는 것쯤으로 알고 넘겼을 테지만, 그것은 분명 오로라였다. 창백하고, 순간적으로 사라지지만, 손에 잡힐 듯 가까운 오로라. 하늘 위에서 번쩍이는 심상이 아니었다. 정말 거기 실재하고 있었다. 오로라는 우리가 탄 배 위로 유유히 흘러가는 3차원의 물질이었다.

그것이 우리가 처음 본 오로라였고, 본 것들 중 가장 실체가 의심스러운 모습이기도 했다. 그 순간 이후 나는 내가 전에 본 모든 사진이 실제와 다르다는 사실을 알게 되었다. 나는 디스코 조명처럼 현란한 네온 빛을 뿜어내는 사진들, 밤하늘과 대조적으로 대담하고 뚜렷한 빛을 발하는 유튜브 영상들을 홀린 듯 찾아보곤 했다. 이들은 하나같이 긴 노출을 통해 선명한 녹색과 핑크색을 증대시킨 것이었다. 자세히 들여다보면, 모든 사진에서 오로라를 뚫고 빛나는 별들이 보인다. 오로라는 이렇게 수조 킬로미터 떨어진 작은 빛의 좌표를 가릴 만큼 밝지도 않은 것이다. 오로라는 구름 위로 떠다니면서 천천히 움직인다. 이것들을 보는 것은 반신반의에 가까운, 거의 믿음의 행위라 할 만하다. 눈에 불을 켜고 보아야 하며, 솔직히 오로라가 거기 있다는 말을 듣지 않았더라면 나도 정말 봤는지조차 확신하지 못했을 것이다.

북쪽 나라의 빛은 분명하지 않았고 뽐내는 기색도, 요란한 구석도 없었다. 그 빛은 처음에는 숨어 있다가, 이윽고 속삭인다. 우리는 눈을 가늘게 뜨고 하늘을 보며 말하게 된다. 저기 저게 오로라인가요? 그렇게 보이나요? 저기에? 네. 네! 아마도. 저는 잘 모르겠네요……. 그러나, 결국에는 오롯이 창공이 정한 속도로, 마치 믿음과 인내에 대한 보상을 받듯 우리는 오로라를 보는 선물을 받게 되었다. 그러고 나니 여기저기서 그 빛이 보이는 듯했다.

이제까지 나는 족히 수백 개의 오로라 영상을 보았고, 수십 개의 기사를 읽었지만, 오로라가 무엇인지에 대해서 여전히 잘 이해하지 못한 기분이 든다. 내가 트롬쇠로의 여행을 계획하기 바로 전에야 알게 된 지식인데, 오로라는 힘의 충돌로부터 발생한다. 지구에는 자기장이 있고, 우리를 둘러싸고 있는 자기권 플라즈마의 하전입자, 즉 양자와 전자는 태양풍에 의해 상층 대기로 밀려온다. 이때 그것들이 이온화하면서 빛과 색을 발한다. 지금 이렇게 글로 쓰면서는 이해한 것 같지만, 경험상 노트북 컴퓨터에서 손을 떼면 곧바로 다시 잊어버리게 될 것이다. 입자의 속도와 가속도, 충돌이 일어나는 위도, 그리고 그 밖의 다른 요소가 모두 오로라의 양상에 영향을 미친다. 빨강, 초록, 노랑, 파랑 모두 가능하지만, 초록색이 가장 흔하게 나타난다. 이런 빛깔은 대개 광공해가 별로 없는 지역의 어두운 하늘에서만 보인다.

그 첫째 날 밤 이후 나는 보고 싶었던 오로라를 이렇게 멀리까지 와 실제로 보았다는 것만으로도 후회 없이 돌아갈 수 있을 것 같았다. 그러나 더 많은 것을 볼 수도 있겠다는 생각이 들었다. 둘째 날 밤 10시에 우리는 관광버스를 타고 얼음이 뒤덮인 경사지 사이로 난 길을 따라 달렸다. 가이드는 휴대전화로 쉴 새 없이 최신 관측 상황을 확인했고, 버스 기사는 그 정보에 따라 여러 번 위태로운 유턴을 거듭하며 방향을 바꾸어 달렸다. 대략 한 시간마다 우리는 차를 세우고 눈에 잘 띄는 오렌지색 조끼를 지급받은 다음 줄지어 나가서 기대감을 품고 하늘을 응시했다. 매번 보답이 오는 건 아니었다. 그러나 마침내 나는 거대한 초록색 눈이 머리 위 하늘에서 생겨났다가 소멸하는 것을 바라보며 얼어붙은 해안에 서 있는 자신을 발견할 수 있었다. 어느 모로 보든 전날 밤에 봤던 것처럼 또렷하지는 않았지만, 뭔가 생동감이 있었고 귓가에서 타닥타닥 소리가 들리는 것 같았다. 눈을 한번 깜빡하면 놓치고 만다. 아이폰 카메라를 가져다 대면 다시 수줍은 듯 희미해진다. 하지만 안내원이 SLR 카메라와 삼각대를 가져온 덕분에, 우리는 모두 육안으로는 인식할 수 없었던 강렬한 초록빛 아래서 웃음 짓고 있는 사진을 가지고 집으로 돌아올 수 있었다.

그날 밤 2시에 우리는 산림 개간지로 나갔다. 가이드는 농담을 건넸다. "이 숲에는 곰이 있어요. 하지만 걱정하지 마세요, 아직 누굴 잡아먹은 적은 없으니까!" 그는 잠시 나를 보더니 말했다. "임신한 여성이 다른 페로몬을 발산한다면 어떨지 모르겠지만요." 그 순간 나는 추위에 덜덜 떨다 못해 두 팔이 옆에서 마구 흔들리는 것을 느꼈고, 깨끗한 눈밭 위에 당장이라도 토를 할 것만 같았다. 나의 페로몬이 곰들을 유인하지 않는다면 그게 그렇게 할 터였다. 나는 버스로 돌아가 그날 밤의 남은 탐험 시간 동안 에메랄드 빛이 유유히 떠다니는 꿈을 꾸며 잠을 잤다.

나는 다음 날도 포기할 수 있었다. 그래도 만족스러울 것 같았다. 하지만 어느새 오로라에 거의 중독되어버려서, 아직 기회가 있을 때 내 평생 다시 만나기 힘든 이 이온화하는 플라즈마를 보아야 한다는 생각이 가득 찼다. 우리는 북쪽으로 향하는 버스를 잡아탔고, 피오르를 통해 남쪽으로 가는 빨간 배에 올랐다. 나는 배의 갑판에 서서, 바람이 열린 창문을 통해 커튼을 잡아당기듯 머리 바로 위에서 물결치고 있는 핑크색 빛의 가장자리를 바라보았다. 너무나 근사한 오로라의 대열이 줄지어 있는 듯했지만, 그 모두는 순식간에 사라져갔다. 마치 희망과 현실 사이의 경계가 불분명한 것처럼. 임신 그 자체의 경험과도 크게 다르지 않았다. 아주 분명한 무언가가 느껴지는 순간이 있는가 하면, 내가 알고 있는 전부가 백일몽일 뿐임을 깨닫는 자각의 순간이 있었다.

휴가 마지막 날, 나는 잃어버린 손모아 장갑을 찾으러 호텔 로비에 들렀다가 항구 바로 위에서 빛나는 오로라의 희미한 광휘를 보았다. 그리고 내가 오로라를 잘 보는 법을 터득할 때까지 거기에 계속 머무르면서 기다려주기를 빌었다.

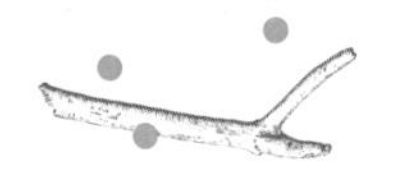

우리가 밤에만 돌아다닌 것은 아니었다. 어느 날 아침, 우리는 미니버스를 타고 사미족 가족과 그들의 순록을 보러 웨일섬으로 향했다. 눈 덮인 링겐 알프스를 통과하자 그 뒤편으로 해가 떠오르면서 산맥을 장밋빛으로 물들이고 있었다. 우리는 상상하기 힘든 추위에도 아랑곳없이 사람들이 수영을 하고 있는 피오르를 지났고, 나는 이 얼어붙을 듯 추운 곳에 존재하는 아름다움과 혹독함 사이의 연관성, 그리고 사람들이 그 숭고함과 연결고리를 유지하기 위해 애쓰는 방식에 빠져들기 시작했다.

목적지에 도착하자 우리는 눈옷을 입고 커다란 데이비 크로켓 햇(Davy Crockett hat. 너구리 모피로 만든 모자. 뒤에 너구리 꼬리가 달려 있다 — 옮긴이)을 썼다. 이미 입고 있는 것이 무엇이든 그 위에 착용하라는 이야기를 들었다. 그런 다음 티피와 비슷하게 원형으로 생긴, 사미족들의 전통적인 임시 거처인 '라부' 안으로 들어가서 불가에 둘러앉아 이곳이 얼마나 추운지에 대해 생각했다. 내가 헐렁한 눈옷을 찾느라 고군분투하는 것을 보고 일행 모두 나의 임신 사실을 알게 되는 바람에 나는 갑자기 부담스러울 정도로 유명인사가 되어버렸다. 무리에 있던 여자들은 야단법석을 떨고 혀를 차며 내 주변으로 모여들었고, 이런 상태로 어떻게 여기까지 왔느냐며 큰 소리로 물어댔다. 앉아 있는 거야 세상 어디에서나 똑같은걸요, 하고 나는 맥없이 농담을 했다. 그 주에 나는 최소 열아홉 번 정도 허스키들을 잘 피해 다니라는 말을 들었고, 아마 한 백 번쯤 〈1분에 한 명씩 태어난다〉(One Born Every Minute. 분만 병동에서 일어나는 일을 보여주는 영국의 관찰 다큐멘터리 — 옮긴이)를 보았냐는 질문을 받았다. 나는 그 시리즈를 보았지만, 으레 대답 뒤에 이어질 출산에 관한 집단 치료 요법 시간을 피하고 싶어 보지 않았다고 대답했다. 아무 소용도 없었지만 그래도 마침내 순록을 만나러 그곳에서 나오게 되자 감사한 마음이 들었다.

사미족은 노르웨이, 스웨덴, 핀란드, 그리고 최근에 러시아도 합류한 스칸디나비아 반도 북부 지역을 영토로 삼고 있는 소수민족이다. 거의 1만 년 전부터 지금까지 계속 이 반도에 살아왔지만 말이다. 주변에 국가들이 형성되기 시작하면서 사미족은 아득한 옛날부터 터를 잡고 살아온 영토의 소유권을 증명하라는 요구를 받는 등, 연이어 등장한 여러 정부로부터 차별을 받는 일이 잦았다. 극심한 불평등은 여전히 존재하지만, 사미족은 이제 스웨덴, 노르웨이, 핀란드로부터 자치적인 의회를 가진 원주민으로 여겨지고 있다. 러시아에서는 보호조치가 이루어지지 않고 있고, 지금까지 오랫동안 그렇게 살아온 것처럼 사미족은 강제 이전이나 영토 침입에 취약한 형편이다. 그들은 항상 약자로 남아 있다. 다양한 문화 집단으로 이루어져, 다양한 집단 내의 땅에서 살면서, 대다수의 현대 유럽인들을 경악하게 하는 삶의 방식을 고수하고자 애쓰는 민족이기 때문이다.

사미족은 전통적으로 사냥, 낚시, 동물 포획, 그리고 가장 잘 알려진 순록 목축을 하며 생존해왔다. 노르웨이 법이 사미족에게 동물을 소유할 독점적 권리를 인정할 정도로 순록은 그들의 문화와 떼려야 뗄 수 없는 관계에 있다. 순록은 식량으로, 교통수단으로, 의복으로 사용되고, 통화 조세 제도를 대체해 심지어 화폐로 통용된 적도 있었다. 사미 목동들은 순록의 귀에 일련의 작은 칼자국을 내는데, 이는 '귀표'라고 불리며 가족마다 나름의 독특한 문양을 가지고 있다. 사미 목동들은 자신이 소유한 순록 떼와 생명 주기에 정통한 것으로 잘 알려져 있다.

애니미즘은 영혼이 만물에 깃들어 있다는 관념에 바탕을 둔다. 동물, 식물, 그리고 자연의 경관은 애니미즘의 중요한 대상이다. 사미족에게 이러한 대상은 곰, 까마귀, 바다표범, 물, 바람, 그리고 주변 지형에서 특출나게 눈에 띄는 바위를 가리키는 '시에디' 등이다. 사미족은 여러 신과 정령들에게 믿음을 바치고, 매일의 삶에 조상들이 존재한다고 여기며, 각 가족마다 신성하게 생각하는 특정 장소가 있다. 놀랄 것도 없이 순록은 사미족의 상상 속에서 커다란 비중을 차지하고 있다. 태양의 여신 비브는 매일 순록의 뿔로 된 고리를 타고 하늘 위를 날아다니며 지상에 다산과 풍요의 축복을 내린다고 여겨졌다. 사미인들은 동지에 비브에게 흰 암컷 순록을 제물로 바쳤다. 태양이 돌아오기 시작할 때는 버터를 문지방에 묻혀 녹임으로써 여신의 앞에 바쳤다. 한편 신화에는 인간과 순록으로 모습을 바꿀 수 있는 주술사 여인의 몸에서 태어난 순록 인간인 민다쉬에 대한 이야기도 있다. 이 여인은 아주 현명하고 나이가 많아서, 마치 순록처럼 태곳적부터 존재한 것으로 여겨진다.

내 머릿속의 순록은 전적으로 산타클로스의 일생에서 알게 된 정보에 의존하고 있어 상당히 단순했다. 하지만 가까이서 보니, 홱홱 고개를 돌리는 모양새며 우리가 다가갈 때 푹 패인 눈으로 흰자위를 보이며 눈동자를 굴리는 모습이 생각했던 것보다 사납게 보였다. 어떤 녀석들의 뿔에는 너덜너덜하게 털이 흔들리고 있었다. "저건 봄이 오기 전에 뿔이 빠질 거라서 그래요." 하고 집주인 트린이 말했다. 그녀는 수컷 순록들이 암컷을 차지하기 위해 싸울 때 뿔을 사용하고, 겨울이 오는 짝짓기 기간의 막바지에 뿔갈이를 한다고 설명해주었다. 뿔은 곧 다시 자라나지만 표면 가까이 혈관이 있어서 몇 달간은 부드럽고 연하며, 순록들이 다시 싸움을 시작하는 가을이 올 때까지는 완전히 단단해지지 않는다. 암컷 순록은 수컷과는 다른 주기로 뿔 갈이를 한다. 암컷은 수컷의 뿔이 가장 부드러울 때 새끼를 낳기 때문에 포식자들로부터 새끼를 보호하기 위해 자신의 뿔을 더 오래도록 지닌다. 그러니까 누더기처럼 너덜너덜한 뿔을 가진 순록은 모두 암컷이라는 뜻이다. 만일에 대비하는 회복력을 왕관처럼 머리에 두른 것이다.

그 후 우리는 각자 그 순록 중 한 마리가 끄는 썰매를 탔다. 나의 순록은 특별히 온순한 녀석으로 선택되었지만, 순록 가죽을 깔고 앉은 채 꽁꽁 언 호수 주변의 눈 위를 달리는 건 꽤 덜컹거리는 경험이었다. 썰매를 탄 뒤 우리는 라부로 돌아와 순록 수프로 추위에 언 몸을 녹였다. 내가 수프 그릇을 비우자마자 트린은 부리나케 나의 그릇에 수프를 더 부으며 말했다. "엄마 순록이 뿔이 없으니, 그 대신에 우리가 수프로라도 채워줘야죠." 그 말에 나는 눈물이 핑 돌았다. 지금껏 내가 말로 표현하지 못했던 것을 그녀가 한마디로 정리해주었기 때문이다. 임신을 하고 나서 나는 방어력을 잃은 기분이었다. 나 자신을 위해 싸울 수도 없었다. 순록은 겨울을 견뎌내기 위해 무엇이 필요한지 알고 있었지만 나는 그러지 못했다.

트롬쇠에서 나는 어둡고 추운 북극의 밤에 놀라운 일들이 가득할 수 있음을 배웠고, 한편으로는 아무리 내가 발버둥 친다 해도 내 삶에서 일어나는 변화를 피할 수 없다는 것도 알게 되었다. 나도 뿔을 갖고 싶었다. 나는 외국에 나가서 평소대로 잘 해나갈 수 있음을 확인하려고 했지만, 얼음 위에 비친 나의 절박함만을 보았을 뿐이었다.

그러나 거기서 나는 일종의 수용에 이르게 되었다. 나 자신의 한계를 받아들이고, 내 앞에 놓인 미래를 받아들이기. 나는 인생의 지금 이 순간 강하지 못하지만, 이런 상태가 영원히 계속되는 것은 아님을 배웠다. 휴식하고 용납하는 것을 배웠다. 꿈꾸는 것을 배웠다. 나는 아직 내가 알지 못하는 미래의 한 사람에게 보여주게 될 날을 상상하면서 사진을 찍었다. 그때 나는 이렇게 말하리라. 이것 봐, 네가 북쪽 나라의 빛 아래에 있었단다.

우리 중에 사미족이 계승하는 신화처럼 복잡하고 풍부한 신화를 물려받은 이들은 거의 없다. 이 신화에서 세상 만물은 우리 주변에 살아 숨쉬고, 조상들은 우리가 밟고 서 있는 바위와 우리를 흔드는 바람에 깃들어 살며 우리를 보호해준다. 우리는 대부분 스스로 신화를 만들어야 한다, 그것도 애초에 그럴 생각이 있는 경우에 한해서. 오로라 아래에 있었던 시간에, 나는 내 아들이 자신만의 설화의 씨앗으로 삼을 수 있는 신화를 첫 번째 선물로 떠올려보았다. 너는, 참으로 강해서 때때로 나를 완전히 압도할 것 같았던 너는, 태어나기도 전에 북극권을 건넜단다…….

떠나기 전에, 우리는 아기에게 줄 첫 선물로 네 발로 서 있는 보드랍고 하얗고 작은 플러시 천으로 된 북극곰을 골랐다. 그 인형은 지금도 트롬쇠라고 불리고 있다.

늑대, 허기

나는 1월 말의 서리 위를 걸으며 오늘 내가 한 마리의 늑대라는 것을 깨닫는다. 나는 이미 배회하고 싶은 욕구에 굴복당했다. 밖으로 나가 쉼 없이 주변을 경계하면서 나의 영역을 확보하고 싶은 욕구. 내 속에 마치 허기와도 같은 불안이 도사리고 있다.

해는 낮게 떠서 내가 걷는 길에 늘어선 마른 풀 위로 금빛 줄무늬를 드리우고 있다. 헐벗은 검은딸기나무에서 갑자기 바스락거리는 움직임이 감지되자, 나는 새들의 몸짓을 주시한다. 입은 무언가를 갈망하고, 이렇게 걷지 않는다면 무엇을 해야 할지 모르겠다. 나는 평생 담배를 피워본 적이 없는데도 그저 혀와 입술에 무언가 충만감을 주어야겠다는 마음에, 그저 무언가 선을 넘고 싶다는 생각에, 담배를 원하고 있다. 그게 아니면, 이 아침에 술을 마시게 될 것 같다. 나의 입이 원하고 있다. 길고 강렬한 한 모금의 분열과 그것이 가져올 몽롱함을. 불현듯 나는 왜 담배가 차선의 악이 될 수 있는지를 깨닫는다. 입이 고통을 내지르지 않기 위해 무언가를 이용하려 드는 이 어둡고 분열된 순간에.

그러나 그 대신, 나는 걷는다. 나는 이런 순간에 걷는 법을 터득했다. 열이 빠져나갈 때까지 걷는 법을 배웠다.

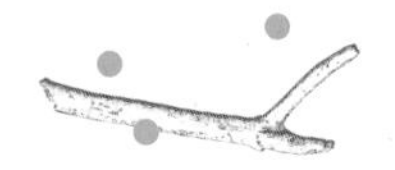

예전에 늑대들을 추적하는 사람을 만난 적이 있다. 그는 내가 편집한 문집의 출간 파티에 온 내 친구의 친구였다. 그의 출현 이후 나는 장내에서 벌어지고 있는 다른 일에는 급격히 관심이 식었다. 그런 탓에 내가 세심하게 관리해온 그 책의 저자들도 스스로 살 도리를 찾아야 했다. 단연코 관심의 주인공은 늑대 남자였다.

그에게는 매력이 있었다. 냉혹하고도 강렬한 그의 눈빛은 완전히 나의 마음을 사로잡았다. 그는 꾸밈없었고, 사교적인 친절도 보이지 않았다. 대신 그에게는 야생의 본질적인 무언가가 있었다. 과장된 로맨스 소설 같은 표현을 쓰지 않으면서 그것을 말로 표현하기란 어렵다. 특히나 그날 밤 늦은 시간에, 살짝 놀란 남편에게 이 사람에 매혹된 심정을 설명하려 할 때는 더욱더. 하지만 나의 관심사는 로맨틱한 성질의 것이 아니었다. 그보다는 야생의 부름과도 같은 것이었다. 내게 그는 반은 늑대인 것처럼 보였고, 그가 사랑하는 것이 분명한 그 생명체의 자취를 따라 살아온 시간 속에서 그들의 본질을 일부 흡수한 것처럼 보였다.

그는 괜찮은 직업을 얻어야 한다는 압박에서 벗어나고 싶어 그리스 산에서 떠돌이 양치기로서 그의 이리 같은 이력을 시작하게 되었다고 말했다. 영국인인 그에게 늑대는 결코 상상 속에 자주 등장하는 존재가 아니었으나, 그곳에서 그들은 끊임없이 주시해야 하는 포식자이자 상존하는 위협이었다. 그는 늑대들이 먹을 수 있는 만큼보다 더 많은 사냥감의 숨통을 끊는다는 특성 때문에 살생을 취미로 삼는다는 평판을 얻고 있음을 알게 되었다. 또한 주위에 돌보는 이가 없는 양 떼를 발견했을 경우엔 늑대들이 양 한두 마리를 낚아채는 게 아니라 떼를 지어 다수의 양을 죽인다는 것도 알게 되었다. 늑대들은 분명 때에 따라 잔인한 습성을 보였지만, 그보다 더 그에게 충격을 준 것은 늑대들을 향한 인간의 잔혹성이었다.

본능적으로, 그리고 조상으로부터 전승된 늑대에 대한 공포로 인해, 인간은 늑대들이 인간에게 가하는 위협보다 훨씬 더 집요하게 늑대의 피를 갈구한다. 그리스 산에 있을 때 주변의 농부들은 늑대들을 싫어했고 그들을 죽이기를 원했다. 양들이 제 위치를 벗어나 강으로 들어가거나 급경사면으로 떨어져 저희들의 생명을 단축하는 묘한 버릇이 있다는 점을 참작할 때, 배고픈 늑대로 인한 피해는 사실 미미해 보였다. 그러나 늑대들에 대한 공포는 이성적이지 않았다고 그는 내게 이야기했다. 농부들에게 설명을 하려들면 논쟁은 늘 이렇게 흘러갔다. '늑대들에게 조금이라도 여지를 남기면 양들은 그렇다 치고 나중에는 어린애들도 낚아채 갈 것이다.' 정말 이런 일이 벌어진다는 증거를 찾기란 어려웠지만, 그것은 언제나 늑대 살육의 충분한 이유가 되었다.

나의 친구는 양보다 늑대에게 더 관심을 가지기 시작했다. 그는 늑대들을 관찰하며 그들의 행동과 습관을 익히기 시작했고, 주변에 사는 무리와 친밀해지면서 그들 하나하나를 각각의 개체로서 안다고 느끼게 되었다. 그는 늑대로부터 양들을 더 잘 보호할 수 있는 전략을 개발했고, 주변의 대지 소유주들에게 살육하는 것보다 더 효과적이고 더 적은 비용으로 늑대들의 공격에 대응하는 방법에 대해 조언하기 시작했다. "사람들은 제가 미쳤다고 생각했지만 저는 제가 옳다는 것을 알았죠."

라고 그는 말했다.

그는 이제 양치기가 아니라 늑대 컨설턴트로서 유럽 각지를 돌았다. '카니스 루푸스'라는 학명을 가지고 여기저기 흩어져 사는 이 늑대들의 흔적을 찾기 위해. 그는 때로는 특정 지역에 아직도 늑대 개체군이 존재하는지 조사해달라는 요청을 받았다. 그런가 하면 한 무리의 규모와 힘을 평가하고 그들의 보존을 위해 조언을 해달라는 요청을 받기도 했다. 그는 늑대처럼 살고, 늑대처럼 생각하고, 늑대들이 하듯이 그들이 사는 지형에 융화되는 법을 터득했다고 말했다. 산속에서 혼자 지내며 이 위대한 포식자들을 찾아다니는 생활을 수년간 계속해오는 동안 그의 감각은 인간 사회가 감당하지 못할 정도로 예민해졌다. 의심할 여지 없이 그는 늑대들의 특질을 체화했다. 늑대처럼 된다는 것은 조용하고, 경계를 늦추지 않고, 집중력이 높으며, 뒤로 물러나 있는 것이었다. 그가 말하는 대로 그의 눈빛은 언제나 한결같았고 솔직했다. 그의 옆에 있자니 나는 온통 만들어지고 꾸며진, 완전히 경박스러운 존재처럼 느껴졌다. 내가 길든 동물이라면, 그는 야생동물이었다. 내 안의 어떤 날것 같은 부분은 뭉툭하게 뭉게진 것이다.

대륙을 떠돌아다니는 그 모든 경험 끝에 그는 늑대의 삶에서 변하지 않는 한 가지가 있음을 알게 되었다. 즉 늑대들은 어디에 살건 집단 학살의 대상이 된다는 사실이었다. 우리는 늑대 개체들이 멸종되고 있는 것처럼 말하지만, 실은 체계적이고 잔혹하게 학살되고 있다고 그는 말했다. 늑대가 보호종으로 지정된 곳에서조차 정부 당국은 늑대들이 덫에 걸리고, 총에 맞고, 독살되고, 두들겨 맞는 것을 방관한다고 한다. 늑대의 죽음은 그들에게 초자연적인 힘이 있다는 철저한 믿음 속에 미신적인 의식으로 다루어지는 경우가 많다. 그러나 실상은 그 반대라고 그는 내게 말했다. 늑대는 섬세한 감정을 지닌 예민한 동물이고, 훌륭한 부모이자 헌신적인 자식이다. 늑대는 극도로 절망적인 상황에서만 가축을 공격한다. 그런데 우리가 그들을 완전히 박멸한다면, 우리에게 남을 결과는 무엇일까? 해와 달이 우리의 사고에 근원적인 요소인 것처럼, 늑대는 우리 집단적인 정신의 일부이다.

1월의 보름달은 전통적으로 울프문이라고 불린다. 굶주린 늑대들이 숲에서 나와 마을로 내려오는 시기를 가리키는 말이다. 이는 또한 늑대 새끼들이 아직 어려서 늑대 무리가 가장 취약하고, 양질의 가죽을 얻을 수 있는 중세 늑대 사냥철의 시작이기도 하다. 실제로 앵글로색슨족 왕들이 주요 영주들에게 매년 늑대 가죽을 공물로 바치게 하거나 범죄자에게 일정한 양의 늑대 혀로 사회에 대한 빚을 갚도록 한 기록이 남아 있다. 어떤 마을은 늑대들을 잡기 위해 늑대 구덩이를 깊이 파놓기도 했다. 서퍽 지역의 울핏 마을은 늑대잡이 구덩이(wulf pytt)에서 그 이름이 유래했다고 한다. 한편, 앵글로색슨 법에서 범법자는 천벌에 대한 두려움 없이 누구든 죽일 수 있었기에 그들은 '늑대의 머리'로 불렸다. 이는 유죄판결을 받은 범죄자의 목 주위에 잘린 늑대 머리를 매달아 황무지에 버리는 옛 관습에서 유래한 말이다. 인간을 늑대로 만드는 것은 모욕의 극치였다. 인간성과 그에 수반되는 인간의 권리를 모두 박탈당했음을 나타내기 때문이었다.

노르만족 왕들의 통치하에서 늑대 사냥은 통제된 적이 없었으나, 1272년부터 1307년까지 재위한 에드워드 1세는 영국 내 늑대를 모두 몰살시킬 것을 공식적으로 명령한 최초의 왕이었다. 그는 늑대 사냥꾼 피터 코벳을 고용하여 글로스터셔 주, 헤리퍼드셔 주, 우스터셔 주, 슈롭셔 주, 스태퍼드셔 주 등에 있는 늑대들을 말살하라는 지시를 내렸다. 잉글래드와 웨일스 사이의 변경 지대는 특히 위험하게 여겨졌다. 늑대 말살은 1509년 헨리 7세 재위 말까지 진행되었고, 늑대는 영국에서 절멸했거나 최소한 아무런 위협이 되지 못할 정도로 사라진 것으로 생각되었다. 스코틀랜드에서의 늑대 몰살은 거의 2세기 이후에 이루어졌고 마지막 늑대는 1680년에 제거된 것으로 알려졌으나 1888년까지도 목격되었다고 한다. 삼림지대에 융화되는 늑대의 기묘한 능력 덕에, 늑대의 존재 여부를 파악하는 것은 언제나 어렵다.

그러나 늑대는 아직도 있다. 유럽에 1만 2,000마리가 있는 것으로 추정되고(전 세계적으로는 30만 마리), 그 수는 증가하고 있다. 우리 눈에 보이든 보이지 않든 늑대는 우리의 집단적 상상 속에 계속 출몰하면서 겨울의 혹독한 굶주림과 비열함을 상징하고 있다. 늑대들은 불이 환하게 밝혀진 분주한 우리의 마을과 도시 밖의 대지에서, 잠재된 야생성과 아직 맹위를 떨치는 자연의 힘을 일깨워주며 현재를 버티고 있다. 늑대들은 그것이 작은 돼지건 할머니건, 잡아먹을 연약한 생명체가 있는 곳이라면 어디든 불쑥 나타나는 영원한 동화 속 악당이기도 하다.

늑대는 겨울을 배경으로 한 문학작품이라면 어디에나 등장한다. 존 메이스필드의 소설 『기쁨의 마법 상자』에서, 늑대들은 세상의 모든 착한 마법을 위협하는 고대의 힘을 상징하며 달려온다. C. S. 루이스의 『나니아 연대기』에서는 하얀 마녀의 심복으로서, 무리 정신에 따라 악의 편에 서는 음흉하고 포악한 존재다. 반면, 조안 에이킨의 대체 역사 이야기 『윌러비 언덕의 늑대들』에서 늑대들은 혹독한 러시아의 추위를 피해 야생의 북쪽 땅에서 영국의 시골로 이주해 온 존재들이다. 여행자들과 길 잃은 아이들을 두려움에 떨게 하는 늑대들은 문명화된 사회의 문 너머에 도사린 상존하는 위협을 나타낸다. 《왕좌의 게임》에서는 한배에서 태어난 다이어울프 새끼들이 시퀀스의 도입부에 등장하고, 곧 모든 캐릭터 앞에 나타나 그들을 위협하는 겨울의 전조가 된다.

추운 계절의 굶주림을 언급하려고 할 때마다 우리는 언제나 늑대를 소환한다. 언뜻언뜻 위험한 지능의 한 부분을 보여주는 늑대는 우리가 적으로 삼기 좋아하는 대상이다. 그들의 도덕률은 쉽게 변한다. 그들은 해야 하는 것을 한다. 늑대 안에서, 우리는 문명의 안락함과 제약이 없으면 우리가 지니게 될 모습을 비추어보게 된다.

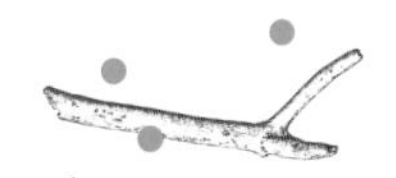

한겨울에 우리는 모두 늑대와 같다. 우리는 태곳적의 늑대가 되기를 원한다. 무언가가 결핍되어 있어서 다시 온전해지려면 무언가를 빨아들이기라도 해야 한다는 듯이. 이러한 갈망은 놀라우리만치 부정확하다. 우리를 온전하게 해주기는커녕 몸에 해로운 마약과 알코올, 우리에게 안전하다는 느낌이나 사랑받고 있다는 느낌을 주지 못하는 사람들과의 관계, 우리에게 필요하지도 않고 살 여유도 없으며 갖고 싶은 열망이 한차례 지나간 지 한참 후에도 엄청난 빚으로 부담을 지우는 물건들……. 우리 중 어떤 이들에게는 이것이 장기적으로 볼 때 별 문제가 되지 않는다. 다시 윤택해지고 그 빚을 다 갚는다. 아니면 누군가가 돕고 나선다. 그러나 어떤 이들에게는 이 암울한 시간의 여운이 쉽게 떨칠 수 없는 긴 그림자를 드리운다.

"나는 한 번도 주머니 사정이 좋았던 적이 없어." 메리앤이 말한다. "경제 형편이 좋지 않은 집에서 태어나서가 아니야. 내가 무모했었지." 2015년, 메리앤은 성년이 된 이후로 쭉 늘다가 어느 시점에 이르러서는 그녀를 집어삼킬 만큼 불어나버린 막대한 신용카드 빚을 마침내 모두 청산했다. 그녀는 생필품 외에는 모든 것을 줄이고 매달, 매년, 조금씩 조금씩 빚을 갚아가며 힘겹게 이 일을 해냈다. 그녀의 경우는 지나친 과소비가 아니라 평범한 지불이 모여서 생긴 결과였다.

"대학을 졸업할 땐 빚이 없었어. 그런데 직장에 들어가고 전남편을 만났지." 그녀가 말하길, 그는 "경제적으로 자제력이 없는" 사람이었다." 그는 생활 속에서 양질의 것들을 고르는 취향이 있었지만 그것들을 살 돈에 관한 한 그렇지 못했다. 스물두 살 때 메리앤은 첫 신용카드로 자신의 약혼 반지를 샀다. 당시에는 실용적인 듯했지만, 그 계좌로 두 번째 카드를 발급해준다는 카드사의 제안에 그녀는 예비 신랑에게 카드 하나를 만들어주는 실수를 범했다. 그리고 마침내 두 사람은 부부가 되었다. 함께 산 지 5년이 되었을 때, 그들에게는 1만 5,000파운드의 카드빚이 쌓여 있었다. 이 정도는 그리 놀랄 일도 아니다. 두 사람은 갈라서게 되었고, 2주 뒤 그녀의 차를 압류하기 위해 메리앤의 문 앞에 집행관이 당도했다. 얼마 후, 부동산 중개인에게서 온 편지에는 그녀의 남편이 집세를 내지 않아서 집을 비워야 한다는 내용이 적혀 있었다. 그제야 그녀는 카드 명의가 자신의 이름으로 되어 있으므로 모든 빚이 그녀 앞으로 되어 있다는 사실을 깨달았다. 이때쯤 그녀는 부모님의 집으로 다시 들어갔고, 큰 문제 없이 상환금을 내고 있었다. 그러나 이혼으로 빚은 더 늘었고, 전남편은 소송 비용을 내라는 명령에도 불구하고 그러지 않았다. 그 때문에 메리앤은 다시 그를 법정으로 데려가야 했다. 이 일에 4년이 걸렸다. "나는 불행했어." 그녀가 말했다. "좋은 것들을 가질 자격이 있고, 그걸 사면 더 행복해질 거라고 생각했지."

그녀는 서너 개의 신용카드를 발급받았고, 카드값을 갚기 위해 계속 융자를 받았지만 곧 다시 빚이 쌓이곤 했다. 그래도 그녀는 수입이 꽤 괜찮은 편이었다. "나는 내 월급보다 빚이 더 많았던 기억이 없어. 하지만 그건 현실 부정이었지. 한 번도 가만히 앉아서 제대로 셈을 해본 적이 없었거든."

그 후 그녀는 직장을 옮겼고, 곧바로 이직한 것을 후회했다. "난 정말 그 일이 싫었어. 우울증에 빠졌고 일 공포증이 생겼지. 일하러 가는 걸 생각하기도 싫었어. 스트레스가 너무 심해서 계속하다가는 내가 죽겠구나 싶은 시점이 왔지. 하지만 그만두면 빚을 감당할 수 없었어." 그때는 빚이 3만 8,000파운드였다. "결국에 난 회사를 나오고 파산하는 쪽을 선택했지." 그녀가 말했다.

"나는 더 행복해질 거라고 믿고 가진 돈을 다 썼는데, 결국 이렇게 됐지. 전보다 전혀 행복하지 않아. 여기에 중요한 교훈이 있어. 나는 내가 사는 물건이 아니라는 거야. 나는 어떤 물건을 사면 그게 나에게 어떤 지위를 부여해주기를 바랐어. 그렇게 근사한 인생을 살고 있지 못해서, 내가 선망하는 인생을 돈으로 사려고 했던 거지."

메리앤의 이야기에는 달콤씁쓸한 결말이 있다. 그녀는 모든 것을 내려놓은 채 조금씩 조금씩 빚을 줄여나갔고, 뜻밖의 소득을 올린 덕분에 3년 만에 빚을 모두 청산할 수 있었다. 그러나 수년간 근심 걱정 속에 살아오는 동안 마음의 병이 생겼고, 수차례의 시행착오 끝에 지금은 연봉 삭감을 받아들이고 그녀가 감당할 수 있을 만한 좀 더 편안한 일을 하고 있다. "지금 나는 빚을 갚던 당시에 가지고 있던 정도의 돈으로 생활하고 있어. 하지만 끝이 안 보이네." 그녀가 말한다.

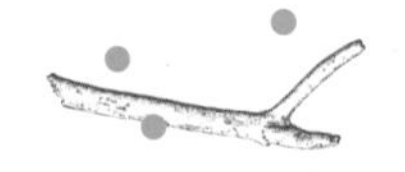

삶은 우리에게 결코 단순한 해피엔딩을 안겨주지 않는다. 나는 종종 이런 생각을 한다. 원인과 결과의 도덕적 명확성, 그리고 내 행위에 대한 합당한 보상과 처벌이 내가 갈망하는 일부가 아닐까 하는 생각. 모든 것을 설명 가능하게 해주는 삶의 지도 같은 것 말이다. 그런데 오히려 내가 가장 잘한 행동은 눈에 보이지 않고, 내가 한 최악의 행동은 그로부터 몇 년이 지나 이미 속죄하기도 늦어버린 때에 나에게만 드러난다는 느낌을 자주 받는다.

메리앤은 금세 마음의 안정을 찾을 것 같지는 않지만, 내 눈에 그녀는 이미 굉장한 것을 해냈다. 바로 그녀의 늑대 같은 성향을 부끄러워하지 않고 담담하게 이야기한 것이다. 물론 부끄러워할 이유도 없다. 그녀가 욕망한 것은 사랑, 약간의 안락함, 호감 가는 사람들과의 사교와 같이 모두 기본적인 것이었으니까. 매일의 삶은 소외되고, 무섭고, 외로울 때가 많다. 그러니 약간의 열망은 이해할 만하다. 약간의 열망은 사실 생존을 위해 외치는 구호 같은 것일 수 있다.

『늑대와 인간에 관하여 Of Wolves and Men』에서 배리 로페즈는 늑대들이 먹을 수 있는 것보다 더 많은 사냥감을 살생하는 미스터리에 대해 분석한다. 그는 말한다. "늑대들의 허기는 우리가 일반적으로 이해하는 배고픔과는 다르다. 그들의 식습관과 소화 체계는 풍요와 굶주림의 양극단, 그리고 비교적 짧은 시간에 많은 양의 식량을 획득하고 처리하는 데 적응되어 있다. 그들은 늘 어느 정도 배가 고픈 상태이다." 늑대들은 언제

다음 먹이를 구하게 될지 알 수 없고, 새끼들과 무리를 충분히 먹여야 하기에 허점이 보이는 사냥감이라면 어떤 것이든 죽인다. 이에 실패하는 것은 곧 특정할 수 없는 미래의 어느 시점에 굶주리는 것을 의미한다. 우리가 일상에서 이런 모습을 볼 수 있는 유일한 경우는 필요하든 아니든 얻을 수 있는 사냥감이란 사냥감은 모두 취하는 인간 사냥꾼들뿐이다.

아마도 늑대가 오래도록 허기의 모티브로 남아 있는 것은 힘든 시간의 우리 모습이 그들에게 투영되어 있기 때문일 것이다. 그런 허기는 겨울에 특히 맹렬해진다. 잠시 나의 친구였던 늑대 추적자처럼, 우리는 늑대들을 존중하는 법을 배워야 한다. 결국 수 세기에 걸친 인간의 노력에도 불구하고, 그들은 여전히 버티고 있고, 조용히 생존하고 있다.

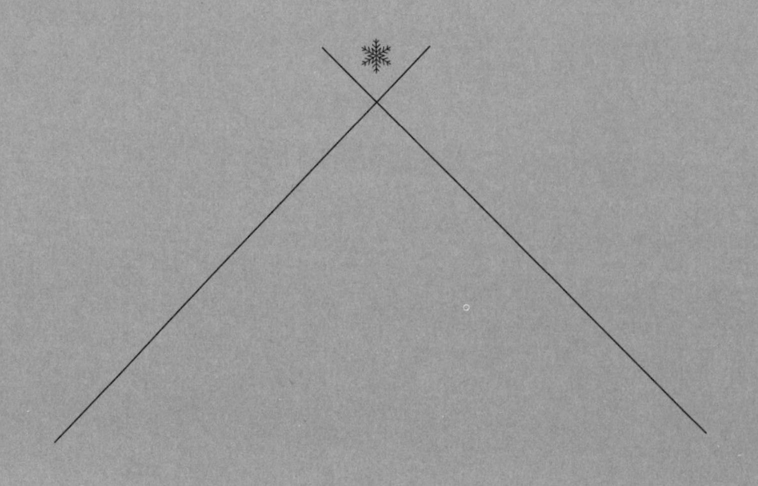

February

2월

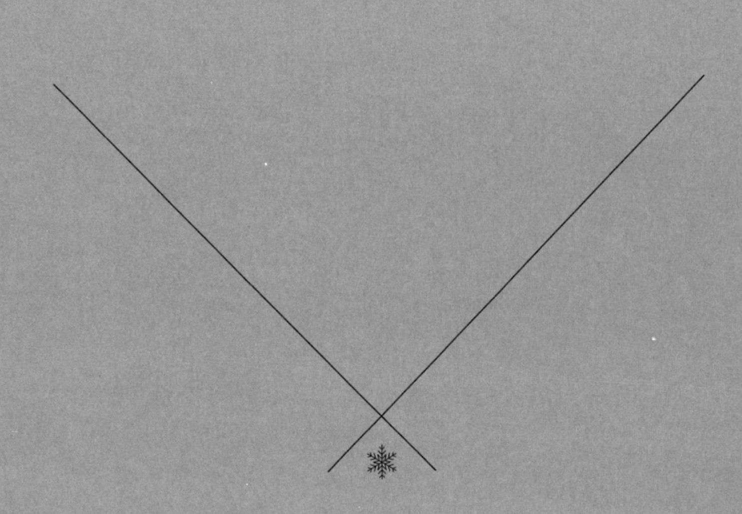

"때로는 문제가 생겨서 완충제가 얇아지지만,
그러면 다시 보강하면 돼요.
그 완충제를 잘 지키는 것이 저의 주된 일이에요.
저는 충분히 멋진 인생을 살고 있어요."

하얀 마녀 오는 날

어린 시절은 늘 실제보다 훨씬 더 많은 눈이 내렸던 시간으로 기억되고, 사람들은 종종 눈에 얽힌 노스탤지아에 관해 이야기하곤 한다. 아들이 태어난 이후로, 나는 눈이 얼마나 왔는지 잴 수 있도록 야드 스틱을 마련해두었다. 그러나 여섯 해가 지나도록 제대로 된 눈을 거의 볼 수 없었다. 우리는 어린 아이처럼 조바심을 내며 눈이 오기를 기다렸다. 해마다 겨울이 시작될 즈음 우리는 버트에게 따뜻한 패딩 바지와 그에 걸맞은 재킷을 사주었고, 해마다 어김없이 그 옷들은 옷걸이에 그대로 걸려 있었다. 버트는 눈을 마치 실제로 존재했다고 믿고 싶은 드래곤 같은 신화 속 동물처럼 이야기했다. 나 자신도 화이트 크리스마스를 본 적은 없지만, 적어도 우리 마을이 눈 속에 파묻혀 전기가 나가고 상점의 생필품도 모자라던 겨울날, 분명히 한 번 이상이었던 그 겨울날을 또렷이 기억하고 있다. 엄마는 집에 와서 우리가 모두 굶어 죽기라도 할 것처럼, 늙은 부인이 상점에서 빵을 낚아채 갔다는 일화를 들려주었다. 사람들은 현관문 앞에 서서 우유 배달 수레가 간신히 눈을 헤치고 마을로 들어오는 모습을 지켜보고 있었다.

1987년 겨울, 엄청난 폭설이 내려서 학교 옆길에 자동차 높이보다 더 높이 눈이 쌓였다. 무사히 등교한 아이들에게는 쉬는 시간에 몸을 따뜻하게 녹일 수 있게 학교에서 수프를 나누어주었다. 오렌지색 플라스틱 컵에 담긴 수프는 소꼬리 수프와 토마토 수프였고 둘 중 하나를 선택할 수 있었다. 나는 셔츠와 타이 속에 흰색 터틀넥 스웨터를 입었다. 엄마는 방한용 부츠를 신어도 좋다고 허락했다. 선생님들이 뭐라고 하면 엄마가 역성을 들어주겠다고 하면서. 집에는 길고 굵직한 고드름이 자라났다. 우리는 고드름을 관찰해 일지를 쓰고, 피팅용 줄자로 재보고(그중 하나는 122센티미터였다), 떼어내서 욕실로 가져와 사진을 찍었다. 우리 집은 중앙 난방 시스템이 없었기 때문에 눈에 젖은 옷가지는 뒷방에 있는 가스 난로 앞에서 말려야 했고, 혹시라도 날이 풀리기 전에 가스 난로가 꺼질까 봐 걱정했다.

사실 나는 별로 개의치 않았다. 나는 겨울의 혹독함, 변화를 일으키는 그 놀라운 힘에 매혹되어 있었다. 나는 겨울이 끝나지 않기를 바랐다.

나는 아직도 눈에 관한 한 어느 정도 그런 태도를 견지하고 있다. 아무래도 나는 눈에 대한 어른들의 반감, 눈이 초래하는 불편함에 대한 분노 어린 감정을 옹호할 수 없다. 나는 남몰래 심한 감기를 반기는 것과 비슷한 심정으로 그 불편함을 사랑한다. 잠시 모든 것을 멈추고 평소의 습관에서 벗어나게 만드는, 어쩔 수 없는 일상에의 균열을. 나는 눈이 가져오는 시각적 변화를, 세상을 온통 눈부신 흰색으로 재단장하는 능력을, 눈이라고 짐작할 수밖에 없는 흩뿌려진 흰 빛을 뿜으며 이른 아침 커튼 너머로 존재를 알리는 그 방식을 사랑한다. 나는 발밑에서 사각거리는 눈의 감촉을 사랑하고, 눈보라 속으로 들어가 장갑 낀 손에 눈을 쥐는 것을 사랑한다. 나는 동심을 유지하고 있다거나 장난치는 것을 좋아한다거나 하지는 않지만 눈에 있어서만큼은 예외다. 눈은 나를 그런 사람으로 바꾸어놓는다.

눈은 우리보다 훨씬 더 큰 힘을 지녔다는 점에서 참으로 경이롭다. 눈은 숭고함이라는 심미적인 개념의 전형이다. 눈의 위대함과 아름다움은 작고 연약한 인간이 자신을 완전히 극복해내는 힘과 함께한다.

어른이 된 이후부터 아이를 낳을 때까지 나의 삶에는 늘 눈이 있었다. 어느 해에는 낡은 서랍장을 시립 쓰레기 처리장으로 운반하는 길에 눈을 만났다. 간선도로 교차로에서 브레이크를 밟았지만 내 차는 마치 크루즈 선박처럼 천천히 두 차선을 넘어 미끄러져 나아갔다. 도로에 다른 차가 없었기에 천만다행이었다. 유로스타 열차를 타고 파리로 가는 길에 눈을 만났던 적도 있었다. 철로가 동결되어 그다음 주까지 발이 묶이는 바람에, 근처에 있는 우아한 카페를 돌며 시간을 보내야 했다. 그런가 하면 위트스터블에 처음 이사왔을 때에도 눈이 왔었다. 그때 나는 겨울 바다를 보려고 텅 빈 바닷가로 달려가 눈 위를 뒹굴었다.

버트는 눈 위에서 마스코트 같은 존재였다. 나는 그 애가 아기였을 때 사진을 가지고 있다. 아기띠로 내 앞에 매달린 채 내가 걸을 때마다 모자에 달린 귀마개를 나풀거리던 그 모습. 물론 버트는 기억하지 못한다. 나는 버트가 걸음마를 시작하자마자 썰매를 하나 사주었다. 눈이 올 때까지 기다린 뒤 사려고 했다가는 온 마을의 썰매가 동이 나 버려서 나무 쟁반을 대신 사용해야 할 것이라는 생각에서였다. 그러나 썰매를 사용할 일은 없었고 창고 한 귀퉁이에서 잡동사니들 속에 묻히고 말았다. 온화한 기후로 인해 위트스터블에서 썰매는 하얀 코끼리와 같은 무용지물 신세가 되어버린다. 나는 아들에게 눈송이를 보여주러 차를 몰고 가까운 도시, 심지어 이웃 나라에 가볼까도 생각했지만, 눈보라 관광을 떠나는 부모는 무책임하게 보인다는 사실을 잘 알고 있다.

작년 겨울 버트는 마침내 눈을 맞이하게 되었다. 일요일 아침 7시경 정원에 눈발이 날리기 시작했고, 나는 아이를 깨우러 위층으로 뛰어 올라갔다. 우리는 파자마 위에 코트를 입히고 모자를 씌우고 두꺼운 양말과 웰링턴 부츠를 신긴 다음 아이를 정원으로 데리고 나갔다. 잔디 위에 빈약하리만치 얇게 내려앉은 눈 위에서 잠시 논 뒤 아침 식사를 마치고 다시 밖으로 나갔을 때, 보도는 이미 질척거렸고 홈통에서는 눈 녹은 물이 흘러나오고 있었다. 나는 아마도 내년이 오기 전까지 이보다 많은 눈을 보기는 힘들 것이라 짐작했다.

그러나 드디어 또 눈이 왔다. 일기예보에서는 한밤중에 눈이 내린다고 했는데(그래서 우리는 기대하지 않았다.) 다음 날 아침 일어났을 때 분명 눈이 내려앉아 있었다. 이번에는 정원을 충분히 덮는 두께였다. 누런 겨울 잔디와 잡초들을 온통 뒤덮은 채 눈은 모든 공간을 고요하게 만들어놓았다. 학교는 휴교할 것이 분명했기에 우리는 겨울 무장을 하고서 바닷가로 향했다. 방파제 위에는 거대한 마시멜로처럼 눈이 내려앉았고, 회색빛 바다의 가장자리는 슬러시로 변해 있었다. 우리는 나뭇가지 부리와 조개껍데기 나비넥타이를 붙인 눈 갈매기를 만들고 해변의 조약돌 위에서 눈덩이를 굴렸다. 나중에 우리는 새 썰매를 샀고(재고가 쌓여 있었다.) 그것을 탱커톤 경사지로 가지고 갔다. 언덕에서 미끄러져 내려와서는 발그레한 볼을 하고서 비틀거리며 다시 언덕을 오르는 아이들의 웃음소리가 가득했다. 우리는 사내아이 넷이 카약을 타고 쏜살같이 언덕을 내려오는 것을 지켜보았다. 카약은 방파제를 넘어 바닥으로 날아가서는 그 아래 해변으로 쿵 하고 떨어졌다.

눈 오는 날은 들뜨는 날이고, 갑작스레 휴일 분위기가 나는 날이다. 핼러윈 분위기가 좀 나기도 하고, 약간은 크리스마스 분위기가 나기도 한다. 눈 오는 날은 신나면서 포근하고, 반항적이면서 가슴 따뜻한 날이다. 여기에는 또 하나의 경계 공간, 일상과 마법의 경계가 있다. 겨울은 그런 것들로 가득한 듯하다. 평범함으로부터 한 걸음 달아나라는 초대장 같은 것들 말이다. 눈은 아름답지만, 능숙한 사기꾼이기도 하다. 우리에게 완전히 새로운 세상을 선사하지만, 우리가 그 세상에 빠져들려 하면 어느새 물러가버린다.

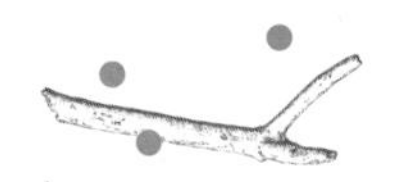

눈을 바라보고 있으면 『나니아 연대기』가 떠오른다. C. S. 루이스는 여러 측면에서 우리에게 플라토닉한 눈의 이상향을 보여주었다. 소나무 숲과 멋스러운 오두막 위로 두껍고, 희고, 완벽하게 내려앉은 눈. 아이들은 포근한 모피 코트가 걸려 있는 옷장을 기어나갔을 때 갑자기 나타나는 눈의 세상을 경험한다. 『나니아 연대기』 시리즈인 『사자, 마녀 그리고 옷장』에서, 눈은 적어도 얼마 동안은 기분 좋은 놀라움이다.

『나니아 연대기』는 눈의 황홀한 즐거움을 노래한다. 가로등의 노란 불빛은 하얗디하얀 눈의 순수함을 드러내고, 우리는 모든 추악함이 사라진, 최소한 감춰진 세상으로 인도된다. 눈 덕분에 아이들은 난롯가에서 몸을 녹이고 어린이들을 위한 음식을 먹으며 툼누스 씨와 비버 부부의 따스한 배려를 진정으로 느낄 기회를 얻게 된다.

우리는 곧 하얀 마녀의 사악함을 인식할 수밖에 없지만 그녀의 아름다운 자태 역시 지나칠 수 없다. 여기에는 날카롭고 수정같이 투명한, 혹독한 추위와 함께 부여된 힘을 드러내는, 차디찬 아름다움이 있다. 하얀 마녀는 터키시 딜라이트로 에드먼드를 유혹하고 그에게 마법의 힘을 주겠노라고 약속한다. 나는 언제나 마녀가 크리스마스를 암시한다고 생각했다. 달콤한 과자와 음식, 선물을 주겠다는 약속, 그리고 아이들이 자신의 욕심을 채우도록 부추기는 것까지. 아이들은 값진 물건을 원해도 좋다는 말을 듣지만 너무 많은 것을 너무 재빠르게 원하면 꾸중을 듣는다. 아이들의 시선을 통해 바라보면 하얀 마녀는 크리스마스 같은 어른이다. 한겨울에 이루고 싶은 꿈을 실현하는 대가로 어른들이 아이들에게 받고 싶은 선물을 다른 것으로 바꾸어야 한다고 말하면 어쩔 수 없이 느끼게 되는 그 씁쓸한 일면이다. 하얀 마녀는 아이들의 입장이 금지된 파티에 가기 위해 옷을 차려입고 낯선 화장과 향수로 단장한 채 집을 나서는 엄마와도 같다. 크리스마스 밤 가정의 의무를 접어두고 술잔이 놓인 카드 테이블 앞에서 시간을 보내는 어른들이다. 하얀 마녀는 아이들이 아직 즐길 줄 모르는 어른들의 쾌락을 엿보게 하는 존재다.

그러나 눈과 어른에 대해 알아가는 것 사이의 연관성을 이야기하는 작품이 『사자, 마녀 그리고 옷장』만은 아니다. 수전 쿠퍼의 『어둠이 떠오른다』는 윌 스탠턴이 열한 번째 생일을 맞을 때 폭설이 윌의 집을 뒤덮는 장면으로 시작된다. 곧 윌은 마법과 예언과 다가오는 악의 위협이 존재하는 공간으로 시간 이동을 하게 되고, 세상을 구할 수 있는 유일한 사람이 된다. 윌은 그 눈 속에서 나이를 먹는다. 이와 같은 눈의 의미는 존 메이스필드의 『기쁨의 마법 상자』에서도 찾아볼 수 있다. 크리스마스 휴가 중 주인공 케이 하커는 비슷한 상황을 목격한다. 눈은 몸을 작게 만들거나 순간 이동을 가능하게 해주는 마법 상자를 얻게 해줄 뿐만 아니라 고대 비기독교 세상의 혼돈과 이와 대비되는 기독교의 명징성을 가져다준다. 눈 속에서 시간은 그 선형성을 잃어버리고 심오한 역사는 현실이 된다. 무엇보다도, 어린 소년은 부모의 부재와 후견인의 의문의 실종으로 인해 어른의 역할 속으로 걸어 들어가게 된다.

아동문학에서 눈은 변화를 일으키는 방아쇠 역할을 한다. 눈은 성인인 보호자가 쉽사리 무능력해지는 순간을 초래하고, 어린이들이 생존할 수 있을 만큼 민첩하고 용감해지는 세계를 불러온다. 이 아이들이 직면하는 결정적인 전투에서 힘 있는 자는 낮아지고 약자는 강자로 떠오른다. 이는 세상의 일상적인 모습들이 모두 지워지는 한겨울에만 일어날 수 있는 일이다. 눈은 일상을 정복한다. 눈은 매일의 삶을 멈추게 하고, 따분한 의무를 수행하는 우리의 능력을 지연시킨다. 눈은 기대하지 않은 자유에 들뜨고, 저돌적이며, 추위에 아랑곳하지 않는 아이들의 세상을 연다. 이 반짝이는 새하얀 공간에서 아이들은 그들의 힘이 움트는 것을 느낀다.

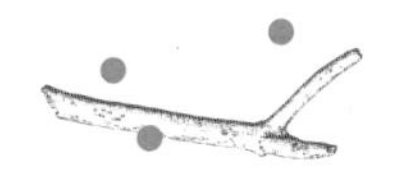

두 번째로 눈이 내린 날, 버트는 추위를 무릅쓰고까지 나가 놀려고는 하지 않았다. 아이는 이제 움직임이 거북해지도록 옷을 겹겹이 껴입는 것을 참지 못했다. 모자도 쓰기 싫어했다. 바람이 얼굴을 때리는 것도 싫었다. 그래서 우리는 레고 영화를 보았다. 나는 어스름해질 무렵이 되어서야 간신히 버트를 설득해 다시 밖으로 나갔다. 우리는 터벅터벅 걸어서 천상의 분홍빛으로 물든 해변으로 갔다. 동물들의 발자국이 눈 위에 새겨져 있었고, 갈매기들은 만조 수위 아래의 조약돌 부근을 벗어나려 하지 않았다. 갈매기들에게는 배고픈 한 주였을 터였다. 그들은 근처 튀김 음식점이나 해산물 카페에서 버려진 음식 조각들을 주워 먹는 게 일상이니까.

겨울의 가장자리에서, 우리는 얕은 물의 유량이 오히려 많으며 특이하게 흐르는 것을 보았다. 염분이 있는 물은 슬러시 음료처럼 거의 얼어 있었다. 버트는 고무 장화를 신은 발로 첨벙거렸다. 그러나 곧 발이 꽁꽁 얼어서 집으로 돌아와야 했다. 과거에 위트스터블의 바다가 모두 얼어버린 것은 1963년, 1940년, 그리고 1929년으로 기억된다. 항구의 잔잔한 해수는 그보다도 자주 얼음판이 된다. 1963년에 촬영한 사진을 보면 갈라진 얼음으로 된 불모지처럼 보이는 바다를 확인할 수 있다. 온 세상이 용감무쌍한 북극 탐험대의 기록이라도 되듯이. 여기서 그리 멀지 않은 셰피섬의 민스터 마을에서는 바다가 파도치는 모양 그대로 얼어붙었다. 보이지 않은 어떤 손이 파도의 움직임을 잠깐 정지시킨 것처럼 말이다. 지역 주민들은 과거의 역사적인 빙상 축제가 다시 열리기라도 하듯 얼어붙은 파도를 넘어 썰매를 끌고 왔다. 나는 어느 해엔가 이런 일이 다시 일어나서 구경할 수 있기를 고대하고 있지만 그렇게 될 것 같지는 않다. 요즘에는 강추위가 쉬이 사그라들기 때문이다.

다음 날 아침에 일어나보니 결빙이 생겼지만 내가 기대한 것만큼은 아니었다. 간밤에는 진눈깨비가 내린 것이 틀림없었는데, 눈이 녹을 만큼 온화하지는 않지만 질척하고 추운 날씨여서 만물에 얇은 얼음층이 한 겹 형성되어 있었다. 우리는 눈 위의 얇은 얼음층을 타박타박 걸었다. 보도의 드러난 부분들은 유리로 코팅된 것처럼 보였다. 울타리며, 가로등이며, 차에 모두 진눈깨비가 덮여 있었다. 다트무어 지역의 자연 설화를 기록한 연대기의 대가 이든 필포츠는 이런 날씨를 가리켜 '에나멜'의 변형 형태인 '아밀'이라 칭했다. 1918년 작품인 『그림자가 지나간다A Shadow Passes』에서 그는 이렇게 묘사하고 있다.

> …폭우나 안개의 급격한 결빙으로 인해 발생하는, 매우 드문 겨울 현상이다. 이는 서리와는 매우 다르며 나무와 돌과 야생화가 투명한 유리로 얇게 코팅된 세상을 펼쳐 보인다. 아침 해가 그 장관에 빛을 비추면, 대지는 낯설고도 반짝거리는 꿈결처럼 보인다.

눈 위에 층을 이루었을 때 그것은 꿈이라기보다는 오히려 적대감의 고착처럼 느껴진다. 해안에 다다랐을 때 우리는 지쳐 있었다. 그사이 날씨는 겨울의 동화 나라를 선보이는 넉넉한 마음씨를 거두고 어느덧 심술궂게 변해 있었다. 머리 위의 하늘은 성난 잿빛이었고, 바다는 매서운 바람에 거세게 흔들리며 그에 어울리는 탁한 녹색빛을 띠고 있었다. 우리를 둘러싼 세상 전부가 사납고, 비정하고, 잔인하며, 위험해 보였다. 눈은 우리의 삶을 더 힘들게 만들 뿐 아무것도 하지 않고 있었다.

"눈이 그쳤으면 좋겠어." 버트가 말했다.

"그래." 내가 대답했다. "며칠 동안 온 걸로 충분해."

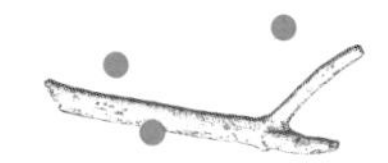

"나는 그립지 않아." 내 친구 패이비 세팰래가 말한다. "눈은 성가시거든."

우리는 그녀의 '아기', 그러니까 그녀와 그녀의 남편 개리가 아트 센터로 변모시킨 다홍빛 등대선 'LV21'의 주방에서 커피를 마시고 있다. 이 배는 그레이브젠드의 템스강에 정박되어 있고 최근 흰돌고래가 거처로 삼기도 했다. 북극해로부터 온 흰돌고래가 고향에서 한참 떨어진 남쪽 지역에 살고 있는 패이비를 따라온 것만 같다.

패이비는 발트해를 면해 헬싱키와 상트페테르부르크 사이에 있는 핀란드의 작은 도시 하미나 출신이다. 그곳은 바다와 호수에 둘러싸여 있고, 1년 중 반년은 겨울이다.

"눈이 오면 사실 처음에는 안도감이 들어. 낮이 짧아서 모든 것이 어두컴컴한데, 눈이 내리면 누군가 불을 켠 것처럼 환해지거든." 그녀는 말한다.

그녀의 가족은 겨울 커튼을 걷는다. 보온을 위해서가 아니라 눈 덮인 야외로부터 반사되는 빛을 들이기 위해서다. 추운 계절은 집 안에 쪼그리고 앉아 보내는 시기가 아니다. 아무것도 하지 않고 그 지루한 나날이 정신 건강에 미치는 해로운 영향을 감수하는 것은 너무나 뻔한 일이다. 대신, 겨울은 눈이 초래하는 고립과 싸우는 시간이다.

패이비의 말을 빌리자면, 꽁꽁 얼어붙은 삶은 겨울의 낭만으로 가득 찬 것이 아니라 사실은 불편함과 좌절로 점철되어 있다. 해마다 3개월은 대지가 눈에 덮여 있기에, 날씨가 춥다고 해서 학교가 문을 닫는 법은 없고(다만 기온이 영하 25도 이하로 내려가면 아이들은 실내에서 놀아야 한다.) 근무를 쉬는 것도 선택지가 아니다. 모든 것이 정상적으로 진행되어야 한다. 이는 매일 아침 몇 시간씩 눈을 파내고 자동차를 덥혀야 하며, 잠깐 외출을 하기 위해서라도 몇 겹씩 옷을 껴입어야 한다는 것을 의미한다. 단순한 업무에도 오랜 시간이 걸리고 위험이 동반된다. 얼어붙은 수로 위에는 길이 생겨나는데, 늘 안전한 것은 아니다. 패이비의 아버지와 자매는 물론이거니와 대부분의 사람들이 시시각각 빙판에 미끄러진다. 모두가 필요할 때를 대비해서 차 안에 따뜻한 옷과 부츠를 가지고 다닌다. 길에서 발이 묶일 위험도 있다. 휴대전화는 온도 유지에 모든 에너지를 소비해 배터리가 금방 닳아버리기에 거의 소용이 없다.

사람들은 비타민 D를 섭취하고 가능한 한 바깥에 많이 나가려고 노력한다. 어떤 사람들은 특수 타이어를 장착하고 사이클을 하고, 어떤 사람들은 스키를 탄다. 동절기 난방비는 한 달에 2,000파운드까지 치솟는다. 난방은 필요악으로, 실내 공기를 건조하게 해서 피부에 각질을 일으킨다. 사람들은 깨어 있기 위해 엄청난 양의 커피를 들이켜고, 많은 핀란드인의 건강을 해치는 음주 문화에 굴복하지 않으려 안간힘을 쓴다. 밤중에 외출을 할 때는 '누구도 뒤에 남겨두지 않는다.'는 원칙을 염두에 두어야 한다. 눈 속에서 정신을 잃는 것은 선택 사항이 아니다. 핀란드 사람들은 매서운 추위를 뚫고 야밤에 외출했다가 사망에 이르게 된 이들에 관한 이야기를 들으며 자란다.

눈을 가벼운 위안거리로 삼는 나의 태도는 일종의 특권이다. 눈과 함께 살아가는 사람들에게 눈은 그저 힘든 일거리일 뿐이다. 일시적인 한파에도 맥을 못 추는 영국인에 대한 농담은 온 국민이 알 정도로 유명하지만, 그런 특성은 실제로 추위에 대처하는 데 별로 노력을 기울이지 않는 데서 기인한 부산물이기도 하다. 우리는 눈을 비밀스러운 주말 데이트 쯤으로 여기고, 눈이 녹아 진창이 된 길에 대해 투덜거리며 다시 일상으로 돌아간다.

“그럼 눈은 마음에 드는 구석이 하나도 없는 거야?” 나는 다소 시무룩해져서 말한다.

“오, 있지.” 패이비가 대답한다. “정말 추울 때 눈이 오면 발밑에서 사랑스러운 소리가 나고 공기에도 별빛이 가득한 것처럼 느껴져. 빨랫줄에 빨래를 널면 얼어버렸던 게 떠오르네.”

“그렇게 해도 빨래가 말라?” 내가 묻는다.

“아니. 근데 나중에 정말 상쾌한 냄새가 나. 세탁을 한다기보다 박테리아 살균을 위해서 모직물을 널어두는 거지. 효과가 좋아.” 그녀가 대답한다.

“그런 다음 사우나를 해?”

“응. 맞아. 우리는 사우나를 한 다음 가끔 눈 위에서 벌거벗은 채로 구르기도 해. 대담무쌍한 눈의 천사들로 가득한 정원을 가지게 되는 거야. 어떤 때에는 빙판에 구멍을 만들어 얼음물 속에 들어가기도 해. 그럴 땐 발이 얼지 않도록 헝겊 조각들을 이어 만든 깔개를 물속 바닥에 깔지. 들어갈 때는 비명이 나오지만…… 상쾌해. 우리에겐 양초와 아이스크림과 커피가 있지. 겨울에 대처하는 모든 메커니즘을 작동시키는 거야.”

“그래도 돌아가지는 않을 거지?”

“그럼.” 그녀는 몇 년에 걸쳐 막대한 사회적, 경제적 희생을 감수하면서 변모시킨 그녀의 배를 가리키며 말한다. “이게 훨씬 쉬운 방법이야."

그 순간 하미나에서 그들을 보러 놀러온 그녀의 10대 조카가 안으로 들어선다. "캐서린한테 네가 겨울을 어떻게 생각하는지 말해줘." 패이비가 말한다.

"난 겨울이 싫어요." 루나가 말한다. "추위도 싫고요."

"네 차가 눈에 파묻힌 게 몇 번이니?" 패이비가 묻는다.

"두 번." 루나가 말한다. "첫 번째는 얼음판에서 트랙터로 끌어내야 했고, 그다음에는 눈 속에서 차를 파내느라 한 시간이 걸렸어요."

"그런데 루나는 운전면허를 딴 지 정말 얼마 안 되었거든." 패이비가 눈동자를 스르르 굴리며 말한다.

바다 수영

지난 3년간, 나는 해마다 열리는 위트스터블 새해 바다 수영 모임에 참가했다. 행사는 이렇게 진행된다. 한 무리의 참가자들이 해변에서 파도가 적당해질 때까지 서성대다가, 물속으로 뛰어 들어가고, 함성을 지르고, 다시 뛰어나온다. 이 모든 게 아주 신속하게 끝난다.

나는 찬물 수영을 경험하기 위해서라기보다는 내가 해냈다고 말하기 위해서 참가한다. 어떻게 할지 계획을 세우는 게 가장 복잡한 과정이었다. 첫해에는 수영복 위에 래시가드와 웻슈트를 입고, 아쿠아슈즈와 털모자를 착용하고 나갔다가 래시

가드를 벗어버렸다. 그 후로는 커다란 타월 세 개, 가운, 트레이닝복, 뜨거운 차 한 병, 그리고 미리 혼합한 블러디 메리를 가지고 간다. 내가 물속에 있는 시간은 15초를 넘지 않는다. 가장 좋을 때는 나의 용기를 자축하면서 다시 옷을 챙겨 입을 때이다.

사실 해변에서 살기를 꿈꾼 이유 중 하나가 바로 1년 내내 수영을 할 수 있다는 점이었다. 나는 20대 초반에 아이리스 머독의 『바다여, 바다여』를 읽고 나도 날마다 물속에 뛰어들어 파도를 뚫고 물살에 일격을 가하는 대담무쌍한 영혼이 되겠노라고 늘 생각했다. 그러지 않을 거라면 무엇하러 바닷가에 살겠는가? 그러나 위트스터블에 온 첫해에는 그런 마음을 접어두었다. 갓 11월에 이곳으로 이사를 왔는데, 물이 벌써 극도로 차가워진 시점에 수영을 시작한다는 건 좋지 않은 생각인 것 같았기 때문이었다. 여름에 시작해서 점점 적응해나가는 것이 최선이라고 나는 생각했다.

여름이 되어 수영을 조금 했지만, 충분하지 않았다. 아직 파도를 제대로 만났다는 느낌이 들지 않았다. 위트스터블에 온 지 몇 달 후, 우리는 해변에 임대했던 집을 떠나서 도보로 5분 정도 거리에 있는 좀 더 괜찮은 집으로 이사를 했다. 이는 즉 거리가 꽤 멀리 떨어져 있어 수영복을 입고 해변으로 가려면 넓은 진창을 통과해야만 한다는 뜻이었다. 한두 번쯤 실제로 이렇게 나가보았으나 바닷물이 발목까지밖에 오지 않았다. 나는 물때 시간표가 필요하다는 사실을 깨달았다. 그러나 술집이나 카페에서 파는 실용적인 시간표를 사지 않고 아트 갤러리에서 파는 정교한 시간표를 샀더니, 측정자를 가지런히 세운 뒤 복잡한 시간표와 교차 확인을 하면 남동부 해안 전체의 조수 현황을 알 수 있는 방식으로 되어 있었다. 말도 안 되게 번거로웠다. 나는 단념했다.

올해 나의 친구 에마는 자신의 마흔 번째 생일을 맞이해 그동안 달성하려고 노력해온 버킷 리스트의 일환으로 새해 수영을 할 것이라며 나에게 함께 가겠느냐고 물었다. 나의 찬물 수영 경험이 그녀에게 도움이 될 것이라고 기대하는 것 같았고, 나는 차마 그게 아무것도 아니라고 고백하고 싶지 않았다. 이번에는 우리 단둘이 하는 수영이라 모든 게 아주 색다르게 다가왔다. 나는 여벌의 웻슈트를 빌려주며 할 수 있다고 기운을 북돋아주었다. 동시에 바다에 들어가기를 망설이는 내 몸의 반응을 느꼈다. 새해에 다른 열정적인 사람들과 함께 수영(그렇게 불러도 된다면)을 하면 따뜻해지는 효과가 있지만 우리 둘만으로는 그게 불가능하다고 생각한 것이다. 게다가 이번 수영은 물에 들어가겠다는 굳센 의지가 필요했다. 작년에는 그저 무리를 따라가기만 하면 되었는데. 우리는 물속에 들어갔다가 나왔을 때 재빨리 차 안으로 들어가 히터를 최대로 작동시키겠다는 요량으로 바다 앞까지 차를 몰고 갔다. 거짓말은 하지 않겠다. 나는 혹시나 해서 저체온증의 증상까지 외워두었다. 우리는 해변에 웅크리고 앉아서 바닷물을 가늠해보았다. 기온은 6도였고, 비가 부슬부슬 내리고 있었다. 물 온도는 3도 정도였다. 하늘은 한결같이 하얬고 바다는 회색빛으로 출렁이고 있었다. "좋아." 나는 말했다. "가자. 빨리 할수록, 빨리 집에 갈 수 있어."

에마가 숫자를 셌다. 셋, 둘, 하나. 우리는 달렸다. 조약돌에 발부리를 채이며 파도를 향해 돌진했다. 몸에 물이 닿는 순간 구호는 꽥 소리로 변질되었다. 몸을 담그고 팔을 몇 번 내젓기로 마음먹기도 전에 나는 허벅지까지 물에 들어간 상태였다. 추위가 엄습한 것은 그때였다. 폐에서 숨을 내뿜게 하는 아주 거대하고 쓰라린 장벽 같은 추위. 그것은 지극히 절대적이고 지극히 사나웠다. 나는 평영을 해보려는 미약한 시도로 팔을 움직였지만 불가능했다. 얼음장같이 차가운 물이 무른 고무 밴드처럼 나를 조여왔다. 두려웠다. 나는 움직일 여지가 없었다. 공기조차 들이마시기 힘들었다. 마치 바다가 얼음 주먹으로 나를 꽉 쥐고 으스러뜨리는 것 같았다. 나는 바닥에 발을 딛고서 물 밖으로 뛰쳐나왔다. 에마가 바짝 뒤에서 나를 따랐다.

잠시 후, 몸에 타월을 겹겹이 두른 채 한 손에 차가 담긴 병을 들고서 해변에 서 있자니 이상한 일이 일어났다. 바다를 응시하는데 한 번 더 하고 싶은, 다시 들어가 그 수정처럼 투명한 몇 초 동안 극강의 추위 속에 존재하고 싶은 마음이 든 것이다. 나의 피가 혈관 속에서 생기 있게 빛나는 느낌이었다. 나는 두 번째에는 바다를 정복할 수 있고, 그 얼어붙을 듯한 추위 속에서 좀 더 오래 버틸 수 있을 거라는 확신이 들었다. "정말 멋졌어." 나는 헉헉대며 말했다.

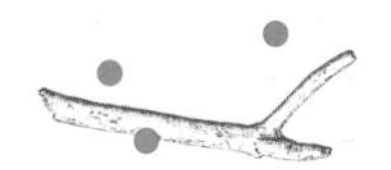

"해변에 다가가기만 하면 효과가 나타나요. 몸이 먼저 알고서 워밍업을 시작한다니까요. 바닷속으로 들어가는 걸 생각만 해도 체온이 37도에서 38도로 올라가요."

나는 스카이프로 도르테 뤼아게르에게 이야기한다. 그녀는 차 안에 앉아 있다. 나는 그녀 얼굴에서 흐르는 윤기가 수영의 영향이 아닌가 생각해본다. 그녀는 찬물 수영 베테랑으로, 덴마크 북단에 있는 그녀의 고향 유틀란트에서 1년 내내 바다에 들어간다. 그녀는 살기 위해 그렇게 한다.

"7도나 8도가 이상적인 온도예요." 그녀가 말한다. "저는 머리를 물속에 넣고 찬물에 둘러싸인 것을 온몸으로 느껴요. 다시 위로 올라오면, 모든 것이 씻겨 내려가 있죠."

도르테는 연중 내내 바다 수영에 열성적인 사람들의 모임인 북극곰 클럽 회원이다. 20여 명의 회원들은 매일 아침 7시에 모여 수영을 한다. 이 클럽은 덴마크 해안 각지에 흩어져 있다. 탈의실과 수영 후 몸을 데우기 위한 사우나를 제공하기도 한다. 그녀는 3년째 이 클럽의 회원으로, 처음 그곳에 갔을 때의 상황은 절망적이었으나 현재는 추위 속에서 시간을 보내는 것의 위력을 보여주는 놀라운 본보기가 되었다.

"2013년 10월에 저는 막다른 길에 서 있었어요." 그녀가 내게 말한다. "지난 10년간 중증 조증과 우울증이 계속 재발해서 많이 아팠어요. 안 써본 약이 없었죠. 정신과 의사는 계속 나에게 맞는 약의 조합을 찾는 게 관건이라고 말했어요. 목적은 'rask'해지는 거였죠. 'rask'는 복잡미묘한 단어예요. 건강하다는 뜻이지만 고쳐진다는 뜻도 있어요. 저는 저를 고쳐줄 약을 10년 동안 기다렸어요. 그러다가 그게 가능할 거란 믿음을 버렸을 때 비로소 변화가 찾아왔죠."

도르테는 그녀의 상황을 새로운 관점에서 바라보았을 때 비로소 결정적인 변환점을 찾게 되었다고 한다. 또다시 약이 효과가 없다고 느끼고 지역 보건의를 찾아갔다가 그녀는 이제껏 본 적이 없는 한 의사를 만나게 되었다. 그는 의사들이 그녀에게 이 약 저 약을 계속 처방해주겠지만 그게 해결책이 되지는 못할 거라고 말했다. "문제는 당신을 고치는 게 아닙니다." 그는 말했다. "당신의 기준에서 최선의 삶을 살아가는 게 중요한 겁니다."

그렇게 말해준 의사는 그가 처음이었고, 그 효과는 강력했다. 1년 전, 아니 1년이 채 되기 전만 하더라도 그녀는 그런 말을 받아들일 준비가 되어 있지 않았지만, 그날은 그럴 수 있었다. 늘 조증과 우울증의 양극단을 오가며 살아야 한다는 것을 받아들이는 일은 하늘이 무너지는 듯한 충격이었을 것이다. 하지만 그것이 결국, 현재 그녀의 건강과 행복에 지대한 영향을 미치고 있는 것이 사실이었다. 그러나 도르테에게 이는 희망을 잃어버린 순간이 아니라 마침내 그녀가 필요로 하는 것에 적응하라는 초대였다. "아무도 나에게 그렇게 말한 적이 없었어요. 다른 사람들이 원하는 삶이 아닌, 자신이 대처해나갈 수 있는 삶을 살아야 한다고요. '안 된다고 말하는 것에서부터 시작하세요.', '하루에 한 가지만 하세요.', '일주일에 사교 활동을 두 번 이상 하지 마세요.' 저는 그분 덕분에 인생을 찾았죠."

도르테는 늘 남들을 위해 모든 것을 뚝딱뚝딱 해내는 유형의 사람이었다. 무엇이든 대강 하는 법이 없었다. 그녀는 지역의 어머니들을 위해 일을 처리하고, 가족을 위해 여러 행사와 활동을 거듭하고, 그녀의 집에 언제나 사람들이 북적이게 하는 등 초인적인 아량을 발휘하려고 애쓰며 살았다. 그러다 문득 생존을 위해 스스로를 돌보라는 안내를 받은 것이었다.

맨 먼저 그녀는 공중 사우나를 찾아내서 휴식을 취하기

위해 한 달에 두 번씩 그곳에 가기 시작했다. 가격이 비쌌지만, 그녀는 자신을 돌보는 법을 배울 필요가 있음을 알고 있었다. 그녀는 사우나에 앉아 있다가 차가운 냉탕에 들어가는 과정을 계속해서 반복했다. 그러나 몇 번 그곳을 방문하다 보니, 자신이 진정 원하는 것은 안락한 열이 아니라 차가움이라는 사실을 깨달았다. 그녀의 뇌에서 뭔가가 일어나고 있었다. 수년 만에 처음으로 명쾌하고도 평화로운 느낌을 주는 뭔가가 말이다.

"스트레스를 받으면 뇌가 곤죽으로 변해서 귓구멍으로 나오는 것만 같아요. 양극성 장애를 위한 약은 그런 것을 결코 멈추지 못했어요. 그런데 차가운 물이 그걸 해냈죠."

생물학을 전공한 도르테는 그녀의 상태에 관한 최신 연구를 찾아보기 시작했고, 케임브리지 대학교 신경과학자인 에드워드 불모어의 이론을 접하게 되었다. 불모어는 우울증의 원인을 뇌의 염증으로 보았다. 이런 맥락에서 보면 차가운 것의 효과가 설명된다.

"저는 제 뇌를 염증이 생긴 관절처럼 다루고 있는 거예요." 그녀는 말한다.

이를 계기로 도르테는 여름에 찬 기운을 이용한 치료법을 시행하기 위해 매우 정성스러운 시도를 했다. 그녀는 낡은 농업용 물탱크를 샀다. 그녀는 매년 여름 마을 항구로 가서 그녀의 물탱크에 200킬로그램의 얼음을 채운다. 여기에 400리터의 물을 부어 온도가 3도에서 4도 정도인 냉탕을 만든다. 대다수 사람들이 너무나 번거롭다고 여길 만한 엄청난 수고를 감수하는 일이지만, 도르테는 그 일을 사랑하는 법을 터득했다. 맨 처음엔 물속에서 3분을 간신히 버텼지만, 점점 노력한 끝에 그 시간을 30분까지 늘렸다. "저는 그냥 찬물 목욕이 주는 느낌이 좋아요." 그녀가 말한다. "아주 평온하고 이완되는 기분이 들어요. 제 안의 목소리는 다른 사람들의 그것과는 달리 절대로 '나가!'라고 하지 않아요. 대신 이렇게 말하죠. '마침내. 드디어.' 물속에 있을 때 저는 그냥 자꾸 웃음이 나요. 모든 무의식적인 생각의 스위치는 꺼지고, 그냥 물속에 있죠. 저는 늘 머리를 물속에 담가요. 그래야 냉기가 뇌까지 도달할 테니까요. 그러고 나면, 걱정하던 일조차 기억이 나지 않아요. 스위치가 움직인 거죠. 이건 물리적인 거예요."

그러나 도르테는 이것이 단순히 그녀의 증상을 저지하는 치료 요법을 찾았다는 의미만은 아니라고 말한다. "이제는 병이 나은 것 같아요. 조울증은 정신적으로 들뜬 상태가 일주일 정도 지속되다가 우울한 상태가 최소 2주간 지속되는 증상이 특징이에요. 그런데 지금은 하루 정도 우울해지면 바다로 나가고, 그러면 상황이 해결돼요." 그녀는 자신이 앓고 있는 병증 혹은 자신에게 해로울 만한 잠재적 위험을 최소화하거나 줄이는 방법을 찾으려 하지 않는다. 대신 그녀는 그것을 아주 효과적으로, 그리고 한편으로는 아주 즐겁게 통제하는 방법을 찾았고, 인생에서 처음으로 모든 것을 마음 편하게 느끼게 되었다. "저는 이제 이 병을 마음의 감기라고 생각해요. 그걸 없애려고 애써 노력을 하지도 않고, 겉으로 괜찮은 척하거나 감추려고 하지도 않아요. 바다에 나가고, 좋은 영양소를 섭취하려고 하고, 모든 약속을 취소하고, 괜찮아질 때까지 쉬어요. 이제는 무엇을 해야 할지 알게 된 거죠."

이러한 방법을 쓴다는 것은 10년 전에는 상상도 하지 못했던 결과를 이루어냈음을 뜻한다. "작년에 저는 다시 우울증에 빠졌어요. 해변에 가는 길에 울음이 터져 나왔고, 집으로 오는 길에야 기분이 좀 나아졌죠. 정신과 의사를 찾아갔더니, 약을 과하게 복용해서 그럴 수도 있다며 약을 좀 줄일 시점이 온 것이라고 했죠. 저는 한 번도 약 없이 버틴 적이 없었기 때문에 극도로 불안했어요. 하지만 그렇게 해보기로 했죠. 그러자 복용량이 줄수록, 상태도 나아졌어요." 그녀는 이제 약을 먹지 않는다.

"찬물 수영이 즉효 약은 아니에요." 그녀가 말한다. "저는 아직도 진단을 받지 않은 사람들과 똑같지는 않아요. 이건 제게 아주 긴 여정이었고, 수영은 제가 만들어낸 여러 변화 중 하나일 뿐이에요. 저는 설탕을 줄였고, 혼자만의 시간을 많이 가지려고 노력하고, 산책을 오래 하고, 모두에게 '예스'라고 대답하기를 멈췄어요. 일하는 시간도 줄였고요. 이 모든 것이 완충제 역할을 하고 있고, 이런 완충제가 계속 탄탄하게 유지되게 하고 싶어요. 때로는 문제가 생겨서 완충제가 얇아지지만, 그러면 다시 보강하면 돼요. 그 완충제를 잘 지키는 것이 저의 주된 일이에요. 하지만 저는 충분히 멋진 인생을 살고 있어요."

새해를 맞은 지 얼마 지나지 않아, 나는 아는 이름이 하나도 없는 한 페이스북 그룹의 주소 링크를 받는다. "이거 캐서린에게 잘 맞을 것 같아요."라는 메시지와 함께.

말풍선들을 스크롤하다가, 나는 누군가가 1년 내내 날씨에 상관없이 수영하기를 즐기는 사람들의 모임을 만들려고 한다는 내용을 본다. 초대된 사람들은 대부분 이렇게 말한다. "완전 미쳤군요. 나는 여름에나 참여할 수 있을 것 같아요." 나는 이렇게 말한다. "오, 좋아요. 해요!"

나는 첫눈이 온 다음 날 해변에서 마고 셀비를 만난다. 전날 아침 눈발이 조금 날렸다. 옷 속에 수영복을 입고서 바다에 서 있자니, 방파제 가장자리 쪽 겨울 햇빛이 조금도 닿지 않는 그늘진 곳에 아직도 눈이 조금 뭉쳐 있는 게 보인다.

"와줘서 고마워요." 마고는 말한다. "혼자서 해보려고 했지만, 늘 실천하기가 어렵더라고요."

나는 바다와 발밑의 얼어붙은 해변을 보고, 이 정도가 다가 아닐 거라고 짐작한다. 해초 위에 얼음이 떠 있고, 제방의 나뭇결이 서리로 인해 도드라져 보인다. 내가 내쉰 입김이 불길한 흰 구름처럼 눈앞에 떠 있다. 이렇게 주저하는 내 모습을 보는 사람이 없었다면, 나는 벌써 가까운 카페에서 핫초코를 주문하고 있었을 것이다.

그러나 나는 여기 있다. 웻슈트를 움켜잡고, 수영하는 동안 털모자를 그대로 쓰고 있어야 할지 말아야 할지 궁리하면서.

"오래 들어가 있지는 않을 거예요." 내가 말한다.

"저도 마찬가지예요. 3분만 있어 보려고요."

나는 코트와 옷을 벗고 찬 공기가 맨살을 때리는 걸 느낀다. 이건 완전히 미친 짓이다. 수영이라는 행위 자체가 그렇다는 게 아니라 이걸 하겠다는 충동이, 그리고 아무튼 이건 나에게 뭔가 좋을 것이고 필요한 것이고 현명한 것이라는 믿음이 그렇다는 거다. 나는 웻슈트와 신발을 착용한다. 그러고 보니 마고는 수영복과 검정 양말뿐이다.

"네오프렌 소재예요. 5밀리미터 두께죠."

그녀는 잠수부들이 끼는 장갑도 끼고 있다. "해협에서 수영하는 어떤 여자들에게 물어봤더니, 사지를 동상…… 에서 보호해야 한다고 하더라고요."

이 시점에는 동상에 대해서 생각하지 않는 편이 낫다. 나는 물속에 오래 있지는 않을 거라는 말을 반복한다. 우리는 둘 다 침전물로 녹색 빛깔을 띤 바다를 마주하고 있다. 물속으로 들어가는 것은 불가능해 보인다. 그러나 그때 우리는 과감하게 성큼성큼 걸어 들어간다. 정강이가 젖고, 그다음에 허벅지가 젖는다. 나는 앞으로 숙여 몸을 푹 담근다. 그리고 우리 둘 다 무의식적으로, 비명이라기보다는 차가운 물의 얼얼함과 우리의 숨이 몸으로부터 빠져나가는 감각에 따라 노래하듯이, 소리를 내지르고 있음을 깨닫는다. 여기에는 억제할 것도 버텨야 할 것도 없다. 우리 두 사람은 불편한 짜릿함을 맛본다.

"호흡을 해봐요!" 마고가 말한다. 나는 폐에 공기를 받아들이고는 나가기 전에 평영으로 팔 젓기를 세 번 해보기로 한다. 하나, 둘…… 그리고 정확히 둘 반 만에 발을 땅에 딛고 물 밖으로 뛰쳐나와 타월 아래 몸을 웅크린다. 대략 45초 정도 물속에 있었던 것 같다. 시간의 왜곡을 일으키는 경험이라 그보다 짧았을지도 모르지만. 마고는 머리를 세우고 수영을 하고 있다. 굳은 표정을 하고서. 두 볼은 수영 동작을 하느라 부풀었다. 물속에 들어갔다 나오니 지금은 안전한 느낌이다. 나는 살아남았다. 돌이켜 생각해보니, 물속에서 좀 더 버티느냐 마느냐는 그저 배짱의 문제다.

곧 마고도 밖으로 나와 내 옆에 서서 물기를 닦는다. 차가운 물의 기억으로 피부가 얼얼하다. "이제 판단이 선 것 같아요." 나는 말한다. "물속에 더 있을 수 없을 것 같아 나왔는데, 나오자마자 그래도 괜찮았다는 걸 알겠어요. 다시 또 하고 싶어요."

"내일 할까요?" 마고가 말한다.

"내일." 내가 답한다.

둘째 날, 나는 휴대전화에 타이머를 설정한다. 그리고, 저체온증으로 갑자기 죽을지도 모른다는 공포심만 떨쳐낸다면 5분까지도 버틸 수 있음을 확인한다. 조사를 해보니 저체온증은 그보다 천천히 진행되는 과정이다. 묘하게 안심이 된다. 물속에서 오한이 시작되거나 몸이 다시 따뜻해지는 기분이 들면 곧바로 나오면 된다. 추위를 느끼는 한 비교적 안전한 것이다. 그날 나는 엄지손가락 관절이 언제 나가야 할지 명확한 신호를 준다는 것을 배운다. 신체에서 가장 살이 없는 이 부위에서 내 뼈는 추위를 가장 민감하게 감지하고, 물 밖으로 나오면 그 통증은 곧 약해진다.

위트스터블에서 수영할 수 있는 것은 만조 무렵의 단 두 시간뿐이고, 만조는 열두 시간 반마다 한 번씩 돌아온다. 매일 수영할 수 있는 시간대가 한시간 단위로 바뀐다는 뜻이다. 첫 일요일에 오전 11시에 했던 수영은 월요일에 정오 수영으로 바뀌었고, 다시 오후 1시, 2시, 3시로 밀리다가 2월에 이르러서는 거의 어둠 속 수영으로 늦춰졌다. 나는 적응을 위해서 한 주간 매일 수영을 하겠노라 다짐했기에 계속 바다에 나갔고, 따뜻하고 보송보송한 상태를 원하는 본능과 싸웠다.

그 주를 보내는 동안 바닷물의 온도는 5도에서 6도 사이를 오락가락했다. 나는 얼음장 같은 물속에서 일어나는 이상한 몸의 변화에 점차 익숙해졌다. 물 밖으로 나오면 피부는 밝은 주홍색으로 변해 있다. 홍조나 열감이 오를 때의 색깔이 아니라 딱 꼬집어 말해 하인즈 토마토 수프의 깊은 오렌지 색깔이다. 나는 그 색깔을 사랑하게 되었다. 나의 나날 속 다른 것들과는 달리 내가 무언가를 견뎌냈다는 신호니까. 몸이 녹고 물기가 마르면 나는 언제나 완전히 불쾌하지만은 않은 느낌으로 몸을 떨기 시작한다. 나의 몸이 저 스스로 열을 내는 게 분명하다. 지난 수년간 한 번도 몸에 그런 현상이 일어난 적이 없어서인지 살아 있다는 기분을 느끼게 한다. 마고도 같은 경험을 하기에 두렵지 않다. 나는 일종의 위기 상황에 내 몸을 주도면밀하게 던져 넣고 다시 평정 상태를 찾도록 하는 것이다. 이런 기운을 돋우는 방법으로 나의 신체적 한계를 시험하는 것이 기분 좋다. 무엇보다도 좋은 건, 마치 굉장한 혈청을 주입하기라도 한 것처럼 이후 몇 시간 동안 혈관에서 피가 끓어오르는 느낌이다.

그 주의 넷째 날, 나는 웻슈트를 버려두고 부리나케 수영복만 입는다. 그리고 기분이 몹시 상쾌한 것에 놀란다. 지금까지는 가슴이 조여드는 처음 30초간 코로 숨 쉬는 법과 단순하게 추위를 받아들이는 법을 익혔다. 다섯째 날, 나는 10분간 쭉 물속에서 버티고 이렇게 빨리 적응했다는 것에 놀란다. 우리는 나란히 회색빛 물속에서 까딱거린다. 그리고 이미 우리 사이에 자리 잡은 의식의 흐름대로의 수다에 빠져든다. 외부 사람의 눈에는 높이 뜬 한 쌍의 연이 차가움의 경이로움에 대해 재잘대는 것처럼 보일 것이다.

"참 근사해요!" 우리는 말한다. "정말로 놀라워요!" 우리는 우리의 용기, 그리고 일상의 세계를 박차고 이 대체 공간으로 들어온 방식에 완전히 매료되어 있다. 온갖 스트레스와 의무들로 점철된 우리의 동네가 해변 건너편에서 떠오르지만, 지금 이 순간만큼은 그곳이 우리에게 와닿지 못하게 장벽을 친다. 누구도 여기로 우리를 데리러 오지 않는다. 누구도 감히 그러지 못한다. 개를 산책시키던 이들이 멈춰 서서 우리를 손으로 가리키고 고개를 저으며 지켜본다. 우리는 영광스럽고 용감하게 무언의 선을 넘었다. 우리는 시솔터 해변에서 수영하는 게 가장 좋다고 입을 모은다. 인적없는 그곳은 집들과 멀리 떨어져 있고 높은 방파제에 둘러싸여 있어, 바다에서 나왔을 때 수영복을 마음대로 벗을 수 있고 몸을 말리는 동안 잠시 조약돌 위에 벌거벗고 서 있을 수 있기 때문이다. 나는 여름날 거리낌 없이 비키니를 입을 만한 몸매는 아니다. 하지만 겨울에는 바다에 맨살을 드러내고서 근원적인 힘의 일부가 된 기분을 느낀다.

찬물에 몸을 담그면 도파민(뇌의 보상과 쾌락 중추를 자극하는 신경 전달 물질) 수치가 250퍼센트 증가한다. 또한 《유럽응용생리학저널》에 출간된 슈라멕과 그 동료들의 2000년 연구에 따르면, 정기적인 겨울 수영은 긴장과 피로를 크게 줄이고 기억과 기분과 연관된 부정적인 상태를 낮추며 수영하는 사람의 일반적인 행복감을 높인다. 이런 것들을 볼 때 우리의 기분이 좋아졌던 것은 놀랄 일이 아니지만, 그 효과는 생리적인 반응 이상으로 느껴졌다. 기온이 0도 언저리인 날에 바닷물 속으로 들어간 것은 우리가 가진 번민에 대한 반항의 행위였다. 회복력을 지닌 행위를 함으로써 우리는 회복력이 더욱 강해지는 것을 느꼈다. 회복력 있게 행동하고 회복력을 느끼는 그 순환 과정이 우리를 가라앉지 않게 유지해주었다.

평소에는 가능하면 무엇이든 혼자서 하는 것을 선호하는 나지만, 이 모든 것은 우리 둘 사이의 공모를 통해서만 가능했음을 알았다. 물속으로 들어갈 때의, 심지어 처음 해변에 도착할 때의 두려움은 절대 사그라지지 않았지만, 공범이기를 자처하는 짝꿍이 있으니 물러날 수 없었다. 우리는 서로의 일과 중에서 함께 수영할 수 있는 30분의 교집합을 용케 찾아냈다. 그리고 수영복 차림으로 온몸에 소름이 돋은 상태로 서서는 서로에게 일단 물속에 들어가고 난 뒤에는 우리가 즐겼다는 사실을 상기시켰다. 믿기 어려웠지만 그것은 우리가 함께 해낸 믿음의 행위였다.

어느 날 오후에 마고가 말했다. "하루에 내가 하는 모든 일 중에서 지금이야말로 내가 있어야 할 자리를 찾았다 싶은 유일한 시간이에요."

극한의 추위와 맞닥뜨리는 것은 우리를 상투적인 표현인 '지금 이 순간'으로 데리고 갔다. 이 순간, 우리의 정신은 과거나 미래에 연연하거나 끝없는 할 일 목록을 적는 것으로부터 벗어날 수밖에 없었다. 우리는 추위가 우리를 지나치게 잠식하지 않는지 경계하며 바로 여기서, 바로 지금, 우리의 몸에 온 신경을 집중해야 했다. 거기서 그치지 않고 바다는 우리에게 무수한 볼거리마저 선사해주었다. 바다는 매일 달랐다. 어떤 때는 넘실대는 파도로 산등성이 모양을 하고 있고, 또 어떤 때는 연못처럼 잔잔했다. 창백한 하늘 아래서는 백랍 같아졌고, 먹구름 아래서는 험상궂은 잿빛으로 변했다. 고요한 날에는 지중해처럼 파랗고 청명했다. 때로는 붉은부리갈매기나 재갈매기가 우리와 나란히 까딱거렸고, 또 때로는 가마우지가 급강하하며 지나갔다. 세발가락도요새 떼가 짹짹거리고 물 위로 낮게 날면서 휙 스치고 지나갈 때도 있었다. 가끔은 개가 헤엄치다가 우리와 마주치기도 했는데, 한 녀석이 내 타월을 물어가는 것을 무력하게 바라봤을 때도 있다. 어떤 날은 물이 실크처럼 부드러웠고, 어떤 날은 가장자리가 슬러시처럼 탁했다. 우리는 마치 파도가 다시 밀려 들어오기 전에 숨을 한번 고르듯, 바다는 만조일 때 완만해진다는 것을 느끼기 시작했다. 바다는 만조 바로 전에 짠맛이 더 강했고, 만조가 된 후에는 더 상쾌했다. 우리는 강물이 바다를 희석하기 때문일 거라고 여겼다.

곧 다른 이들이 우리의 열정에 감화되어 수영에 동참했다. 우리는 코치가 되어 사람들이 두려움을 이겨내도록 격려하고, 첫 몇 초간 호흡을 이어 쉬도록 가르쳤다. 엄지손가락에 통증이 오면 물 밖으로 나오라고 알려주었다. 바다는 친밀감해지는 지름길 같아서, 함께 차가운 파도를 타는 동안 우리는 삶에서 겪고 있는 온갖 문제들을 서로에게 털어놓았다. 우리는 돈, 부모님, 아이들 걱정 속에서 수영했다. 우리는 물속에 들어가자마자 사회적 겉치레를 생략하고 이야기를 나누기 시작했다. 추운 바다는 잠시나마 우리를 각자가 지나는 겨울의 굴레에서 벗어나게 했고 우리의 가장 암울하고 연약한 생각들을 자유롭게 나누게 했다. 우리는 겨우 통성명만 한 상태에서 특별한 목적 없이 이야기를 나눴다. 그런 다음 일상복으로 갈아 입고는, 몸을 조금 떨면서, 우리의 혈관이 끓어오르는 것을 느끼며 터벅터벅 일상으로 다시 걸어 들어갔다. 우리의 짧은 수영은 혀를 풀었다가 다시 조이는 데 이상적인 기회의 창이었다. 우리는 다시 조용히 입을 다물고 집으로 돌아갔다.

그 첫째 달 말에, 우리는 해가 뉘엿뉘엿 지는 해변에서 모닥불을 피웠다. 아이들이 뛰어노는 동안 모닥불의 온기에 몸을 말렸다. 우리는 와인을 마시고 마시멜로를 굽고 전혀 모르던 새로운 회원들을 맞이했다. 그들은 우리에게 다가와서 물었다. "물속에 들어갔다 나오신 거예요? 춥죠? 어떻게 그렇게 하세요? 다음에 저도 같이 해도 되나요?"

우리는 웃으며 말했다.

환영해요.

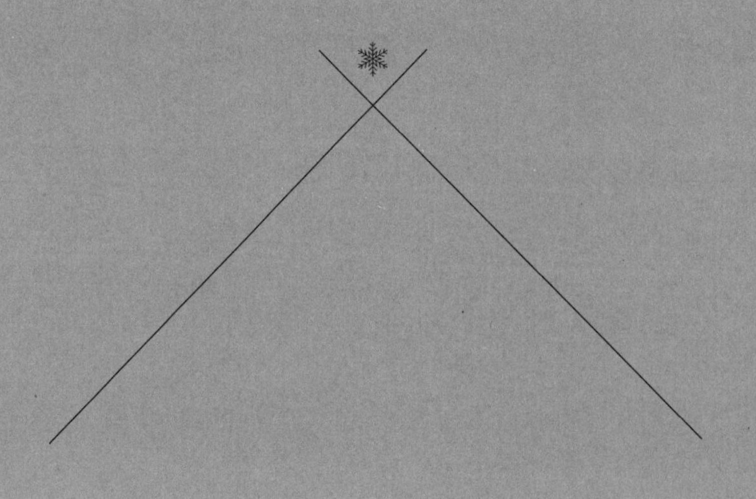

March

3월

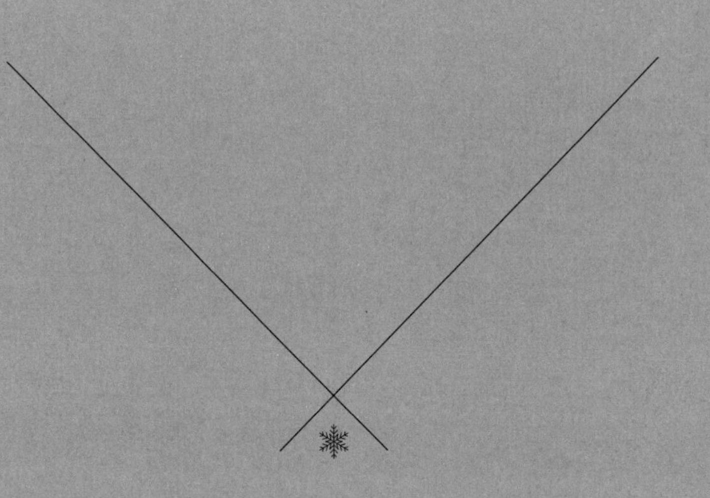

나는 언젠가 나의 벌집을 가지게 되기를 꿈꾼다.
그래서 몇 개의 단지를 채울 꿀을 따고,
한겨울 정원을 터벅터벅 걸어가 벌집 속에서 나오는
삶의 윙윙거리는 소리를 느낄 수 있기를.

개미와 베짱이, 그리고
실비아 플라스

어릴 적에 나에게는 윤이 나는 노란색 양장본 이솝 우화 『개미와 베짱이』 책이 있었다. 이야기 속에서 느긋한 성품의 베짱이는 개미들이 겨울에 먹을 식량을 저장하기 위해 여름 내내 일하는 모습을 지켜본다. 개미와 달리 베짱이는 햇살 아래서 기타를 치며 게으름을 부린다. 내가 가지고 있던 판본의 베짱이는 그 시대의 산물이다. 내가 태어나기 10여년 전쯤에 만들어졌을 이 전형적인 히피 캐릭터는 들뜨고, 노랫가락이나 즐기고, 대열에서 이탈하려는 욕구에 대한 교훈을 제공하기 위해 태어났으리라.

내가 기억하기로(이제는 찾을 수가 없어 계속 기억으로만 남을 것이다) 베짱이는 그의 주위에서 치열하게 일하는 개미를 보면서 약간 빈정거리는 투로 말을 건넨다. 이봐, 뭐가 그렇게 바빠? 이 아름다운 여름을 좀 즐기는 게 어때? 개미의 대답은 겨울이 오고 나서야 비로소 명확한 현실로 다가오고, 베짱이는 굶주림에 시달리며 살을 에는 바람에 몸을 움츠린다. 현명한 자들은 사소한 여유를 누릴 시간이 없다. 그들은 생존을 위한 일에 몰두한다.

이제 나는 이 동화가 이솝의 원작보다 크게 확장된 형태라는 것을 알고 있다. 이솝의 원작에서 우리는 베짱이의 여름을 엿보지 못한 채 곧장 그의 겨울로 들어간다. 개미들이 여름내내 모아놓은 곡식을 건조하느라 바쁜 계절이다. 베짱이는 그 옆을 지나가다가 너무나 배가 고파서 음식을 구걸한다. 19세기 중반에 출판된, 가장 일반적인 영역본으로 간주되는 조지 플라이어 타운센드의 번역판에서 개미는(개미 집단 전체의 생각을 담아) 퉁명스럽게 반응한다.

"왜 너는 여름에 식량을 모으지 않았니?" 그들은 묻는다.

"별로 많이 논 것도 아니야." 베짱이가 대답한다. "나는 노래하면서 여름을 보냈어."

"네가 여름 내내 노래만 할 만큼 어리석다면, 겨울에는 저녁을 굶고 춤추면서 잠자리에 들어야 마땅해."

비록 어린아이였지만, 나는 개미의 행동에 분노했던 기억이 난다. 이 이야기는 도덕적으로 옳지 않게 느껴졌다. 나는 아직도 충격을 받는다. 개미들의 무자비함과 베짱이의 단순한 요청이라니. 이 이야기는 내가 학교에서 기독교적 자비에 대해 배운 모든 것에 어긋났다. 그는 그저 베짱이로서 노래하기라는 응당 할 만한 일을 했을 뿐이고, 개미들도 그들의 생물학적 소명을 다했을 뿐이다. 나쁘게 말하면, 베짱이는 단순한 실수를 했고, 이는 다시 되풀이될 것 같지 않다. 그러나 나는 언제나 개미들이 생산적인 거래를 할 기회를 놓쳐버렸다는 생각이 든다. 일하는 동안 노래하는 베짱이의 공연을 즐기고, 대신 겨울에 약간의 음식을 나누어주면 어땠을지.

성인의 눈으로 보자면, 이야기에는 그보다 더 어두운 측면이 있다. 사실 베짱이는 겨울을 넘겨서 사는 생명체가 아니다. 유전학적으로 베짱이는 알의 형태로만 살아남는다. 따라서, 개미들이 겨울 내내 군식구를 먹여 살릴 일은 없다. 즉 그들은 죽어가는 생명체의 마지막 애걸을 거절한 셈이다. 이솝은 이 사실을 알았을까? 이 이야기에는 겨울에 베짱이가 사라지는 이유를 설명하려는 의도도 있는 것일까? 우리는 한 베짱이의 간청을 뿌리친 행위가 겨울마다 베짱이 종이 사라지는 결과로 재현되는 광경을 마주하고 있는 것이 아닐까? 어떤 관점에서 바라보든 간에 개미들은 비열하고 위선적이다. 대량 학살을 초래한다고 할 수도 있다.

그러나 이렇게 말을 꺼낸 이상, 개미의 입장이 무엇을 시사하는지도 짚고 넘어가지 않을 수 없다. 이는 빅토리아 시대 사람들이 이해하지 못하는 것이고 분명 현대 정치의 목소리와 많이 닮아 있다. 베짱이는 보편적인 부랑자다. 게으름뱅이고, 복지사기꾼이고, 가진 돈을 모두 쓸모없는 것에 낭비하는 방탕자다. 자신은 규칙에서 예외라고 여기는 사람들이다. 사기꾼과 범죄자들이다. 공영 아파트를 얻기 위해 아이를 가지거나, 정당한 자신의 몫을 부담하지 않으려고 모성급여를 받으며 집에 있는 엄마들이다. 징집기피자와 다른 사람들에 빌붙는 자들이고, 아늑한 보금자리를 떠나 독립하기를 거부하는 어른이 된 자녀들이며, 아보카도 토스트를 사 먹느라 엄마 아빠의 지갑에 의존하는 밀레니얼 세대들(호주의 한 칼럼니스트가 젊은이들이 값비싼 아보카도 토스트 브런치를 아무렇지 않게 주문하는 것을 보고 비꼬는 말을 한 바 있는데, 이후 호주의 백만장자 팀 거너가 한 인터뷰에서 자신은 첫 번째 집을 마련할 때까지 으깬 아보카도와 커피에 돈을 쓰지 않았다고 말한 후 아보카도 토스트 논쟁이 촉발되었다 — 옮긴이)이다. 경제이민자들, 난민들, 집시들, 홀가분하게 사는 여행자들이다. 삶을 유지하기 위해 일하는 사람들, 늘 빚지지 않으며 살아가는 번듯한 사람들의 문을 두드리는 거대한 무정형의 군중들인 것이다.

베짱이는 어디서부터 규정을 시작해야 할지 알기 어려운

일련의 사회의 적을 상징한다. 내 생각에 그의 정체성은 각 세대, 각 사회적 계층, 각 지역이 그들을 어떻게 바라보느냐에 따라 달라진다. 반면 개미의 정체성은 고정적이다. 그들은 예절 바르게 행동하는 강직한 시민들이다. 남들의 도움에 기대기보다는 힘든 날에 대비해 아끼며 산다. 자기 앞가림을 하고 스스로를 돌본다. 그들은 우리가 흔히 바람직하다고 생각하는 삶의 방식을 투영하는 존재지만, 우리가 인간 역사를 통틀어 집합적으로 달성하는 데 계속해서 실패해온 삶의 전형이다. 개미들은 현실이 아니다. 혹은 그렇게 대규모로 존재하지 않는다. 그들은 있었으면 싶은 존재이다. 누구나 개미가 될 수 있다면 좋을 텐데. 우리가 모두 미래에 대비할 줄 알고 책임감이 있다면 좋을 텐데. 이 세상의 베짱이들이 그렇게 단순하게 퇴치된다면 좋을 텐데.

나도 그 '있었으면 싶은' 대안을 제시하겠다. 삶이 베짱이가 아닌 개미들을 양산할 정도로 매년 그렇게 안정적이고 행복하고 예측 가능하다면 좋겠다. 그러나 진실은 이렇다. 우리 모두에게는 개미의 나날들도 있고 베짱이의 나날들도 있다. 준비하고 모을 수 있는 날들이 있는가 하면 도움이 필요한 날들도 있는 것이다. 우리의 진정한 결함은 베짱이의 나날에 대처하기에 충분한 자원을 축적하지 못하는 데 있는 게 아니라 베짱이의 나날이 우리의 약점 때문에 자기 자신에게만 찾아오는 이례적인 것이라고 여기는 데 있다.

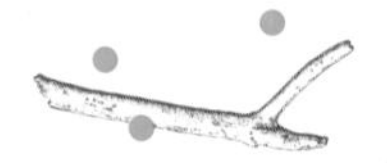

지난 9월, 나는 글을 쓰러 가는 작업실 뒤편을 산책했다. 내가 사용하지 않았다면 비주얼 아티스트들로 북적였을, 찬장이 하나 놓인 낡은 농장 건물이 내 작업실이다. 더 이상의 공간은 필요없다. 찬장 하나, 그리고 내 노트북을 놓아둘 작은 선반만 있으면 된다. 아무튼, 여기서 나는 실제로 글을 쓰기보다 산책을 더 많이 하곤 한다. 농장을 지나 들판을 넘어 나아가면 노스 다운스 웨이로 가는 길이 나오고 원한다면 한 시간 정도 걸어서 캔터베리로 갈 수도 있다. 반대 방향으로 가면 작은 시골 펍들이 연이어 나타나는데, 한동안 앉아서 정신을 가다듬는 척하고 있기에 좋은 장소이다.

그러나 대개 나는 잠시 바깥 공기를 쐬다가 다시 컴퓨터 앞에 돌아와 앉는다. 한쪽에는 호두나무 과수원이 있고, 한쪽에는 까막까치밥나무 숲이 있다. 하지만 대부분을 차지하는 것은 열 지어 서 있는 사과나무들이다. 이날 내가 간 길이 여기다. 과일을 시장에 내다 팔려고 준비한 듯 빼곡히 쌓인 나무 상자들을 지나고, 뼈대만 남아 연약한 별 모양으로 변해버린 미나리과 식물이 군데군데 자라난 무성한 잔디밭을 가로지른다. 햇빛은 오후가 될 때까지 이곳에 닿지 않는다. 그래서 아침에 내린 그대로 이슬이 거미줄에 영롱하게 맺혀 있고, 사과 열매들을 반짝반짝 빛나게 한다.

종종 애용하는 산책 코스대로, 나는 가지런히 열을 이룬 벌통들 쪽으로 간다. 여름 내내 나는 벌들이 윙윙거리는 소리를 듣고 벌통 주변에서 벌어지는 부지런한 소동을 즐겨 바라보았다. 그러나 오늘은 뭔가 사뭇 다른 점을 발견했다. 신문지 한 장이 바닥에서부터 위쪽 반을 나누며 벌통을 이등분하고 있었다. 벌들은 고정된 비행 경로를 따라 왱왱거리며, 마치 눈에 보이지 않는 선이 있는 것처럼 그 주위를 떠다니고 있었다. 다른 벌들은 신문지 표면에 모여들어서 표면 위로 기어오르고 신문지와 벌집 사이의 틈을 탐험하고 있었다. 벌들은 분명 호기심에 차 있었다. 그리고 나도 그랬다. 한 장의 신문지가 벌들의 군락에 무엇을 할 수 있을까?

트위터에 이 질문을 하니, 나만 빼고 모두가 대답을 알고 있는 듯했다. 양봉업자가 두 벌집을 합치하려는 것이다. 여왕벌이 기능을 상실하기 시작한 약한 군락에서 벌들을 구조하여 겨울에 살아남을 수 있도록 하는 작업이다. 신문지는 두 군락이 타격을 입을지 모르는 싸움 없이 약한 군락의 벌들이 다른 여왕벌의 군락으로 편입되도록 돕는다. 그 방법은 다음과 같다. 양봉업자는 강한 군락의 위에 약한 군락을 쌓고, 가운데에 신문지를 넣는다. 벌들은 서로 냄새를 맡고는 신문지를 뚫으며 공격을 하려 한다. 그러나 이 작업을 끝낼 시기가 되면 약한 군락의 벌들은 새로운 여왕의 냄새에 이미 익숙해져서 싸울 의지를 잃어버린다. 양봉자가 다시 벌집을 열면, 두 벌집이 만나는 곳에는 고리 모양이 있을 뿐 신문지는 남아 있지 않고 두 집단의 벌들은 서로 조화롭게 살아간다.

그런데 앨 워렌의 댓글이 나의 시선을 끌었다. 양봉에 열성적인 그는 지역 초등학교를 설득해서 그의 벌집 세 개를 학교 측에서 맡아 기르도록 했다. "저는 평소에 신문 합봉법을 쓰지 않아요." 그가 말한다. "꿀벌들은 스스로 겨울에 생존하는 백전백승의 방법을 알고 있으니까요. 벌들은 겨울나기 기계들이죠."

그는 나중에 내게 말한다. "벌들에 대해 생각할 때에는, 그들을 개체로 보지 마세요. 벌들의 군락은 하나의 초개체입니다. 그들은 한 몸처럼 움직여요." 무더운 날 이 꽃 저 꽃 사이를 날아다니는 모습에 벌들은 여름의 곤충으로 인식되기 쉽지만, 그들의 한 해는 그 반대 방향에 중심이 있다. 벌은 대부분 군락이 겨울에 살아남을 수 있도록 하는 데 주력한다. 그들은 1년의 반을 겨울에 대비하며 보내고, 나머지 반은 겨울을 나며 보낸다. 매년 4월마다 벌들은 벌집에서 나오고, 모든 것이 다시 시작된다.

꿀벌 군락은 약 3만~4만 마리의 벌들로 구성되어 있다. 한 마리의 여왕벌, 수백 마리의 수벌, 수만 마리의 암컷 일벌, 그리고 더 많은 알과 유충들이 그것이다. 수벌의 유일한 역할은 어린 여왕벌과 교미하는 것이다. 교미 후 여왕벌은 수백만 개의 정자를 몸에 저장하고 하루에 약 2,000개의 수정란을 낳는다. 일벌들은 전 생애에 걸쳐 단계별로 정해진 역할에 따라 일한다. 어릴 때는 벌집을 청소하고, 이후에는 경험과 소모성에 따라 여러 임무를 거친다. 일벌들은 유충과 어린 벌들을 보살피고, 여왕벌을 돌보고, 넥타(화밀)를 벌집으로 가져오고, 새로운 방을 생성하기 위한 밀랍을 만들고, 꿀 자체를 만들고, 문지기 벌 역할을 한다. 그들의 일생에서 마지막 역할은 밖으로 나가 채집하는 것이다. 이것은 가장 위험한 임무이고 나이 든 벌들은 소모적인 존재이기 때문이다. 탄수화물을 위한 넥타와 단백질을 위한 꽃가루를 모으기 위해 밖으로 나온 벌들을 봤다면, 그들은 모두 늙은 벌들일 것이다. 앨 워렌은 침의 강도로 벌의 나이를 알 수 있다고 말한다. 늙은 벌들이 훨씬 더 강력한 독을 가지고 있다. 그들이 감수해야 하는 위험을 생각하면 꽤 공평해 보인다.

벌들이 이렇게 균형적인 사회질서를 이룩하는 것은 한 몸 안의 세포처럼 행동하기에 가능한 일이다. 앨은 말한다. "당신이나 나는 자율적으로 조절하는 몸을 가지고 있지요. 우리는 살아 있는 데 필요한 모든 것에 대해 생각조차 할 필요가 없어요. 그냥 그렇게 되니까요. 그게 바로 벌집이 작동되는 방식이에요. 스스로 살아 있도록 유지하죠." 이러한 조절은 군락에 필요한 것을 소통하여 벌 개체가 필요한 활동을 할 수 있도록 페로몬, 진동, 접촉을 사용함으로써 이루어진다. 모든 것이 자동적이다. 엔진은 스스로 유지된다. 그리고 거의 실패도 없다.

겨울에 쓸 탄수화물 공급원을 저장하기 위해서 벌들은 꿀(봉밀)을 만든다. 단순히 넥타를 저장하면 발효되어버릴 것이므로, 그들은 넥타를 꿀로 변화시키는 효소를 생성한다. 이 효소는 분자를 쪼갬으로써 넥타에서 수분을 추출한다. 벌집의 모든 방이 꽉 차 있는 것을 확인하면, 그들의 불룩한 배는 밀랍 생성을 촉진하여 즉각적으로 새로운 방이 만들어지도록 한다. 벌집은 어떤 것도 운에 맡기지 않는다. 예를 들어 육아벌이 죽으면, 그 육아벌이 돌보던 유충은 페로몬 분비를 통해 다른 성충벌이 한 단계 퇴행하여 육아의 역할을 한 번 더 담당하게 한다. 우리는 벌을 훌륭한 관리의 모델로 여기곤 한다. 앨은 말한다. "만약 당신이 손가락을 베면, 몸이 자동으로 적절한 세포를 배치해서 상처를 낫게 하죠. 벌들도 똑같은 거예요."

헤아릴 수 없이 많은 숫자의 벌이 집합적 작업을 통해 기울이는 이 모든 노력은 겨울을 향하고 있다. 꿀벌로 산다는 것은 하나의 거대 기업으로 존재하는 것이다. 벌들의 세계에서도 꿀벌은 그렇게 많은 수의 집단으로서 추운 계절을 버텨내려고 노력한다는 점에서 독특하다. 예를 들어 호박벌들은 여름에 약 500개의 둥지를 짓지만, 겨울에는 그 숫자가 급격하게 줄어든다. 새로운 여왕벌들(호박벌 군락에는 여왕벌이 한 마리 이상 있다)은 짝짓기를 하고 나서 땅의 구멍 같은 안전한 장소에서 동면을 한다. 늙은 여왕벌을 포함한 군락의 나머지 벌들은 죽는다. 봄에는 새 둥지가 다시 지어지고, 그곳은 새 여왕벌이 낳은 알들로 채워진다.

그러나 꿀벌들은 첫 꽃이 피는 순간부터 대규모로 꿀을 생산할 수 있도록, 최대한의 생명을 지키면서 겨울을 보내려고 노력한다. 가을이 되면 쓸모가 없어진 수벌들은 희생된다. 그렇지 않으면 식량을 축내는 존재가 될 뿐이기 때문이다. 여왕벌은 알 낳기를 멈춘다. 일벌들은 벌집 밖으로 방출되는데, 나가지 않는 벌들은 침에 쏘여 죽게 된다. 여름이 끝날 무렵 탈진으로 죽는 일벌들도 많다. 그러나 이렇게 개체 수가 준 뒤에도, 벌집은 무수한 벌들의 생명을 지켜야 한다. 따라서 벌들은 온기를 유지하는 기발한 방법을 진화시켜왔다.

꿀벌은 차를 중립 기어에 놓는 것처럼 비행 근육과 날개 사이의 연결을 끊고 그 근육을 진동시켜 열을 낸다. 겨울이 되면 벌집 깊숙한 곳에 서로 가까이 모여 열을 유지한다. 이 냉혈 곤충들은 번갈아가며 작은 방열기 역할을 해서, 인간의 신체보다 7도나 높은 45도까지 체온을 올릴 때도 있다. 추위가 가장 극심한 날에도 벌집의 중심은 35도의 온도를 유지한다. 방열기 역할을 하는 벌이 지치면 다른 벌이 그 역할을 승계한다. 이 초개체는 봄까지 유지된다. 꿀이 이 모든 과정의 원동력이다.

벌들에 관해 쓰는 지금, 나는 스스로에게 주의를 당부하고 있다. 벌들을 작은 인간에 비유하고, 벌 군락의 청량한 북적거림을 우리 인간의 예로 삼고 싶은 유혹에 쉽게 넘어가지 말라고. 펜을 조금만 미끄러트려도 나는 벌들을 산업의 모범으로 여기는 익숙한 낡은 비유에 빠질 수 있다. '벌들을 더 닮을지어다.'

사실, 사회생물학자 에드워드 오스본 윌슨은 대다수 사람이 생각하는 것보다도 우리가 벌과 훨씬 더 비슷하다고 말한다. 그는 사회의 더 큰 선을 위해 협동하여 노동을 조직한다는 면에서, 벌과 개미를 '진사회적인' 생명체의 주요한 예로 제시한다. 그리고 다른 방식으로 조직될 뿐, 인간도 비슷한 행동을 보여준다는 점도 보여준다. 인간은 사회적인 곤충의 페로몬이나 물리적 분업화의 도움 없이 일상 업무를 해나가지만, 윌슨은 협동을 지향하는 우리의 경향이 생래적이라고 믿는다.

우리가 이 지구상에서 존재하는 동안 갖게 된 나쁜 습관을 끊어버릴 수만 있다면 벌집처럼 매끄럽게 기능하는 자연적인 질서를 갖게 될 거라는 인간기계론은, 좌파와 우파를 통틀어 많은 사상가를 오래도록 매혹해왔다. 개인의 결핍에 대한 여지를 남기지 않는 군대식 효율, 혹은 모든 사람이 원하는 것보다 필요한 것을 얻는 일률적 평등에 입각한 조직을 선호한다면, 벌집의 은유는 적절하다. 예를 들어, 사회학자인 샬럿 퍼킨스 길먼은 『벌들처럼Bee Wise』(1913)에서 여성이 건설한 이상적인 사회를 상상했다. 가사 노동을 대규모로 공유하고, 여성들의 섬세한 근면성으로 가죽, 면, 과일을 생산하는 사회다. 그러나 그곳에서 결혼하기 위해서 여성들은 "완전무결한 건강을 증명해야 한다. 높은 수준의 모성은 집단의 지속적인 이상향이기 때문이다."

정치적 스펙트럼의 다른 한끝에서, 무솔리니는 파시즘의 이상적인 기능을 묘사하는 데 벌집을 즐겨 차용했다. 조지 오웰은 『위건 부두로 가는 길』에서 이렇게 썼다. "벌에게는 큰 결례가 되겠지만, 파시스트들의 목표가 '벌집 국가'라는 말을 흔히들 한다. 그보다는 족제비의 지배를 받는 토끼들의 세상이라고 하는 게 더 적확할 것이다."

그러나 유토피아적인 인간 벌집의 기계 같은 효율에 지나치게 미혹되기 전에, 우리는 벌들의 진정한 삶을 기억해야 한다. 그들은 실로 놀랍다. 그들의 분업화, 즉 생존을 위한 순수한 의지는 경이롭다. 그러나 그들의 삶은 또한 냉혹한 효율성으로 가득하다. 한겨울에 내가 가장 좋아하는 벌집 주변에는 쓸모없어진 벌들의 사체가 널려 있다. 수집이라는 위험한 임무를 수행하러 파견되었던 가장 소모적인 벌들과, 유용한 기능을 소진한 끝에 벌집에서 추방된 수벌들의 사체이다.

개미와 벌처럼 되기를 갈망하지는 말자. 우리는 그들 전체를 귀감으로 삼지 않고도 그들의 복잡한 생존 체제에서 경이로운 것들을 충분히 배울 수 있다. 인간은 진사회적인 존재가 아니다. 우리는 초개체 속의 이름 없는 부품이 아니다. 삶에서 유용성을 모두 상실했을 때 소모되고 마는 세포가 아니다. 사회적인 곤충의 삶은 우리의 삶과 별개이다. 우리의 삶은 다른 모습을 지니고 있다. 우리는 꿀벌처럼 정해진 역할을 거치며 직선적인 진행 단계를 밟으며 일하지 않는다. 우리는 세상 전반에 지속적으로 쓸모 있는 존재가 아니다. 우리는 벌집의 복잡성을 이야기하지만, 인간 사회는 수많은 선택과 실수, 영광스러운 시간과 절망의 시간이 교차하는 훨씬 더 복잡한 세계이다. 우리 중 누군가는 사회 전체에 눈에 보이는 혁혁한 공헌을 하고, 다른 누군가는 세상을 돌아가게 하는 기계의 부품이자 점증적인 부를 창출하는 작은 몸짓이 된다. 모두가 중요하다. 우리 모두가 우리를 묶어주는 더 큰 직물을 구성한다.

진사회적인 벌집에서, 우리는 오로지 첫 번째 겨울을 난

다음 더 큰 선을 위해 결국 내몰리게 된다. 벌들은 회복될 수 없지만, 인간은 그럴 수 있어서 다행이다. 우리는 차라리 세상에 없는 편이 낫다는 생각이 들 만큼 암울한 세월 속에서 표류하기도 한다. 그러나 다시 제자리로 돌아와 회복되는 데서 그치지 않고 이전보다 더 많은 지혜와 자비심, 그리고 우리의 뿌리에 더 깊이 다가가 샘을 찾아낼 수 있음을 아는 더 큰 포용력을 발휘할 수 있다.

유용성 그 자체는 인간에 관한 한 쓸모없는 개념이다. 나는 우리가 유용성을 기준으로 남을 판단하는 존재라고는 생각하지 않는다. 우리는 순전히 돌보는 기쁨을 위해 반려동물을 키운다. 우리가 원해서 그 녀석들을 먹이고 작은 비닐봉지에 배설물을 떠 넣으며 그것을 마음에 여유를 주는 일이라 칭한다. 우리는 아기와 어린이들 같은 사회적 약자에게 애정을 표하지만 앞으로 그들이 쓸모 있을 것이기 때문에 그러는 것이 아니다. 우리는 남을 보살피고 사랑을 나눠줄 때 피어난다. 우리의 가족과 사회에서 가장 힘없는 이들이 우리를 결속시키는 원동력이다. 그것이 우리가 번영하는 방법이다. 우리의 겨울은 사회를 응집시킨다.

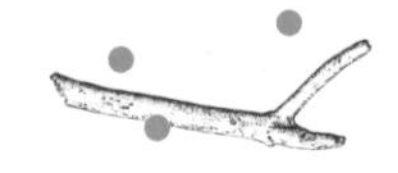

개미들이 전부 다 틀린 것은 아니다. 겨울에는 그에 필요한 노동이 수반되고, 우리가 상상조차 할 수 없는 미래의 궁핍기에 대비도 해야 한다. 물론, 우리는 늘 저축하라는 말을 들으며 살아왔다. 요즈음에는 모두가 그다지 비축해둘 여유가 없음에도 말이다. 설령, 저축을 할 수 있다 한들 아주 제한적이다. 입덧으로 일을 할 수 없었던 시기에 내 예금은 급격히 줄었고, 그 이후에는 내가 버는 것보다 양육비가 더 많이 들었다. 그리 큰일도 아니다. 일상적인 일일 뿐. 어른의 삶에서 운신의 폭은 좁다. 우리는 분수에 맞게 살라는 말을 듣지만, 살다 보면 솔직히 내 분수가 야외 캠핑카에서 먹고 자야 할 정도라고 여겨질 때가 있다. 사실, 우리 대부분의 삶에는 축제 같은 시기도 있고 흉년 같은 시기도 있는데, 우리는 축제의 나날들을 흉년기에 진 빚을 갚는 데 써버리지 않나 싶다. 늘 돈이 문제다. 내 친구 하나가 한숨을 내쉬며 자주 하는 말처럼.

그러나 겨울의 원리는 물자를 비축한 뒤 여름에 그것을 다시 채워놓을 때까지 소진하는 것보다는 훨씬 더 복잡하다. 차가운 바람이 지붕을 두드릴 때 우리의 벌집에 들어앉아 있노라면, 우리는 그저 손을 쉬지 않고 움직이는 것밖에는 달리 할 일이 없는 어둠의 계절 속으로 발을 들여놓게 된다. 겨울은 조용한 작업을 위한 시간이다. 뜨개질과 바느질, 굽기와 끓이기, 집 안 보수하기와 수선하기 등과 같은 작업 말이다.

한여름에 우리는 밖으로 나가 활동하기를 원하지만, 겨울에는 집 안으로 소환되어 여름 나절에 분주히 지내느라 돌보지 못했던 온갖 남은 일들을 처리하게 된다. 겨울은 우리의 책장을 정리하고, 작년에 사놓고 읽지 않은 책들을 읽고, 오랜 친구를 다시 만나는 즐거움을 위해 좋아했던 소설을 다시 읽는 시간이다. 여름에는 정원 의자에 앉아, 혹은 해변의 방파제에 걸터앉아 탐닉하기 좋은 거창하고 떠들썩한 사상과 심심풀이용 소설이 좋다. 반면 겨울에는 등불 아래서 곰곰이 생각에 잠기는 것이 좋다. 느리고 영적인 독서, 영혼의 재정비. 겨울은 도서관을 위한 시간이다. 서가의 숨죽인 정적과 낡은 책장의 향기와 먼지. 겨울에는 완전히 이해되지 않은 개념이나 상세한 역사를 조용히 탐닉하며 몇 시간을 보낼 수 있다. 결국, 달리 갈 곳이 없다.

겨울은 시간을 열어준다. 실비아 플라스가 그녀의 시 「윈터링」에서 적고 있듯이 "할 것이 아무것도 없다." 그녀는 말한다. "지금은 벌들이 견뎌야 할 때"라고. 꿀을 모으기 위해 "산파의 채밀기를 돌리며." 그녀의 지하실 선반에는 벌들이 모은 꿀이 여섯 단지나 있지만, 이제 벌들은 설탕 시럽으로 연명할 때다. "꽃 대신 (…) 테이트와 라일의" 설탕 시럽으로. 겨울이 가져오는 공허 속에서 플라스는 노란 횃불 아래 그녀의 지하실에서 전에 살던 사람들이 남기고 간 것들을 들여다본다. 그곳에서 "터무니없이 검게 썩은 잼들"을 발견할 뿐이다. 그녀는 벌들이 살아남을 수 있을지 궁금해한다.

여학생이라면 누구나 잘 알고 있듯이 플라스는 그녀의 겨울을 버텨내지 못했다. 그녀가 삶을 마감하기 얼마 전에 쓴 이 시 「윈터링」은 사랑과 절망, 희망과 상실을 다룬 그녀의 대표적인 시집 『에어리얼Ariel』에서 그녀가 정해둔 순서에 따라 마지막 작품이 되었다. 플라스가 자살한 후 남편 테드 휴즈가 출간을 위해 그녀의 의도와 다르게 재편집하기 전에 말이다. 「윈터링」은 우리를 깊은 어둠으로, 깊숙한 집 안으로, "박쥐처럼 무리 지어 웅크리고 있는 칠흑 속"으로 데리고 간다. 나에게 이 시는 늘 읽기 어렵다. 구문이 눈에 제대로 들어오는 법이 없다. 문장들은 연과 행을 넘나들며 두서없이 진행되고, 의미도 불분명하다. 그 안에서 나는 시작도 끝도 분간할 수 없는 사고 과정의 한가운데에 뚝 떨어진 것만 같은 무질서를 발견한다.

휴즈가 편집한 『에어리얼』에서 우리는 작가 사후의 여운이 담긴 두 편의 시를 마지막으로 만난다. 이미 일어난, 혹은 적어도 피할 수 없는 죽음에 집착하는 것처럼 보이기도 하는 「가장자리」, 그리고 시집의 종결부로서, 죽음 안에서 일종의 고요함을 발견하고 죽음 그 이후의 여파를 보여주는 「말」이 그것이다. 그러나 이는 작가가 떠난 후 바치는 화관처럼 배열된 추모비와 다름이 없다. 그녀의 비극에 개연성을 부여하고자 하는 의도의 발로일 수도 있고, 페미니스트 논객들이 종종 지적하는 바와 같이 플라스의 죽음 이후까지도 그녀의 서술을 통제하려 한 휴즈의 욕망을 방증하는 것일 수도 있다. 어느 쪽이든 플라스 자신은 이러한 결말을 원한 적이 없었다. 그녀가 정한 순서대로라면 『에어리얼』은 전반적으로 좀 더 경쾌한 톤으로 삶의 귀환을 노래하며 끝난다. "벌들이 날고 있다. 그들은 봄을 맛본다." 겨울의 한가운데에서 플라스는 일, 즉 집 안에서의 조용한 시간을 수반하는 여자의 일을 통해 살아남는 법을 터득한 것으로 보인다. 그녀는 「윈터링」에서 "겨울은 여자를 위한 계절이다"라고 말한다. 아마도 겨울은 여성의 작업이 오롯이 그들의 것이 되는 시간일 것이다. 그러나 나는 그녀가 여성들이 버텨낼 수 있는 황량한 시간에 대해서도 말하고 있다고 생각한다. 그래서 나는 그녀가 할 일이 더 많기를, 더 많은 꿀을 따고 더 많은 벌들을 기르기를 바라게 된다.

겨울에 손을 계속 움직이고 싶어하는 플라스의 본능은 과학적으로도 입증되었다. 2007년 하버드 의대의 연구에 따르면 뜨개질은 요가만큼 혈압을 낮추고 세로토닌 분비를 통해 만성 통증을 줄여주는 효과가 있다. 2018년 '평화를 위한 뜨개질'이라는 영국의 한 자선단체는 수공예의 건강 증진 효과에 관한 연구를 했는데, 공예 작업은 단체의 회원들이 정신 건강을 유지하는 데 다방면에서 이로웠고, 흡연자들의 금연에 도움을 주었으며, 노년층의 외로움과 고립감을 줄이는 것으로 나타났다. 이 단체는 국민건강보험이 수공예를 처방에 포함시켜야 한다고 주장하기도 했다.

나도 겨울나기를 위한 노력을 하면서 수년 만에 처음으로 뜨개질 바늘을 잡고는 올이 빠진 부분을 훈장처럼 달고 있는 못난이 모자 몇 개를 연달아 만들었다. 내가 세상에 기여하는 부분은 미미해 보이지만 무언가를 만들고 있다는 게 기분 좋았다. 뜨개질을 하는 동안 나는 유동적이고 효율적인 부품 기계가 된 것만 같다. 뜨개질을 하면서 나는 언젠가 나의 벌집을 가지게 되기를 꿈꾼다. 그래서 몇 개의 단지를 채울 꿀을 따고, 한겨울 정원을 터벅터벅 걸어가 벌집 속에서 나오는 삶의 윙윙거리는 소리를 느낄 수 있기를.

당신의 목소리

가장 깊은 겨울에 로빈새는 울기 시작한다. 나는 1월에 우리 정원에서 로빈새 한 마리를 발견했다. 월계수 나무 옆 담장에 앉아, 고개를 들고서, 초롱초롱한 작은 눈으로 나를 유심히 쳐다보고 있었다. 빨갛다기보다는 진한 주황색을 띤 새의 가슴은 내 잠든 정원의 빛바랜 녹색, 갈색에 대비되어 열매처럼 빛났다.

로빈새는 옆집에서 나를 보러 우리 정원에 들렀다. 나는 뒤뜰에서 새들에게 모이를 주지 않는다. 고양이를 세 마리 키우고 있어 꼭 고약한 덫을 놓는 기분이 들기 때문이다. 하지만 이웃은 새들에게 모이를 주어서 때때로 푸른박새와 황금방울새가 나무에 매달린 먹이통에 왔다가 어쩌다 나의 정원으로 잘못 들어온다. 아마 내가 마음씨 좋은 사람이기를 바라겠지. 운 좋게도, 그저 인사나 건네려고 온 듯한 로빈새였다.

로빈새는 가장 붙임성 좋은 새들 중 하나로, 눈에 띄는 벌레들을 잡으려고 정원사 가까이에서 돌아다니기를 즐긴다. 다른 어느 새들보다도 로빈새는 우리가 위협적이기보다는 포상을 줄 수도 있는 존재임을 아는 것 같다. 마치 "무엇을 하고 있나요?"라고 물어보기라도 하듯 머리를 치켜들고 우리를 바라보는 것을 보면, 로빈새는 우리에게 흥미를 느끼는 것 같기도 하다. 역사 속에는 수년 동안 로빈새와 꾸준히 우정을 나눈 사람들이 등장한다. 이는 모든 로빈새가 사람을 따르고 생김새가 다 똑같아서 초래된 착각이라는 말도 있지만 말이다.

하지만, 많은 환자들이 정원의 로빈새를 길들였다는 것은 사실이다. 배우 매켄지 크룩에게는 윈터 조지라 불리는 반려 로빈새가 있다. 그는 2017년《텔레그래프》에 이렇게 썼다. "그 새는 아무렇지도 않게 우리 집으로 들어왔다. 나는 가족을 위해 요리를 하고 있었는데 내 어깨에 앉더니 나를 향해 지저귀었다. 그는 총명하고 겁이 없다." 로빈새가 정원을 탐험할 때 크룩은 처음엔 벌레들을 던져주며 천천히 친밀해졌고 마침내 그의 손가락에서 지네를 받아먹도록 길들였다. 그 후, 크룩은 동네 반려동물 용품점에서 살아 있는 밀웜을 샀고, 새를 그의 집 뒷문으로 꼬였다. 윈터 조지는 이제 크룩의 집에 사는 영원한 붙박이가 되어 그의 정원에서 새끼를 여러 마리 낳았다.

아쉽게도 나는 로빈새와 친구가 되어본 적이 없지만 그들을 언제나 새 가족의 치어리더로 여긴다. 그들은 이 세상에 마법같은 일이 남아 있음을 상기시키면서 기운을 북돋아주려는 듯 내 기분이 저조할 때 나타나곤 한다. 나는 위트스터블과 캔터베리 사이의 긴 코스를 달렸었다(혹은 그러려고 시도했다). 언덕 꼭대기로 비틀거리면서 달려가다 보면 가장 가까운 나무 뒤에서 정신을 잃고 쓰러질 것만 같다고 느끼던 지점이 있었다. 나는 어쩌다 여기까지 왔을까 생각하며 숨을 고르곤 했는데, 그럴 때마다 로빈새 한 마리가 나를 격려하는 것처럼 내 앞의 길목에 나타나곤 했다. 나는 "안녕, 친구야." 하고 미소를 지었고, 내가 계속 가야 한다는 신호로 받아들이지 않을 수 없었다. 그는 다시 왔던 길을 돌아 집으로 갈 시간이 될 때까지 내 옆에서 가지 사이를 날아다녔다.

로빈새는 빅토리아 시대의 크리스마스 카드의 모델로 새로이 유행함으로써 처음 겨울과 강력한 연관성을 가지게 되었다. 크리스마스 카드를 배달하던 우체부들이 그들의 빨간 외투 때문에 '로빈'으로 알려졌기 때문이라는 농담도 있지만, 그 크리스마스 카드는 로빈새와 예수의 탄생 사이의 초기의 연관성을 나타내는 것이 대부분인 듯하다. 전통적인 우화에 따르면 로빈새는 아기 예수를 보려고 찾아온 구유에서 그 붉은 가슴을 갖게 되었다고 한다. 로빈새는 불이 너무 위험하게 높이 타오르는 것을 보고, 불꽃과 잠자는 아기 예수 사이에 앉아 있었다. 그때 그의 가슴은 진한 붉은색으로 그슬었고, 이후 자손들도 대대로 붉은 가슴을 가지게 되었다.

그러나 로빈새가 크리스마스와 연관된 데는 더욱 명백한 기원이 있다. 간단히 말하면 로빈새는 다른 새들이 없는 시기에 주변에서 찾아볼 수 있는 새이다. 그들은 철 따라 이동하지 않고, 밝은 깃털과 친근한 행동으로 다른 새들보다 더 쉽게 눈에 띈다. 게다가 그들은 어두운 계절에도 지저귄다.

다른 새들도 겨울에 노래하지만, 이는 포식자가 가까이 오지 못하게 하기 위한 방어적인 노래다. 그러나 로빈새는 번식을 위한 것이라고 하기에는 많이 이른 시기에, 추위가 절정인 때부터 완전하고도 복잡한 노래를 부른다. 브리스톨 대학교의 존 맥나마라는 2002년 한 연구에서 로빈새는 소모할 에너지가 있기만 하다면, 하루가 길어지기 시작할 때부터 노래를 한다는 사실을 알아냈다. 먹을 것 없는 겨울에 살아남기 충분한 지방을 축적해놓고 저장고를 가득 채울 안정적인 영양 공급원을 확보한 로빈새는, 암컷들에게 그의 존재를 알리기에 다소 이른 시기부터 노래를 부르며 자신이 건강한 개체라는 사실을 뽐낸다. 진화 생물학에서는 이것을 '값비싼 신호'라고 칭한다. 이는 우월한 힘과 활력을 자랑하는, 그 특성상 자신에게 잠재적으로 위험이 될 수 있는 몸짓을 뜻한다. 로빈새는 겨울에 노래한다. 그렇게 할 수 있는 데다 세상이, 아니면 적어도 암컷 로빈새들이 그것을 알아주기를 바라기 때문이다. 하지만 그는 또 더 행복한 시간을 위해서 연습하는 것이기도 할 테다.

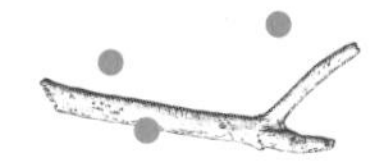

아들을 낳은 지 1년 후, 나는 목소리를 잃었다. 목소리가 완전히 나오지 않게 되었다는 말은 아니다. 다만 소리가 약하고 가늘어졌고, 말미에 떨리는 증상이 생겼다. 좀 오래 말을 하면, 목소리가 갈라지다가 불량 마이크처럼 끊겨서 나왔다. 목이 간질거렸다. 잔기침도 많이 했다. 결국 나는 침묵하게 되었다. 침을 삼키고 물을 마시며 초조하게 목소리가 다시 돌아올 때까지 기다렸다. 평생을 말하는 일로 살아왔는데 갑자기 목소리에 기댈 수 없게 되었다. 발언은 짧아졌고, 나의 말은 임의로 지워졌다. 아는 사람들과 일상적인 대화를 하다가 목소리가 희미해지기 시작하면 그저 손을 저으며 사람들이 내가 하려던 나머지 말을 알아서 추정해주길 바랐다. 외부 사회에서는 더 힘들었다. 나는 왜 거짓말을 하는지도 모른 채 걸리지도 않은 감기와 인후염 핑계를 댔다. 아마도 영속적으로 목소리가 그렇게 됐다기보다는 일시적으로 문제가 생긴 것으로 비치기를 바랐던 것 같다. 내가 모르는 사람들이 다수인 집단 속에 있을 때는 말을 전혀 하지 않는 경우가 많았다. 나의 목소리는 실패한 카드패였다. 말을 시작할 엄두가 나지 않았다. 사람들의 흥미가 떨어질 때까지 캑캑거리고 속삭이느니 그냥 가만히 있는 편이 나았다.

엄마가 된 지 18개월 만에 이렇게 목소리를 잃는 일이 생기자, 나는 마치 걸어다니는 은유가 된 기분이 들었다. 몇몇 반복적인 몸짓으로만 채워진 그 모든 유아기의 침묵의 나날들, 그리고 배경에 깔리는 어린이 TV 채널 '시비비스'의 음향. 밤의 그 모든 조용한 속삭임들. 엄마가 된다는 건 보이지 않는 존재, 혹은 반만 보이는 존재가 되는 것 같았다. 버스에서 유모차를 잘 접지 못하거나(아기를 안고 있는데 어떻게?) 보도에서 자리를 너무 많이 차지한다고 핀잔을 들을 정도로만 눈에 보이는 존재 말이다. 그러나 이제 당신 안에, 다소 허리둘레가 느슨해진, 세계의 인구 증가에 공헌한, 다소 눈총받는 존재가 있다. 하루종일 커피를 마시며 앉아 있든지, 아니면 밖에 나가 일하고 엄마의 의무를 등한시하든지. 둘 다 혹은 둘 중 하나. 어느 쪽을 선택하느냐는 중요하지 않다. 어차피 당신은 망가졌으니까.

그 초기 몇 년 동안에, 아무도 다시는 내 말을 경청하지 않을 거라는 생각이 들던 때가 있었다. 그리고 내가 아무리 중요한 말을 한들 기저귀와 과자와 물티슈와 여벌의 옷가지로 가득한 내 어깨 위의 가방 무게에 짓눌려 부서져버릴 거라는 생각이 들었던 때가 있었다. 이런 순간에 내 목소리가 사라지다니. 참 잔인하다 싶으면서도 한편으론 아주 시기적절한 일이라 여겨졌다.

무엇보다도 가장 큰 타격 중 하나는 바로 노래할 수 없다는 사실이었다. "노래하는 것이 내 삶에서 그렇게 큰 비중을 차지하지는 않았지만……"이라고 술술 써 내려가고 싶지만, 그것은 사실이 아니었다. 노래가 내 직업도 아니고 무슨 야망이 있는 것도 아니지만, 어머니와 차 안에서 화음을 맞추는 것에서부터 요리하면서 라디오를 따라 흥얼거리는 것까지, 노래는 내가 기억하는 한 오래도록 나를 지탱해준 일이었다. 나는 학교와 대학에서 저음 알토 음성을 다른 목소리들과 함께 엮으며 합창단 활동을 했다. 남들과 함께 노래하는 것은 일종의 연금술이자, 자신을 없애고 전체의 일부가 되는 광대한 마법의 행위이다. 차 안에서 혼자 운전을 할 때 부분적으로 기억나는 합창 성부를 큰 소리로 부르는 것은 오래도록 나의 좋은 스트레스 해소법이 되어주었다.

그러나 이제 내 목소리는 노래를 하기엔 너무 약해졌다. 설령 갈라지거나 꺽꺽거리지 않고 몇 음을 낸다고 해도 거기에 윤택함이란 없었고, 폐를 채우고 늑간근을 이완할 만큼의 풍부한 음량도 없었다. 노래하는 것은 숨소리를 내고 숨을 씨근덕거리는 일이 되었다. 무엇보다도 나쁜 것은 소리를 조율할 수 없다는 점이었다. 아주 평범한 음을 내려고 해도, 내 목소리는 거기서 미끄러져 내려가 탁하고 울림이 없는 소리가 되어 나왔다. 마치 내 영혼의 일부를 잃어버린 기분이었다.

일반적인 진단으로는 설명이 되지 않았다. 코에 카메라를 삽입해 목구멍까지 내려보내며 검사를 했지만 아무것도 찾아낼 수 없었다. 용종도 없었고, 염증도 없었다. 치료하거나 고칠 수 있는 게 아무것도 없었다. 나는 목소리를 잃었다. 그게 다였다. 이 세상에 의미 있는 존재로 살고 있다는 믿음을 무너뜨리는 온갖 다른 일들과 함께, 어쩌다 일어난 일일 뿐이었다.

한 친구가 노래 강습을 받아보라고 권유했을 때, 나는 웃으며 그건 그리 중요한 일이 아니라고 답했다. 이제 나는 남들 앞에서 내 목소리를 낼 생각이 없었다. 그건 중요한 게 아니었다. 그러나 그녀는 말했다. 아니, 노래를 배우라는 게 아니야. 좋은 선생님이라면 네 목소리가 다시 건강해질 수 있도록 도와주고 목소리를 잘 관리할 수 있게 해 줄 거야. 분명 이런 일은 공연 예술계에서 흔히 있는 일이다. 목소리가 약해지고 회복이나 재정비가 필요해지는 것이다. 나의 목소리는 자산이다. 다른 직업인들이 하듯이 관리해야 한다. 포기하는 건 선택할 수 있는 답이 아니었다.

나는 회의적이었지만 노래 선생님과 피아노 한 대, 조용한 방, 악보대와 함께 한 시간을 보낸다는 점에 마음이 끌리기는 했다. 그 순간만큼은, 그 어떤 스파보다도 호사스러운 시간이 될 것 같았다. 나는 시험삼아 선생님에게 메일을 보냈다. 노래 자체를 배우고 싶은 게 아니라 다시 말하고 싶어서 수업을 원하는 것이라고 설명하는 메일이었다. 놀랍게도 선생님에게서 답장이 왔다. 그는 나의 요청이 아주 합리적이라고 생각하는 것 같았고 다만 수업을 하게 되면 노래는 해야 한다고 지적했다. 나는 그 정도는 감당할 수 있다고 생각했다. 선생님과 나는 날짜와 시간을 협의했다.

약속한 날짜가 다가오자 정말 내가 해낼 수 있을지 의구심이 들었다. 하나의 깨끗한 음을 내고 유지하는 것도 못하는 상황인데 남 앞에서 노래하는 목소리를 낸다는 게, 그것도 노래깨나 한다는 사람들이 그들의 스타일을 가다듬으러 오는 강습소에서 그렇게 한다는 게 당황스러웠다. 나는 입이 바짝 마른 채 내가 지금 서 있는 깔끔한 응접실이 아니라 사람이 별로 없는 살균된 진료소에 있어야 하는 게 아닌가 생각했다. 무시무시한 목소리를 발설하는 동안에는 부끄러워서 커튼 뒤로 숨고 싶은 마음밖에 없었다.

나의 선생님인 필립은 매우 현실적인 사람이었다. 그는 처음부터 내가 별로 노래하고 싶어 하지 않는다는 것을 알았으리라 짐작한다. 그의 응접실 한가운데에서든 무대에서든 말이다. 그리하여 우리는 서서 숨 쉬는 법 등 기본적인 것부터 해나갔다. 나는 이제 내가 서서 숨 쉬는 법을 제대로 알았기를 바란다고 (분명 그가 이미 수백 번은 들었을 법한) 농담을 했는데, 그러는 동시에 그 말이 정말인지 확신이 서지 않았다. 제대로 된 자세로 서서 호흡하기란 침착하고 유능한 어른이 하는 행동처럼 느껴졌다. 이 세상에설 자리를 가진 그런 어른의 행동 말이다.

나는 안정감을 찾는 법과 폐로 공기를 들이마시는 법을 배웠다. 그런 다음 선생님의 지도로 몇몇 음계를 노래해보았다. 필립은 피아노로 중간 '도'를 쳤고, 내 목소리는 그 음을 빗나가서는 맞지 않는 소리를 냈다.

"보셨죠." 내가 말했다. 가망이 없었다.

"'시' 음을 내보세요." 필립이 말했다.

나는 '시'음을 낼 수 있었다. 공기로 가득 찬 소리일지언정 낼 수 있었다. 그리고 그 밑의 '라'도 낼 수 있었다. 나는 음계를 내려가면서 소리를 내보고, 다시 올라오면서 해보았다. 그리고 다른 음을 몇 번 낸 끝에 '도' 음을 제대로 낼 수 있었다. '도'가 바로 그곳에 있었다. 그걸 해내기 위해서는 정면으로 부딪히기보다는 옆길로 돌아가다가 지그시 목표에 미끄러지듯 착지하는 일이 필요했던 것이다. 나의 중간 '도'는 숨어 있었다.

모두가 시작할 때 소리를 내는 그 음을 잃었다는 것은 특이한 일이지만, 알고 보니 그것은 거기에 있었다. 그 순간부터, 나는 '라' 또는 그것보다 몇 음 낮은 곳에서 시작했다. 우리는 도움닫기 하듯 '도'로 올라오기를 연습했다. 긴 점프라고 생각하면 그 음을 찾을 수 있었다. 때로는 몇 발짝 물러서서 다른 곳에서부터 시작할 필요가 있다.

그로부터 몇 주일 동안, 우리는 노래할 때 명료한 소리를 되찾고 한때 내가 자랑스럽게 여기던 음량과 정확성도 회복하기 위해 노력했다. 나는 목구멍의 맨 아래에 있는 근육을 조절하는 법을 배웠고, 목소리가 아래쪽 후두에서 나오도록 하면서 노래할 때 보이지 않는 실을 뽑아낸다고 상상하는 법을 배웠다. 한 음에서 다음 음으로 흐르듯이 소리를 내고, 노래가 물처럼 흐르게 하는 법을 익혔다. 몇 번의 연습을 마치고 나니 예상했던 것과 달리 목이 아프지 않았다. 내 몸의 작은 부분이 이완되고 내가 조금이나마 확장된 기분이 들었다. 나는 주변의 공기를 빨아들였고, 삶의 무게에 내적으로 억눌려 안으로 숨어들기를 멈췄다.

몇 번의 수업 뒤 우리는 목소리를 제대로 사용하는 법에 관한 대화를 나눴다. 그러고 보니 나는 하루 종일 말을 하며 살아왔다. 아침에는 가족들을 챙기느라 떠들고, 일터에서는 세상에 내 권리를 주장하느라 온종일 목소리를 사용했다. 문예창작 학위 과정의 강사로서 내 목소리는 동시에 여러 일을 하고 있었다. 강의실에서는 영감과 열의를 불러일으키기 위해, 내 사무실에서는 조용히 학생들을 격려하기 위해, 요지부동인 대학 행정 당국 앞에서는 그들과 마찬가지로 확고하고 요지부동인 권위를 세우기 위해. 그 사이사이에 복도와 구내식당에서는 늘 기운차고 다정한 모습을 보이려고 노력했고, 고개만 까딱하거나 말없이 손만 흔들고 싶어도 절대 그렇게 하지 않았다. 조용히 일하는 순간조차도, 수많은 이메일 답장을 작성하면서도 대개 이빨을 꽉 깨물고는 명료하고 유용하고 공손한 문장을 쓰려고 애를 썼다. 나는 마치 언제나 켜진 백열전구 같았다. 나는 모든 사람이 나의 말을 들을 수 있도록, 내 목소리를 혹사하고 있었다.

"당신의 작품을 소리 내어 읽어본 적이 있나요?" 필립이 물었다.

"가끔요." 내가 대답했다. "예전만큼은 아니지만요."

그 아래 겹겹이 숨겨진 진실은, 아무도 나에게 읽어달라고 요청하지 않았고, 더 이상 관심을 받고 싶지 않을뿐더러 내 작품에 대한 확신도 없다는 것이었다. 그러나, 그럼에도 불구하고, 내 작품이 아닌 다른 사람들의 작품으로 하루 종일 낭독과 강의를 하고, 이미 자기가 가진 생각과 고민에 짓눌려 있는 학생들에게 활력을 불어넣으려고 헛되이 노력하는 것이 사실이었다. 강의를 할 때는 우울하거나 무기력한 모습으로 강의실에 들어가서는 안 된다. 학생들을 위해 자신의 에너지를 희생해야 하고, 학생들의 흥미를 유도하기 위해서라면 내키지 않는 것도 마다해서는 안 된다. 자신이 가르치는 사람들이 게으르거나 무례하거나 특권 의식이 있다고 여기는 교수법상의 통념을 버리고 강의해야 한다. 그 학생들 모두가 각자의 슬픔, 각자의 두려움, 그리고 각자의 일과 신경 쓸 문제들로 중압감에 시달리고 있다는 것을 알기에 그렇게 해야 한다. 강의실에 들어서면 이 한 무리의 사람들이 장래에 그들의 고통을 경감하는 데 도움이 되는 무언가를 배울 수 있도록 그들을 즐겁게 해주어야 한다. 나는 불현듯 내 목소리가 깔때기였음을 깨닫는다. 나는 이 모든 부담을 그 깔때기에 꾸역꾸역 밀어 넣었고, 어떻게든 이 모두를 해결할 수 있는 언어들을 거기서 뽑아내려 했었다.

"『밀크 우드 아래서Under Milk Wood』 아시죠?" 필립이 물었다. 나는 공교롭게도 누군가의 논문에 도움을 주기 위해 그 책을 새로 한 권 사서 사무실 책상에 놓아둔 참이라고 대답했다. 집에는, 천장까지 쌓인 남편의 LP 컬렉션 사이에 내 〈밀크 우드 아래서〉 레코드가 꽂혀 있다. 저자 딜런 토머스의 희곡을 리처드 버튼이 낭송한 1954년 녹음판이다. 텍스트로서는 참 알쏭달쏭하게 느껴지지만, 나는 언제나 그 높낮이 있는 리듬과 짓궂은 유머에 매혹된다.

필립은 그의 책을 펼쳐서 악보대에 올려놓았다. "첫 번째 페이지를 읽어보세요." 그가 말했고, 내 목소리는 다시 불안정하게 흔들렸다. 봄이다. 작은 마을, 달도 없는 밤이다. 별도 없이 온통 새카만 밤, 고요한 자갈길……. 나는 그렇게 길고 두서없는 문장을 읽을 만큼 호흡을 그러모을 수 없었다. 소리 없이 읽을 때는 꽤 잘 이해할 수 있었지만, 소리 내어 읽으니 마치 읽기에 서툰 아이처럼 더듬거리게 되었다. 첫 번째 단락을 다 읽어 내려가는 데에만 평생이 걸릴 판이었다. 나의 목소리는 마치 망치처럼 닥치는 대로 음절을 때리고는 날카롭게 치는 소리를 내며 다른 음절로 튕겼다. 그리고 잠잠하게 할 말을 잃은 마을의 사람들은 이제 모두 자고 있다, 라고 내가 토막토막 읽고 나니 필립이 읽기를 중단시켰다. "들어보세요." 그가 말하고는 이어서 읽었다. 그는 강조된 각각의 음절을 부드럽게 튕기며 단어들이 바다 위 파도처럼 서로를 씻어내리게 하고 있었다. "노래라고 생각하고 접근해보세요." 그가 말했다. "천천히 읽으세요. 급하게 하지 말고요. 문장과 함께 굴러가듯이."

나의 결점을 명확하게 알고 나서, 이번에는 부끄러워하면서 다시 해보았다. 책을 소리 내어 읽는 법, 그리고 잘 읽는 법이란 내가 익히 알던 것이었다. 그러나 이렇게 온화하고 물 흐르는 듯한 텍스트를 해체하다시피 읽어본 적은 없었다. 나는 이 글을 정복해야 할 대상인 것처럼 읽었지만, 오히려 내가 정복당한 것이다. 나는 숨을 내쉬었다. 봄이다…….

이번에는 좀 더 천천히 읽으며 좀 더 많은 의미를 발견했지만 여전히 나의 뇌, 나의 호흡, 그리고 이 고집스럽게 나른한 텍스트 사이의 삼파전에 휩쓸린 느낌이 들었다. 이 글은 바로 그 순간 내가 삶에서 잘못했던 온갖 것들을 조명하고 있었다. 환경에 융화하기보다는 지금 처한 환경을 공격하는 일에 사로잡혔던 것, 그리고 음악 교습 내에서든 그 밖의 일에서든, 주어진 역할 속에서 적정한 속도를 맞추지 못했던 것에 대해서.

"긴 웨일즈식 모음이에요." 필립이 말했다. 그 말에 상황이 나아졌다. 억양을 모방하지 않으면서 또박또박 끊는 나의 켄트식 발음을 길게 늘이기란 힘들었지만, 단어별로 연습을 했더니 그 느긋한 어조가 점차 제자리를 찾아갔다. **보닛 모자와 브로치와 능직 상복 차림으로 찬송하며, 그 마지막 k가 뜨거운 불 위의 젖은 통나무처럼 타닥타닥거린다.** 나는 그 행을 읽는다. **새조개가 붙은 자갈길을 따라서, 해초가 묻은 말발굽으로, 고요히 말을 타면서.** 그러자 뜻밖에 알게 되는 사실이 있다. 바로 연극 전체가 전개되는 공간이 빨리 달리는 게 불가능한 자갈 위라는 점이다.

들으라. 거리에 밤이 지나가고 있다. (…) 들으라. 한기가 도는 나지막한 예배당의 밤이다. 목소리를 음악처럼 사용하기 시작하면, 사람들이 주의를 환기할 수 있다. "들으라." 하고 말할 수 있다. 나의 목소리는 나의 약해지는 자신감과 함께 사그라들었고, 그것을 다시 찾는 것은 마치 어른의 세계에서 온당한 나의 자리를 찾는 것과 같았다. 나는 방해받기 전에 말을 마쳐야 한다는 생각에 빠르게 말하고 있었다.

사실 내 목소리는 이미 수많은 변화를 겪어왔다. 어릴 때 나는 '착하게 말할' 때 칭찬을 받았고, 내가 살던 그레이브젠드에서 줄곧 들었던 에스추어리(Estuary, 잉글랜드 남동부 지역 영어로 제2의 표준 억양으로 간주된다 — 옮긴이)를 흉내 내기 위해 't' 발음을 생략할 때마다 야단을 맞았다. 이렇게 정확하게 말하는 습관은 초등학교 때 완전히 자리를 잡았다. 유치반 1학년 때 선생님의 요크셔 억양을 흡수하려고 되풀이해서 노력한 탓에 종종 발음 교정을 받기는 했지만 말이다. 여덟 살 때 공영 주택 단지로 이사하자 다른 아이들이 나의 고상한 말투를 놀려댔다. 그래서 나는 그들처럼 말하려고 애썼고, 집에 오면 지적을 받았다. 나는 집에서 그리고 학교에서 내 목소리를 계속 바꾸었다. 내 목소리는 마치 테니스공 같았다. 코트 한편에서 이런 목소리라면, 코트 맞은편에서는 재빨리 그와 반대인 목소리가 되었다.

의사나 변호사 아빠를 두고 지방의 입시학원에 다니며 중학교 입학 시험에 통과한 여자애들이 가득했던 로체스터의 중학교에서, 내 목소리는 다시 변화를 겪었다. 태어나서 처음으로 나는 우리 집이 얼마나 가난한지 느꼈고, 우리 집이 이 중등학교가 요구하는 재정적 요구를 충족시킬 수 없다는 것을 알았을 때 당혹감에 휩싸였다. 새로운 교복 상의, 또는 목 주변에 줄

무늬가 있는 점퍼, 또는 수업 시간에 준비물로 값비싼 미술 재료를 사 오라고 하면, 나는 완강한 태도로 내가 평범한 집 아이라는 점을 이야기하는 데 내 목소리를 사용했다. 공영 주택 단지에 살 때 아이들에게 배운 그 말투. 결코 온전히 내 것이 되지 않았던 그 말투가 갑자기 유용해졌다. 나는 다른 소녀들과 똑같은 척할 수 없었기에 차라리 반항적이고 거칠게 굴면서 의도적으로 그들과는 다른 아이가 되었다. 스커트 불량, 신발 불량과 같은 교복 복장 위반으로 지적을 받았을 때 나는 목소리를 높여 "우리 집은 규정에 맞는 걸 살 여유가 없어요."라고, 혹은 더 나아가 "저 이거 중고 가게에서 산 거예요."라고 말했다. 그러면 선생님들이 멈칫한다는 것을 알았다. 나는 다른 사람들보다 덜 가졌다고 밝힘으로써 유발되는 당황스러운 상황에서 내 힘이 발휘되는 것을 알았다. 중등학교의 본연의 목표는 나를 착한 소녀로 변모시키는 것이었지만, 실제로는 나를 반항아로 바꾸어놓았다.

대학 시절에 내 목소리는 또 한 차례 변했다. 진정 상류층의 또박또박 끊기는 어조에 흠뻑 젖어 든 것처럼 말이다. 나는 완전한 용인발음(영국 표준 발음) 혹은 완전한 에스추어리 발음 둘 다 할 수 있었지만, 둘 다 진심으로 마음에 들지는 않았기에 대신 더 조용히 말했고 자음을 더 명확히 발음하려고 노력했다. 휴가 기간에 본가에 가면 가족들은 대학에 가더니 변했다고 했고, 내가 자기 분수보다 거만하게 구는 것 같다고 지적했다. 그리고 또 이렇게, 또 저렇게. 내 목소리는 이제 대화하는 상대에 따라 달라지는 카멜레온 같다. 나는 이제 내가 그런다는 사실조차 인식하지 못한다. 이질적인 두 집단의 사람들에게 한 자리에서 이야기를 해야 하는, 지독한 인지 부조화의 순간들만 빼고. 그럴 때는 두 억양을 다 구사할 수는 없으니 의식적으로 그 중간을 설정해야 하는데, 결과는 참담하다.

여성의 목소리는 언제나 남성의 목소리가 결코 받지 않는 도전에 직면한다. 여성이 너무 부드럽게 말하면 친절한 생쥐 취급을 받고, 반대로 목소리를 높이면 앙칼지다고 욕을 먹는다. 마거릿 대처가 정치 인생을 시작할 때 권위를 내보이기 위해 웅변 수업을 들었다는 것은 유명한 일화다. 그녀의 조언자였던 전직 TV 프로듀서 고든 리스는 그녀의 딱딱한 머리 모양과 지나치게 장식적이던 옷차림을 바꾸고, 상류층 특유의 억양을 버리고 계층 체계에서 좀 더 서민에 가까운, 좀 더 나직하고 확신에 찬 목소리를 구사하도록 조언했다. 대처는 국립극장 코치의 도움을 받아 올바르게 호흡하는 법과 차분하게 말하는 법을 익혔고, 대립적이거나 공격적인 어투를 자제했다. 대신 그녀는 확신에 차서 자신의 결정을 호소하는 어머니나 유모, 혹은 베갯머리에서 속살거리며 자신의 영향력을 관철하는 연인처럼 친밀한 말투를 구사했다. 그녀의 목소리는 국가가 가진 여성에 대한 공포의 무게를 짊어져야 했고, 여성들이 제대로 된 판단력을 가졌다는 것을 보여주어야 했다. 그녀의 목소리는 가부장제에 정면으로 도전하는 대신 말의 힘으로 그 체제를 사로잡아야 했다. 그런 한편, 여성들은 대체로 주부와 어머니이고 대처는 그런 자연스러운 여성상에서 보기 드문 이단아와 같은 존재라는 논지로 기존 체제를 안심시켜야 했다. 그녀의 목소리는 위협적인 것이 아니라, 선거에서 중요하지만 문화적으로 미약한 유권자 집단인 여성들의 마음을 사는 유용한 도구였다.

선거에 나갈 일은 절대 없지만, 나도 어떤 면에서는 대처가 한 것처럼 내 목소리를 바꾸어왔다. 위협적인 면을 없애려고 억양을 부드럽게 하기도 하고, 그 본래의 단호하거나 유창한 면을 희석하는 법을 익히기도 했다. 사람들은 내가 그들과 대화를 나누기보다는 그들에게 일방적으로 말한다고 불평을 하곤 했고, 그래서 나는 내가 생각하는 것보다는 덜 단호한 느낌을 주려고 "음……."이나 "어……." 같은 소리를 집어넣어서 주저하는 듯이 이야기한다는 사실을 알게 되었다.

빗방울이 창문을 두드리는 지금 이 방 안에 서서, 나는 내 목소리의 공명으로 내 목구멍을 채운다. 내가 내는 소리가 주는 즐거움에 몰입하며, 내 목소리가 다시 그 유창함을 찾아가도록 노력하고 있다.

네 번의 수업을 받으면서 나는 좀 더 낮고, 크고, 부드럽고, 느긋하게 하는 방향으로 목소리를 재정비했다. 나는 새의 지저귐처럼 노래하듯이 말하고, 나의 말이 연속적인 음계의 강물처럼 서로 이어서 흐르게 하는 법을 배웠다. 중간 '도' 음이 다시 살아났지만, 그것이 가장 큰 성과는 아닌 것 같다. 그것보다도 갈라지는 소리가 사라졌다. 이제는 말할 때 목소리가 오일을 바른 것처럼 부드럽고 매끈하게 들린다. 간질간질한 증상과 찢어지는 듯한 느낌도 없다. 다시 내 안에서 말이 비단처럼 부드럽게 흘러나왔다.

다시 노래할 수 있게 된 것도 기뻤다. 나의 목소리가 사그라지는 것을 보았던 바로 그 겨울에서, 노래를 잃은 것은 내가 생각했던 것보다도 더 크나큰 상실이었다. 근사한 노래를 뽑아낼 수 있다는 허영심 때문이 아니라 노래하는 그 자체의 즐거움이 사라진 탓이었다. 21세기 영국에서 우리는 노래하는 것을 재능과 연결짓는데 이는 근본적으로 잘못된 것이다. 외부세계에 어떻게 들리든지 간에 노래할 권리는 절대적인 것이다. 우리는 노래해야 하기에 노래를 한다. 노래가 우리의 폐를 양분이 되는 공기로 채우고, 우리가 내는 음계가 마음을 날아오르게 하기에 노래를 한다. 우리는 사랑과 상실, 기쁨과 욕망 같은 감정들을 우리의 것이 아닌 듯 노랫말 속에 모두 녹여 말할 수 있기에 노래를 한다. 노래 안에서 우리는 모든 비탄과 모든 욕망을 예행 연습할 수 있다. 아이들이 아직 허술한 우리의 노래 실력을 판단하지 못할 정도로 어릴 때 우리는 노래 안에서 그들에게 위안을 줄 수 있고, 노래를 통해 매일 샤워를 하거나 식사 후 부엌을 닦는 등 평범한 일상의 할 일을 수행하면서 황홀경으로 가는 지름길을 찾을 수 있다.

무엇보다도 좋은 것은 우리가 '함께' 노래할 수 있다는 것이다. 가족 모두가 같은 노래를 알고 같은 의미를 부여할 수 있다. 어머니와 함께 노래할 때면 매번 우리의 목소리가 똑같은 것에 놀란다. 똑같은 음을 똑같은 방식으로 낼 때 깊은 유전적 울림이 느껴지는 순간이 있다. 남편과 함께 노래할 때면 우리의 목소리는 충돌하지만 둘 사이에 특별한 의미가 있는 노래를 부른다. 애타는 열망이 담긴 '위치타 라인맨'이라는 노래를 가장 자주 부르곤 한다. 아들과 함께 노래할 때면, 나는 아이에게 뭔가를 가르쳐준다. 단어와 가사뿐만 아니라 살아남는 법을. 로빈새처럼, 우리는 이따금 우리가 얼마나 강인한지 보여주기 위해 노래를 하고, 또 이따금 더 나은 내일을 희망하며 노래를 한다. 우리는 그렇게 노래를 한다.

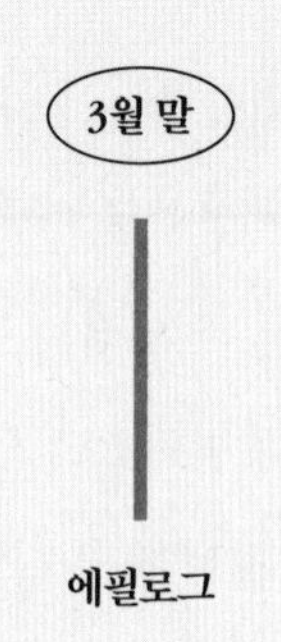

에필로그

얼음이 전부 녹고 난 뒤

매일 아침, 나는 운전을 하면서 맨스턴 공항의 철책 위에 앉아 있는 말똥가리를 지나친다. 말똥가리는 커다랗고 군데군데 털이 희끗희끗하다. 가슴의 깃털에는 언제나 여러 가지 색이 어지럽게 뒤섞여 있다. 나는 그가 아직 그리 오래 살지 않았고, 전쟁의 상처를 자랑스럽게 내보이기 위해 여기 앉아 있다고 상상해본다. 오늘 아침 그는 여기서 외로운 보초다. 나는 스쳐 지나가면서 그의 부리의 노란색을 발견한다. 나는 그가 나를 기다리고 있다고 생각하기 시작한다. 그는 나의 토템이고, 내 하루의 닻이다. 그는 내 마음속의 불안한 폭풍을 잠재운다. 그는 거기 있다. 나는 그가 나를 지켜보고 있는 것처럼 느낀다.

나는 깔끔한 기승전결이 그렇듯 이 모두에 끝이 있기를 원한다. 삶이 다시 분명히 안정되고, 나의 모든 문제가 해결되고, 나의 모든 걱정들이 해소되기를 원한다. 나는 버트가 그에게 딱 어울리는 새로운 학교에 행복하게 적응하든지, 아니면 우리가 학교라는 개념 자체를 버리기로 작정하고 그가 용감하고 당당하게 세상으로 홀로 뚜벅뚜벅 걸어나가기를 바란다. 나는 경제 여건상 우리가 집을 팔고 좀 더 집값이 저렴한 동네로 이사해야 하는 게 아닌가 하는 고민은 하지 않는다고 말하고 싶다. 나는 어쩌면 숲속의 캠핑카로 이사해야 할지도 모르겠다고, 경제적으로 우리가 감당할 수 있는 유일한 방법은 그거라는 농담을 일상적으로 하지 않게 되기를 바란다. 나는 걱정 때문에 신경이 곤두서 있을 때가 많다. 때때로 한 발짝만 더 나아가면 혼돈에 빠질 지경이라고 느낀다. 하지만 이 세상을 떠나고 싶다는 만성적인 충동을 넘겨버릴 수 있도록, 평정심을 유지해야 한다. 나는 그걸 잘 해내는 것 같지 않다. 올해에만 벌써 천 번쯤 내가 잘 해나가고 있는지 의구심을 품는다.

나는 머리를 식히려고 페그웰 만 주변을 산책한다. 겨울이 막바지에 와 있다. 일주일 전만 해도 아침에 눈을 뜨면 주변의 벌판이 서리로 창백하고 나뭇잎 가장자리마다 흰 눈이 맺혀 있었는데 오늘은 봄처럼 피어났다. 웅장한 파란 하늘에 구름이 흩뿌려져 있고, 장난기 머금은 바람은 포근하다. 길을 따라 늘어선 설강화 꽃송이와 개암나무에 매달린 라임빛 꽃차례들. 며칠 전만 해도 습지는 꽁꽁 얼어 있었는데 지금은 찰랑찰랑 물결치며 흐르고, 왜가리와 마도요가 그 위에 내려앉는다. 개울어귀에서 바다표범이 한가롭게 노니는 모습도 볼 수 있다는 말을 들었는데, 오늘은 운이 없는 것 같다. 나는 다음에 올 때는 쌍안경을 가지고 오리라 다짐한다.

걸으면서 나는 앨런 와츠의 말을 떠올려본다. "숨을 참는 것은 숨을 잃는 것이다." 『불안이 주는 지혜』에서 와츠는 늘 설득력 있게 느껴지지만 늘 잊어버리게 되는 진리를 설파한다. 삶은 본래 통제할 수 없다는 것. 우리의 안락과 안전을 완벽하게 보장받으려 할 것이 아니라, 삶의 본질인 끝없고 예측 불가능한 변화를 급진적으로 받아들여야 한다는 것. 그는 고통은 우리가 이 근본적인 진실에 저항하는 데서 온다고 말한다. "두려움으로부터 도망치는 것은 두려움이고, 고통과 싸우는 것은 고통이며, 용감해지려고 애쓰는 것은 겁내는 것이다. 마음이 고통 속에 있으면, 마음은 고통 속에 있다. 사상가에게는 그의 사상 이외에 다른 도구가 없다. 탈출구란 없는 것이다."

와츠에게 우리가 의존할 수 있는 유일한 순간은 바로 '지금'이다. 우리가 알고 우리가 감지하는 오늘. 과거는 이미 지나간 것이다. 우리가 두뇌의 힘을 가장 많이 쏟아붓는 미래는 전적으로 미지의 불안정한 요소다. "결코 붙잡을 수 없는 도깨비불 같은 것이다." 다가오지 않은 이 시간에 끝없이 골몰하는 동안, 우리는 지금 이 순간의 특별한 것들을 놓치고 만다. 사실 그것들이야말로 우리가 가진 전부다. 지금, 여기. 우리가 직접 인지하는 감각. 와츠의 글을 들여다볼 때마다, 작은 반항의 소리가 꿈틀꿈틀 올라와 소리친다. **그건 불공평해! 삶은 어떤 사람들에게만 남들보다 더 많은 것을 보장해!** 하지만 그렇다고 해서 진실이 달라지는 것은 아니다. 와츠는 어디로 튈지 모르는 우리의 삶에 관한 한 우리에게 값싸고 교만한 해결책을 제시하지 않는다. 그는 이 작은 생각의 요령만 터득하면 우리의 모든 꿈이 실현될 것이라고 말하는 것이 아니다. 그는 우리에게 진실을 말한다. 변화는 계속 일어나기 마련이라고. 우리가 통제할 수 있는 유일한 부분은 그에 대처하는 우리의 자세라고.

어떤 사상은 너무 광대해서 단번에 완전히 받아들이기 힘들다. 나에게는 와츠의 사상이 그렇다. 이 지구상에서 내 자리가 어떻게 될지 예측할 수 없다는 것을 믿고 그것을 급진적으로, 진심으로 받아들이기란 어렴풋하게만 가능한 일이다. 그것은 그 자체로 마음챙김을 연습하는 것이다. 나는 스스로 그 위력을 상기하지만, 믿음은 곧 수그러진다. 파도와 함께 떠내려간다. 이런 믿음이 있다고 해서 다음번에 현실을 자각할 때, 또 그 다음번에 현실을 자각할 때의 타격이 줄어드는 것은 아니다. 나는 평생에 걸쳐 그 연습을 계속할 마음이 있다. 그 믿음을 내 것으로 고수할 수 없을지는 몰라도 그 믿음이 필요하다는 것은 기꺼이 받아들일 생각이다.

나는 공기의 움직임을 느끼고 몸을 돌려 바다 기슭에 함께 날아든 새들의 무리를 본다. 처음에는 찌르레기 떼라고 생각한다. 그러나 그렇다고 하기엔 여기서 보기에도 너무 크다는 걸 알 수 있다. 떼까마귀인가? 여기서 1.5킬로미터쯤 떨어진 곳에 떼까마귀 떼가 사는 숲이 있다. 거기서 나는 한 덩어리의 물결치는 형상이 한 쌍의 나무에서 한데 뭉쳐 날아오르는 것을 자주 보았다. 참으로 놀라운 광경이고, 볼 때마다 새롭다.

새들이 점점 가까워진다. 나는 팔을 몸 양쪽으로 늘어뜨리고 꼼짝도 하지 않고 서서 그들을 응시하고 있는 자신을 발견한다. 이보다 더 큰 행복은 없다. 내 모든 감각이 이 순간에 몰입하고 있다. 그들의 범상치 않은 흐름, 그리고 그들의 회전을 관장하는 소리 없는 결정. 한순간 그 무리는 응집력을 잃고는 하늘을 가로지르는 검은 물방울 모양이 되어 흩어진다. 새들은 물이라도 되는 듯, 찰방찰방 물방울을 튀긴다. 한 마리가 머리 위로 날아오고, 다시 또 한 마리가 날아온다. 검은 날개에 끄트머리가 동그스름한 하얀 몸. 댕기물떼새다. 그동안 자주 보지 못했던 새다. 댕기물떼새들도 이렇게 할 수 있는지는 몰랐다.

최근에 나는 위기가 왔을 때 대처하는 방법에 관해 자발적으로 조언을 건네는 많은 페이스북 게시물들을 보았다. 그들은 난데없이 잘 버텨보세요!라고 말한다. 당신은 당신 자신이 생각하는 것보다 더 강하답니다. 이런 메시지는 마치 안부 카드처럼 적혀 있다. 꿈꾸는 듯한 배경에 파스텔 컬러의 문자가 마치 특별히 영감을 주는 친구가 휘갈긴 것처럼 우아한 필기체로 수놓아져 있다. 이런 게시물을 볼 때면 나는 늘 누군가를 염두에 둔 내용이라는 느낌을 받는다. 메시지를 올린 사람이 누군가의 고통을 감지하고 두루뭉술한 응원의 메시지를 보내고 있다는 생각이다. 그게 아니라면, 도움을 요청하는 외침인지도 모르겠다. 스스로에게 말하듯이, 허공으로 띄워졌다가 다시 발신자에게로 돌아가는 신호 같은 것 말이다.

우리의 현실이 바로 이런 것 같다. 실제 삶의 더러운 밑바닥을 지우고 끝없이 긍정으로 나아가라고 응원을 거듭한다. 나는 이런 메시지에서 언제나 무자비함을 읽는다. 이런 메시지는 아무것도 주지 않는다. 살다 보면, 아주 확실하게, 나는 다 잘해나갈 만큼 그렇게 강하지 않다고 말하게 되는 날들이 있다. 만약 내가 잘 버텨내지 못한다면? 그때는 어떻게 될까? 이런 사람들은 내 얼굴 쪽으로 몸을 기울이고는 잘해봐! 잘해봐! 잘해봐! 하고 외치며 모든 게 다 좋기만 한 것처럼 허공에 향수를 뿌려댈 것이다. 이런 메시지에 숨은 의미는 분명하다. 불행은 있을 수 없다는 것. 우리는 군중을 위해 행복해 보여야 한다. 우리는 우울함을 실패로 보지 않으니, 당신은 우울함을 꽤 빠르게 의미 있는 무언가로 전환해야 할 것이다. 어차피 우리에게 정답은 없다. 그런데 그것을 잘 떨쳐낼 수 없다면, 당신은 차라리 한동안 눈앞에 안 보이는 편이 낫다. 모두의 사기를 떨어뜨리기 때문이다.

이는 염려해주는 것과는 거리가 멀다. 나는 다른 사람들이 그러듯 소셜 미디어가 가짜 삶과 가짜 우정만을 양산하는 공간이라고 생각한 적은 없지만, 경계해야 할 공간인 것만은 맞다고 생각한다. 온라인은 숫자를 수집하려는 경향이 있다. 사회적 가치가 공허한 숫자에 따라 매겨진다. 우리는 그런 것에 기만당하지 않도록 주의해야 한다. 우리는 그 연결의 질, 그 각각이 우리에게 주는 의미, 그리고 그것이 우리에게 실질적으로 제공하는 자양분에 대해 늘 해온 것과 동일한 평가를 해야 한다. 오프라인 세상에서와 마찬가지로, 이런 친구들 가운데 많은 이들은 당신에게 어떤 곤경에 처한 신호가 처음 나타나자마자 사라진다. 유일한 차이점이 있다면 온라인 상에서는 그 숫자가 더 크므로 잃어버린 연결도 더 가시적이라는 것이다.

나는 불행이 삶을 이루는 단순한 요소들 중 하나라고 생각하게 된다. 음미할 수는 없더라도 존중해야 하는 순수하고 기본적인 감정. 나는 우리가 불행 속에 뒹굴어야 한다거나, 불행을 줄이기 위해 우리가 할 수 있는 모든 것들로부터 발을 좀 빼야한다고 말할 생각은 추호도 없다. 그러나 불행에는 유익한 면이 있다고 생각한다. 그러니까, 불행은 우리에게 뭔가 잘못되어가고 있음을 시사해주는 기능이 있다. 우리가 우리 자신의 슬픔에 근본적으로 정직하지 못하면, 우리는 상황에 대응하라는 그 신호를 놓치게 된다. 우리는 행복해지라는 요청이 빗발치는 시대에 사는 듯하다. 그러나 우울함의 홍수에 시달리고 있다. 우리는 작은 일에 끙끙대지 말라는 소리를 듣지만, 만성적으로 불안하다. 나는 이런 감정이 지극히 정상적인 것인데도 우리가 그것을 부인함으로써 괴물처럼 변하는 것이 아닌가 의아해하고는 한다. 인생의 많은 부분은 언제나 형편없기 마련이다. 한껏 높이 비상하는 순간이 있는가 하면, 아침에 일어나기조차 버거운 순간들도 있다. 둘 다 정상이다. 사실 둘 다 어느 정도 필요하다.

때때로 괴로움의 절규에 대한 가장 좋은 대응은 솔직담백한 대답이다. 우리에게는 우리의 고통에 함께 아파하고, 우리의 암울함을 참아주고, 다시 땅에 발을 딛고 일어설 때까지 약한 모습을 보이게 내버려두는 친구가 필요하다. 우리에게는 늘 끝까지 버틸 수는 없고, 때로는 모든 게 망가진다는 것을 인정하는 사람들이 필요하다. 간단히 말해서, 우리 스스로 그런 사람이 되어야 한다. 필요할 때 우리 자신에게 휴식을 주고 너그럽게 대해주는 사람. 우리 자신의 시간 속에서 우리 자신의 그릿(투지)을 찾아내는 사람.

이 책을 쓰기로 했을 때 나는 더 많은 것을 하려는 의지로 가득 차 있었다. 겨울을 찾아서 세상을 여행하고, 나에게 진정 이국적인 장소들을 방문하고, 극한의 방식으로 겨울을 버텨냈다고 생각되는 사람들을 인터뷰할 생각이었다. 내 뒤뜰에서 찾아낼 수 있는 것보다 훨씬 더 위대한 지혜를 얻으리라 생각했다. 또한 겨울과 겨울 사이에서 윈터링에 대해 쓸 만한 순간을 포착할 수 있을 것이며, 그런 좋은 시간이 나쁜 시간을 내모는 원동력으로 작용할 수 있을 것이라 생각했다.

그러나 그 과정에서 삶이 다가왔다. 실로, 삶이 시련으로 다가왔다. 내가 터무니없이 소환이라도 한 것처럼 여러 겨울이 한꺼번에 몰려왔다. 나의 세상은 문자 그대로도 비유적으로도 축소되었다. 내가 바라는 만큼 일할 수 없었다. 내가 꿈꾸던 것처럼 활기차고 에너지 넘치고 여름처럼 밝은 사람이 될 수 없었다. 사실, 나는 힘겨운 시간을 보냈다. 나는 침체기에 빠져버렸다. 불안이 나를 갉아먹었다. 이 책을 써낼 수 없으리라고, 이 일을 감당하지 못할 것이라고, 이 주제에 대해 할 말이 있다는 얕은 생각만으로 이 책을 썼다가는 아주 곤혹스러운 재앙을 부르게 될 것이라고 여겼던 시간들이 있었다. 이따금 이런 생각이 나를 완전히 집어삼켰고, 1~2년이 지난 후에야 거기서 빠져나와 머리를 털고 다시 시작할 수 있었다.

그러나 여기에 내가 있고 이 책이 있다. 달라진 점, 그러니까 내가 이 책을 마칠 수 있었던 유일한 이유는 경험이다. 나는 겨울을 몸소 느꼈다. 나는 겨울이 다가오는 것을 (혹시 누군가 묻는다면, 아주 분명히) 알았고, 내 눈으로 직접 지켜보았다. 나는 겨울에 인사를 건넸고, 받아들였다. 나에게는 비장의 무기가 있었다. 나는 그 무기들을 어렵사리 습득했다. 겨울이 쉬이 물러가지 않으리란 걸 느끼기 시작했을 때, 나는 나 자신을 사랑받는 아이처럼 포용과 사랑으로 대했다. 내가 요구하는 것은 합당하다고 믿었고 내 기분은 어떤 중요한 신호라고 여겼다. 잘 챙겨 먹었고 충분한 수면을 취했다. 신선한 공기를 쐬러 산책을 나갔고 나를 달래주는 일들을 하며 시간을 보냈다. 나는 스스로 물었다. 이 겨울의 실체는 무엇일까? 나는 스스로 물었다. 어떤 변화가 오고 있을까?

기본적으로 이 책은 아름다움에 관한 책이 아니라 현실에 관한 책이다. 어떤 일이 일어나고 있는지 알아채고, 그것을 살아내는 것에 관한 이야기이다. 자연의 세계는 바로 그런 방식으로 생존해나간다. 어떤 때에는 지방을 축적하고, 무성한 잎으로 자신을 단장하고, 풍부한 꿀을 만들며 번성하고, 어떤 때에는 살기 위해서 존재의 가장 기본적인 상태로 축소된다. 자연은 여기에 분노하는 법이 없다. 언젠가 다시 본연의 모습을 되찾고 모든 것이 회복되리라는 것을 알기에. 자연은 순환적으로, 되풀이해서, 영원히 겨울나기를 한다. 식물들과 동물들에게 겨울은 감당해야 할 임무다. 인간에게도 마찬가지다.

겨울나기를 더 잘 하려면 우리는 시간에 대한 개념부터 수정해야 한다. 우리는 삶이 직선적이라고 생각하는 경향이 있지만 사실 시간은 순환적이다. 물론 우리가 점차 늙어간다는 점을 부인하려는 것은 아니지만, 그렇게 살아나가는 동안 우리는 건강할 때와 아플 때, 낙관론과 회의론, 자유와 구속의 국면들을 거쳐간다. 모든 것이 쉬워 보일 때가 있다가도, 모든 것이 어렵게만 느껴지는 때가 있다. 그것을 잘 관리하기 위해서는 우리의 현재가 언젠가는 과거가 되고, 우리의 미래가 언젠가는 현재가 된다는 것을 기억하는 수밖에 없다. 우리는 이미 겪어보았기 때문에 그것을 알고 있다. 우리가 과거의 것으로 제쳐둔 일이 다시 되돌아오는 경우가 흔히 있듯이, 지금 우리를 괴롭히는 일이 언젠가는 지나간 역사가 된다. 그 순환을 견뎌낼 때마다, 우리는 조금씩 성숙해진다. 지난번에 배운 것들을 통해 이번에는 좀 더 잘할 수 있다. 스스로의 마음을 간파하는 요령도 깨우친다. 이렇게 성장해나간다. 그러나 한 가지 확실한 것이 있다. 늘 또 다른 걱정거리가 생긴다는 사실이다. 우리는 이를 악물고 다시 생존을 계속해야 한다. 그러는 동안, 우리는 바로 지금 이 순간 직면한 문제에 대처할 수밖에 없다. 우리는 그다음 행동을 취하고, 또 그다음 행동을 취한다. 그러다 보면 어느 시점에 이르러서는 그다음 행동이 다시 기쁘게 느껴질 것이다.

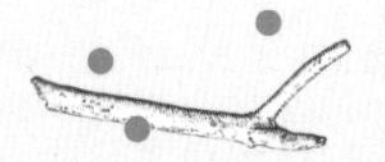

직장을 그만둔 지 1년 만에 마침내 나는 사무실에서 집으로 가져온 책들을 자세히 살펴보았다. 처음에 그 책들은 더 이상 내가 아닌 어떤 존재, 그리고 잠시 내가 마음에 품었으나 실현하는 데 실패하고 만 포부를 황망하게 상기시키는 실체로서 방 한구석을 차지하고 있었다. 한동안 나는 책들이 거기 있다는 것을 망각하고 있었다. 책들은 내 서재의 잡동사니들의 일부가 되어 있었다.

그러다가 제대로 살펴보았을 때, 그것들은 그 어떤 힘을 잃은 상태였다. 나의 예전의 위치도, 죄책감도 이제는 깃들어 있지 않았다. 돌이켜보니, 나는 내게 독이 되는 것들로부터 물러나 있었던 것이었다. 책들을 한 권씩 꺼내보았다. 어떤 것은 좋은 기억으로, 어떤 것은 냉소하는 마음으로. 내 마음에 아무런 느낌도 주지 않는 책들도 많았다. 이 책들이 정말 내 것이었나? 이 책들을 가지고 내가 뭘 하려고 했었지? 나는 기분 좋게 한 무더기의 책들을 여행 가방에 넣고 가까운 중고 서점에 가져갔다.

나머지 책들은 내 개인 소장품들이 진열되어 있는 책장에 새로이 자리를 잡았다. 나는 그 책들을 꽂기 위해 책장 전체를 다시 정리해야 했고, 공간을 더 만들기 위해 모든 책을 옆으로 꽂기도 했다. 언젠가는 서재 하나가 통째로 더 필요하겠지만 지금으로선 책을 추가로 사지만 않으면 이 책장으로도 충분하다. 책을 더 사지 않겠다는 결심은 지켜지지 않으리란 걸 나도 안다. 내년, 그다음 해, 그리고 또 그다음 해에 책들을 더 처분해야 할 것이다. 차라리 그렇게 생각하는 편이 좋다. 지금은 버트가 좀 더 컸을 때, 아직 자기 스스로 책들을 모으기 전에 볼 수 있겠다 싶은 단순한 생각으로 모아둔 책들이 꽤 있다. 언젠가는 이 책들에 집착할 이유가 없어질 때가 올 것이고, 그때가 되면 나는 줄이고 줄여서 내가 진정 사랑하는 것들만 남겨둘 것이다. 그것은 마치 허물을 벗는 기분일 것이다.

봄맞이 청소는 겨울의 끝에 대한 본능적인 반응이다. 켈트 축제인 임볼릭은 2월 첫째 날에 열리고, 이 축제는 어두운 몇 달간 구석구석에 생겨난 거미줄을 털어내는 일과 연관되어 있다. 현대 아일랜드에서는 고대 여신인 브리이드를 기독교화시켜 여전히 이 날을 성 브리이드 축일로 기념한다. 브리이드는 이 시기에 깨어나 겨울의 여신 칼리아흐로부터 권력을 승계받을 태세를 한다. 브리이드는 변화를 몰고 올 만반의 준비를 하고서 온통 희망과 생명력으로 가득하다. 그녀는 겨우내 은둔을 통해 잘 쉬고 온 터다.

브리이드처럼 우리도 겨울나기에서 서서히 깨어나야 한다. 공기를 가늠하고, 때아닌 바람이 몰아치면 안전하게 몸을 움츠릴 준비도 해야 한다. 우리의 새로운 잎을 천천히 펼쳐야 한다. 길고 무질서했던 계절이 바뀔 때는 아직 그 잔재가 남아 있기 때문이다. 바로 이때야말로 우리가 가장 큰 은총을 찾아야 하는 순간이다. 어두운 시간에 우리가 저지른 행위의 가장 큰 잘못에 대해 속죄해야 하는 순간이다. 우리가 차라리 무시하고 넘기려 했던 진실을 말해야 하는 순간이다. 때로는 자신만의 겨울을 말로 표현해야 할 때도 있을 것이고, 그 말들을 내뱉을 때는 목구멍에 가시가 돋친 느낌이 들 것이다. 비탄, 거부, 우울, 병. 수치심, 실패, 절망 같은 것들.

때로는 태양의 뜨거운 빛을 피해서 동면 둥지에 틀어박힌 채 겨울에 머무는 것이 더 쉽게 느껴지기도 한다. 그러나 우리는 용감하고, 새로운 세상은 우리를 기다린다. 날갯짓의 박자로, 초록빛으로 반짝거리며.

우리에게는 이제 전해야 할 일종의 복음이 있고, 함께 공유해야 할 의무가 있다. 겨울을 살아낸 우리는 무언가를 배웠으니까. 우리는 새들처럼 겨울을 노래한다. 우리의 목소리로 허공을 채운다.

감사의 말 :

이 책은 많은 이들의 손을 거쳐 완성되었다. 부디 모든 분에게 잊지 않고 감사를 전할 수 있기를 바랄 뿐이다.

가장 먼저, 인터뷰에 응해준 분들에게 감사한다. 그분들은 소중한 시간을 내주고 쉽지 않은 주제에 대해 기꺼이 함께 탐색해주었다. 혹시 내용상 실수가 있다면 그들이 아니라 모두 내 잘못이다. 긴급하게 철학 자문 서비스를 제공해준 리처드 애슈크로프트에게도 감사한다.

라이더 북스의 니라 베굼, 올리비아 모리스, 비안카 벡스턴, 수 라셀레스와 멋진 팀, 그리고 애나 호거티, 헤일리 스티드, 매들린 밀번, 그리고 매들린 밀번 리터러리 TV & 필름 에이전시에 감사한다. 나의 책에 대한 구상을 매번 진지하게 받아들이고 세심하게 신경 써준 감사와 경이로움을 이루 말로 표현할 수 없다.

힘들었던 지난 몇 년 동안 달려와 도와준 내 친구들과 가족 모두에게 감사한다.

내가 살그머니 빠져나가 글을 쓸 수 있도록 온갖 기발한 방법을 찾아내준 H, 그리고 내가 원고를 마칠 수 있도록 사려 깊게 내게서 일을 가져간 루시 에이브러햄에게 감사한다. 그녀는 아마 내가 모를 거라고 생각하겠지.

마지막으로, 끊임없이 내가 지금의 인생에 깊이 파고들게 해준 버트에게 감사한다. 인생은 늘 그럴 만한 가치가 있다.

지은이 소개

캐서린 메이 :

Katherine May

영국 위트스터블의 바닷가 마을에서 남편, 아들과 함께 수많은 계절이 지나가는 것을 보며 글을 써왔다. 캔터베리 크라이스트처치 대학교에서 문예창작 프로그램 디렉터로 일한 바 있으며, 이후에도 글 쓰고 책 만드는 사람들 사이를 떠나지 않고 있다.

『우리의 인생이 겨울을 지날 때』는 2020년 팬데믹 위기에 지친 독자들에게 '인생 최악의 순간 나에게 꼭 필요했던 책', '세상을 바라보는 저자의 시선이 마음을 정화시킨다'는 찬사를 받으며 영미권 서점 베스트셀러 목록에 올랐다. 출간 두 달 만에 미국에서만 10만 부가 팔렸고, 미셸 오바마의 책보다 더 높은 순위를 기록하며 화제가 되기도 했다.

이 책은 9월 인디언 서머 시즌부터 이듬해 3월까지 작가가 겨울을 나는 동안 일어난 일을 다룬 회고록으로, 자신에게 이유 없이 찾아온 인생의 힘겨운 순간을 '겨울'에 비유하며 그 시기를 지나는 태도를 담담하고도 투명한 언어로 그린다. 남편의 맹장염, 건강 문제로 인한 실직, 아들의 등교 거부 등 갑작스럽게 닥쳐온 '인생의 겨울' 한가운데에서 동화·자연·예술가들의 생애·여행 등을 통해 휴식과 겨울의 의미를 찾아나서는 아름답고도 시적인 순간들이 매 페이지마다 펼쳐진다.

『우리의 인생이 겨울을 지날 때』 외에도 『모든 살아 있는 것들의 전기The Electricity of Every Living Thing』, 『위트스터블 하이타이드 스위밍 클럽The Whitstable High Tide Swimming Club』, 『52가지의 유혹The 52 Seductions』, 『버닝 아웃Burning Out』, 『유령과 그 사용법Ghosts and Their Uses』 등의 책을 썼다. 《더타임스》, 《옵서버》 등 유수의 언론에 논평 및 에세이를 기고하며 다음 책을 준비 중이다.

옮긴이
이유진

이화여대 불어불문학과를 졸업하고 동대학원 통번역대학원에서 번역학 석사를 취득했다. 현재 전문 번역가로 활동하고 있다. 옮긴 책으로는 『우리가 밤에 본 것들』, 『엄마는 내가 죽었으면 좋겠다고 말했다』, 『공격성, 인간의 재능』, 『섹스하는 삶』 등이 있다.

우리의 인생이 겨울을 지날 때

초판 1쇄 발행 2021년 11월 25일
초판 5쇄 발행 2023년 2월 13일

지은이 캐서린 메이 **옮긴이** 이유진

발행인 이재진 **단행본사업본부장** 신동해 **편집장** 김예원
교정교열 김정현 **표지디자인** [★]규 **본문디자인** 마인드윙
마케팅 최혜진 최지은 **홍보** 최새롬 반여진 정지연 **국제업무** 김은정 **제작** 정석훈

브랜드 웅진지식하우스
주소 경기도 파주시 회동길 20
문의전화 031-956-7357(편집) 031-956-7127(마케팅)
홈페이지 www.wjbooks.co.kr
페이스북 www.facebook.com/wjbook
포스트 post.naver.com/wj_booking

발행처 ㈜웅진씽크빅
출판신고 1980년 3월 29일 제 406-2007-000046호

ISBN 978-89-01-25445-6 03840